A IMAGINÁRIA

*Com um abraço
de
Adalgisa Nery
Rio 1959*

ADALGISA NERY
A IMAGINÁRIA
{romance}

1ª edição

Curadoria e organização
Ramon Nunes Mello

JOSÉ OLYMPIO
EDITORA
Rio de Janeiro, 2015

Copyright © herdeiros de Adalgisa Nery, 2015

Citações na quarta capa retiradas de bilhetes para Adalgisa Nery. Arquivo-Museu de Literatura Brasileira da Fundação Casa de Rui Barbosa.

CIP-BRASIL. CATALOGAÇÃO NA FONTE
SINDICATO NACIONAL DOS EDITORES DE LIVROS, RJ

Nery, Adalgisa
N369i   A imaginária / Adalgisa Nery; [organização Ramon Nunes Mello]. – 1ª ed. – Rio de Janeiro: José Olympio, 2015.

ISBN 978-85-03-01262-1

1. Romance brasileiro. I. Mello, Ramon Nunes. II. Título.

15-22520

CDD: 869.93
CDU: 821.134.3(81)-3

Este livro foi revisado segundo o novo Acordo Ortográfico da Língua Portuguesa.

EDITORA AFILIADA

Todos os direitos reservados. Proibida a reprodução, armazenamento ou transmissão de partes deste livro, através de quaisquer meios, sem prévia autorização por escrito.

Reservam-se os direitos desta edição à
EDITORA JOSÉ OLYMPIO LTDA.
Rua Argentina 171 – Rio de Janeiro, RJ – 20921-380
Tel.: 2585-2000

Seja um leitor preferencial Record.
Cadastre-se e receba informações sobre nossos lançamentos e nossas promoções.

Atendimento e venda direta ao leitor:
mdireto@record.com.br ou (21) 2585-2002.

Impresso no Brasil
2015

SUMÁRIO

NOTA DO ORGANIZADOR — 7

MUITO AMADA E MUITO SÓ,
de Ana Arruda Callado — 13

A IMAGINÁRIA — 23

ADALGISA NERY: VAMPIRISMO MASCULINO
OU A DENÚNCIA DO PIGMALIÃO,
de Affonso Romano de Sant'Anna — 315

SOBRE A AUTORA — 329

CRONOLOGIA — 335

OBRAS — 339

FORTUNA CRÍTICA — 347

PRINCIPAIS FONTES DE REFERÊNCIA
E DE PESQUISA — 351

NOTA DO ORGANIZADOR

"A minha natureza não é de mulher pessimista. Sou um ser anaglífico vivendo uma sincera fusão de duas imagens de perspectivas semelhantes. [...] Daí sentir-me constantemente no limbo. [...] Apesar de ter sido desde menina violentada pela vida, os meus olhos não perderam a noção dos coloridos e dos contornos e a minha alma não esqueceu a música e a harmonia."

Adalgisa Nery
A imaginária

Atuando em áreas tradicionalmente masculinas ao longo de sua trajetória, a poeta, escritora, jornalista e política Adalgisa Nery (1905-1980) colecionou amores (também alguns desafetos) e conquistou reconhecimento da intelectualidade brasileira. Entretanto, a obra de Adalgisa teve de aguardar 35 anos, o exato período que marca seu falecimento em 1980, para retornar à casa que publicou grande parte de seus livros – a José Olympio Editora – e voltar às livrarias, finalmente.

Adalgisa Nery atuou no campo intelectual, transgredindo na prática o papel da mulher, desde os anos 1930. Casou-se aos 16 anos com o pintor Ismael Nery (1900-1934), um dos participantes do modernismo brasileiro. Tiveram sete filhos, homens, mas somente o mais velho, Ivan, e o caçula, Emmanuel, sobreviveram. O casamento durou até a morte do pintor, em 1934.

Estreou na literatura com *Poemas*, em 1937, pelas mãos do editor Pongetti e por incentivo do poeta Murilo Mendes. Aos 29 anos, viúva, foi trabalhar na Caixa Econômica e, em seguida, no Conselho do Comércio Exterior do Itamaraty. Casou-se, em 1940, com Lourival Fontes (1899-1967), chefe do Departamento de Imprensa e Propaganda (DIP) da ditadura Vargas, desempenhando papel crucial nas relações entre o Estado Novo e os intelectuais. O casamento com Lourival durou 13 anos. Arrisco dizer que esse matrimônio é o principal motivo do ostracismo de Adalgisa Nery, que a manteve distante todo esse tempo dos debates intelectuais.

Em 1954, após o suicídio de Getúlio Vargas, já separada de Lourival, Adalgisa estreou no jornalismo, fazendo uma polêmica carreira no jornal *Última Hora* de Samuel Wainer (1910-1980), assinando a lendária coluna "Retrato sem retoque", espaço em que abordava, diariamente, em tom nacionalista, assuntos de política e economia, atacando os desafetos políticos.

Em 1960, seu desempenho jornalístico a projetou na política. Cercada de inimizades, como o então governador Carlos Lacerda (1914-1977), e herdeira política de Getúlio Vargas (1882-1954), Adalgisa foi deputada, ao longo de três mandatos, até ser cassada em 1969 pelo regime militar – o que a motivou a abandonar tudo: a família, os amigos e a literatura.

Contemporânea das escritoras Dinah Silveira de Queirós (1911-1982), Cecília Meireles (1901-1964), Rachel de Queiroz (1910-2003), Gilka Machado (1893-1980), Clarice Lispector (1920-1977) e Eneida de Moraes (1904-1971), Adalgisa Nery deixou um legado para as mulheres que hoje ocupam lugar de destaque, principalmente no campo jornalístico e político – a excelente tese de doutorado "Adalgisa Nery e as questões políticas de seu tempo", de Isabela Candeloro Campoi, comprova essa afirmação.

Autora de inúmeros livros de poesia, Adalgisa Nery também se expressou em prosa, destacando-se com o romance *A imaginária*, publicado pela primeira vez em 1959, um sucesso editorial, best-seller para a época. Nesta autoficção, a personagem Berenice narra o drama psicológico vivido por ela em várias passagens de sua vida: a família pobre; o curso primário iniciado num colégio de freiras e concluído numa escola de Botafogo; os conflitos da infância e da adolescência; o casamento sem consentimento familiar; a convivência triste com a família do primeiro marido; a morte do cônjuge, aos 33 anos, vítima de tuberculose, e a briga com a sogra que deseja tomar a guarda dos filhos.

Adalgisa Nery já era uma jornalista reconhecida quando lançou *A imaginária*, tendo inclusive publicado livros de poemas e contos com boa recepção crítica. A história marcada por uma poesia repleta de dor e sofrimento, que reflete muito a dramática vida da autora, recebeu elogios do poeta Carlos Drummond de Andrade (1902-1987) e do escritor Jorge Amado (1912-2001) – que orgulhosamente reproduzimos na quarta capa.

Para organização desta nova edição de *A imaginária*, foram consultadas as três primeiras edições publicadas pela José Olympio, cuja capa trazia um desenho de Adalgisa assinado por Portinari. Ao perceber alterações no texto ao longo das edições, escolhi a terceira, lançada em junho de 1970, como base para esta publicação, respeitando as normas ortográficas vigentes.

Para apresentação convidei a autora da biografia de Adalgisa Nery, Ana Arruda Callado, responsável pela preservação de sua memória, que doou o arquivo pesquisado para Fundação Casa de Rui Barbosa (FCRB). E o poeta Affonso Romano de Sant'Anna, autor do único ensaio conhecido sobre o livro *A imaginária*, para incluir seu texto no posfácio. A escritora Manoela Sawitzki assina a orelha do livro, tendo em vista a importância de uma leitura contemporânea sobre a obra de Adalgisa Nery.

Meus agradecimentos a esses autores, e também ao escritor Bernardo Carneiro Horta, que primeiro me apresentou a história e a obra de Adalgisa. Estendo minha gratidão a todos que, de forma direta ou não, me ajudaram a reunir forças para este resgate: aos professores Eduardo Coelho, Eucanaã Ferraz e Sergio Gesteira; aos editores Elisa Rosa, Livia Viana e Dênis Rubra; aos amigos Bruno Gael, Carolina Casarin, Celina Portocarrero, Claudio Murilo Leal, Elfi Kürten Fenske, Leona Cavalli, Lídice Xavier, Leilane Neubarth, Maria José Motta Gouvêa, Marcio Debellian, Manya Millen, Natasha Corbelino, Sonia Viana e Valéria Lamego; aos funcionários do Arquivo Museu de Literatura Brasileira da FCRB Ana Pessoa, Laura Xavier, Rosely Rondinelli, Luiz Felipe Dias Trotta e Cláudio Vitena, e aos familiares de Adalgisa Nery: Samantha, Elizabeth, José Carlos, Ivan, Katia, Marta e, especialmente, Nathalie pela confiança.

Além de *A imaginária*, a José Olympio reeditará o romance *Neblina* (1972); os livros de contos *Og* (1943) e *22 menos 1* (1972); e uma nova reunião dos livros de poesia, *Poemas* (1937), *A mulher ausente* (1940), *Ar do deserto* (1943), *Cantos de angústia* (1948), *As fronteiras da quarta dimensão* (1952) e *Erosão* (1973). Desejo que a republicação da obra de Adalgisa Nery seja apenas o primeiro passo para a redescoberta de novos e antigos leitores.

Ramon Nunes Mello
Rio de Janeiro, 7 de junho de 2015.

MUITO AMADA E MUITO SÓ

Repito aqui o subtítulo do livro em que tentei traçar um perfil da múltipla Adalgisa Nery.

É quase impossível, a quem lê *A imaginária*, acreditar na primeira parte dessa definição. Mas Adalgisa, linda, elegante, inteligente, foi amada, sim, por muitos. Menos por ela.

Neste livro-testemunho ela descreve a infância triste e o casamento, mais que decepcionante, com um vizinho, o pintor, bailarino, poeta e pensador católico Ismael Nery.

Conta que se casou aos 15 anos; a diferença para a realidade é pequena: ela casou-se aos 16 anos, para fugir da madrasta e viver com este homem que, de início, era fascinante, e a levou a várias viagens, inclusive à Europa, onde Adalgisa conheceu intelectuais e artistas importantes. Depois, principalmente quando ficou tuberculoso, o marido passou a oprimi-la cruelmente. Obrigava-a a usar a mesma xícara onde bebia a gemada que ela preparara para ele; fazia questão de, ao ter uma hemoptise, abraçá-la e sujar seu vestido com o sangue.

Ao mesmo tempo, Ismael era encantador com o grupo de intelectuais que o cercava. Tanto que uma figura do porte de Murilo Mendes foi absolutamente fascinado por ele – ao vê-lo morto, converteu-se dramaticamente ao catolicismo e, a partir daí, transferiu sua paixão à viúva, a quem pediu em casamento mais de uma vez.

Quando Ismael recebia amigos – e admiradores – como Murilo, Jorge de Lima, Leonel Franca, Pedro Nava e Dante Milano, Adalgisa ficava sentada ouvindo a conversa ao longe; aproximava-se apenas para servir o cafezinho.

Ismael morto, em abril de 1934, ela enfim pode revelar seu talento. Surge a poetisa, a escritora. Em 1937, publica o primeiro poema, "Eu em ti", na prestigiosa revista *Acadêmica*, e seu primeiro livro, *Poemas*.

Ao examinarmos alguns títulos dos livros de poesia que se seguiram (*A mulher ausente*, 1940; *Ar do deserto*, 1943; *Cantos de angústia*, 1948; *Erosão*, 1973), vemos, porém, o clima sombrio que domina *A imaginária*.

O mesmo tom que perpassa o poema "Anseio", publicado na revista *Dom Casmurro*, em 1937, no qual a palavra "sombra" é usada duas vezes, ao lado de "angústias", comum em seus escritos. Vejamos os três primeiros versos:

> *Quero que desça sobre mim a grande sombra que alivia,*
> *Aquela que arranca do meu coração a revolta que me impede de ser mansa.*
> *Quero descansar...*

Além de *A imaginária*, seu romance quase biográfico, Adalgisa publicou outro, *Neblina* (mais sombra, portanto), em 1972, depois do grande golpe que foi para ela a cassação de seus direitos políticos e de seu mandato de deputada estadual, quando já se preparava para a candidatura a deputada federal. Lançou ainda *Erosão*, de poemas, no ano seguinte, mas menos de três anos depois, desistindo da vida, internou-se por iniciativa própria e sozinha em uma clínica geriátrica em Jacarepaguá. Um ano depois sofreu um acidente vascular cerebral que a deixou sem voz e hemiplégica. Morreu em 1980, na mesma clínica.

A obra em prosa de Adalgisa conta ainda com dois livros de contos – *Og*, de 1943, e *22 menos 1*, de 1972.

O poeta Affonso Romano de Sant'Anna, em primoroso ensaio intitulado "Vampirismo masculino", afirma que "são muitos os pontos de contato entre a personagem Berenice e Adalgisa". Transcreve o trecho do livro em que Berenice vai ao cinema com o marido ver o clássico *O vampiro de Dusseldorf* e é tomada de tal angústia que sai dali querendo atirar-se "contra o primeiro instrumento de morte que me desse repouso".

"Embora a autora não trabalhe a metáfora, é de vampirismo sobre a alma feminina que trata esse romance. O vampirismo que os homens têm realizado através dos séculos, com naturalidade, como se toda mulher fosse uma planta ou seiva que o homem devesse sorver."

Tomo emprestado de Affonso essa interpretação porque a acho perfeita. Não saberia definir melhor este livro, assim como nenhuma feminista poderia definir melhor o machismo.

Sobre a questão da identidade autora/personagem, o filho mais velho de Adalgisa, Ivan, também me afirmou: "Berenice é minha mãe, não há dúvida."

A agora escritora passou a frequentar o grupo seleto que se reunia na Livraria José Olympio e sobre seu sucesso como mulher Carlos Drummond de Andrade escreve no *Jornal do Brasil*, poucos dias depois de sua morte.

"Acho que todos nós a amávamos, mesmo não sabendo que se tratava de amor. Amávamos nela a obra de arte viva."

No auge do sucesso, ela decide se casar com Lourival Fontes, também escritor, mas conhecido principalmente por ser o chefe do Departamento de Imprensa e Propaganda – DIP, o principal órgão de censura do Estado Novo, a ditadura de Getúlio Vargas. Fascista, foi o nosso Goebbels. Nasce então outra Adalgisa, organizadora de grandes festas, anfitriã de Orson Welles, Carmen Miranda e outras personalidades, no Cassino da Urca. Amiga de Vargas, que a ouvia. Mas ela transpunha fronteiras ideológicas: Portinari, comunista, é também seu amigo e faz vários desenhos e quadros a óleo dela. Lourival é transferido para o México, e ali ela encontra nova turma. É retratada por Orozco e Diego Rivera – que a chama de "adorada amiga" em uma carta; fica íntima de Frida Khalo.

Em 1953 Lourival separa-se dela. Surge outra Adalgisa. Colunista do *Última Hora*, ganha de Drummond o epíteto de "Indômita". Em "Retrato sem retoque", sua coluna diária, depois reunida e publicada em livro, ela empolga os leitores, denunciando todos os "malfeitos" dos poderosos e o imperialismo norte-americano. Sem fazer campanha, é eleita Deputada Constituinte do Estado da Guanabara, pelo Partido Socialista Brasileiro, em 1960. Reeleita dois anos depois, já como Deputada Estadual, agora pelo Partido Trabalhista Brasileiro; e eleita mais uma vez, em 66, pelo MDB, quando implantado o bipartidarismo.

Acontece que em uma de suas colunas, de 1963, intitulada "Cisne negro", em alusão à canção "Cisne Branco", de louvor à Marinha, Adalgisa denuncia a negociata feita quando toneladas de tinta foram compradas e recompradas, sem necessidade, com o pretexto de pintar os navios de nossa Armada. O almirante Rademaker, então ministro da Marinha, tenta cassá-la em 64, com a vitória do golpe, mas ela tinha amizades fortes entre os militares, por sua postura nacionalista. Rademaker só conseguiu atingi-la quando, em 1969, tornou-se membro da Junta Militar que passou a governar o país.

Sofrida, bela, indômita, A Imaginária teve uma vida solitária em meio a muita agitação, que sua hipersensibilidade não suportava.

Ana Arruda Callado
Escritora, autora da biografia de Adalgisa Nery
na coleção Perfis do Rio.

Para Lúcia Benedetti
A pioneira do teatro infantil no Brasil

"O homem forte é o que fica só."
Ibsen

Capítulo I

Às vezes, o pensamento me vem, como agora. É como se todos os instantes em que vivi, tivessem deixado uma profunda marca sobre as múltiplas facetas do meu ser.

Estou ao largo da madrugada. Chego à janela aberta. O primeiro plano da paisagem é a rua asfaltada, cortada por trilhos brilhantes e polidos pelo uso. O segundo plano é um pequeno morro salpicado de casebres. Sobre todas essas coisas um imenso e profundo céu, e o silêncio. Se eu pudesse alcançar o cume da mais alta montanha do universo e varrer com o olhar toda a extensão do globo terrestre, veria que a única coisa que existe é a solidão.

As portas do meu ser, lentamente, se abrem e despejam na imobilidade da noite todas as imagens que participaram dos meus erros e dos meus acertos ocasionais. Elas se levantam impiedosas, confabulam, discutem a minha pessoa humana, apalpam as minhas carnes sofridas, fazem perguntas irrespondíveis e depois largam-me desunida de mim mesma. Num trágico sentido de matéria desprezível, no fundo do meu raciocínio há qualquer obstáculo intransponível que me impede fixar se esse desterro, em que estou jogada, *é* oriundo de alguma palavra, gesto recente ou remoto. Numa paralisação completa, sinto o movimento das raízes da minha origem procurando alcançar o meu pensamento. O vigor da vontade sobre a integridade dos meus sentidos se esfacela na luta de analisar os vagos traços de ligação na soma de experiências, erros e ímpetos mal distribuídos durante a minha vida, que, afinal, está resumida apenas numa simples contagem de anos. Uma tristeza de vencida, uma espécie de aceitação de uma quantidade maior sobre a menor, é permanente e viva no meu espírito. Sei que essa aceitação me acompanhará até o túmulo. Ela nunca foi vencida pelas grandes alegrias e nem mesmo pela força do amor que foi o brado mais espontâneo, mais profundo e mais verdadeiro dos meus anos de vida. Um volume espesso de vozes em surdina atira o pensamento contra as paredes do meu ser indefeso, e larga-me, depois, numa nostálgica e confusa recordação do presente e de um passado incomensuravelmente perdido. Nada pertence propriamente à minha memória esgarçada em tempos imemoriais. Sinto-me flutuando no espaço e vejo os acontecimentos se incorporando um a um ao meu espírito.

Estou, como disse, dentro da madrugada e percebo, trêmula, aproximando-se tenebrosa e incontida, a onda de vozes, a procissão de formas que virão exigir de mim os motivos pelos quais, em nome da verdade, eu provoquei ou evitei circunstâncias para acontecimentos. Estou, entretanto, impossibilitada não só de manter uma defesa, como de aceitar uma acusação, pela precariedade de elementos nítidos e positivos que me poderiam dar as razões esclarecedoras de culpa ou de absolvição.

Tenho verificado minuciosamente se há qualquer doença no meu corpo. Sim, é necessário um bom e meticuloso exame no organismo humano. Alguma enfermidade poderia influir e até mesmo criar, no meu pensamento, fantasmas, vozes e ideias desconexas. Os médicos, porém, dizem que nada de anormal há sobre a minha saúde. Afastada então essa possibilidade, debruço-me aniquilada à beira do abismo da agonia rasgada pela realidade do imponderável. Tenho a sensação de que estou morrendo, sob os estertores dos últimos instantes, numa fusão de dores físicas e tormentos de alma. Invade-me um sentimento estranho, como se fossem as garras do arrependimento, um arrependimento lancinantemente agravado pelo silêncio da minha memória, que não acusa autodeterminação que justifique uma equação equivalente ao meu estado de espírito dilacerado. Não mostra nenhum gesto ou palavra com poderes tão violentos contra a minha alma a ponto de reduzir-me ao caos em que presentemente me encontro. É uma espécie de estraçalhamento caindo em jato, espalhando-se depois obliquamente nos meus sentidos, em todas as direções e nas mais profundas medidas. É uma penetração espectral que vai à minha unidade, pulverizando a minha fixação no presente, balançando-me no espaço sem fronteiras, desagregando o meu ser, levando-me sufocada ao princípio de todos os princípios e anulando-me ao conhecimento do mundo, das pessoas e dos objetos. É como se eu fosse responsável por todos os crimes passados e coubesse a mim toda a culpa nas degradações futuras. Atordoada e cega, sinto-me envolvida por mãos gigantescas, mergulhando a minha boca numa fumaça densa e irremovível até pelos grandes ventos escondidos. E nesse entorpecimento chega-me a sensação de aspirar o perfume da primeira flor, de ouvir o ruído do primeiro movimento dos oceanos, de sentir o instante em que se deu a paralisia dos desertos, e chego mesmo a receber, sobre a minha pele, a primeira partícula de calor lançada sobre o universo. Então, paralelamente cresce em mim uma ternura incontida, uma doçura humilde pelo chão que piso, pelos objetos e móveis que me cercam, pela minha roupa largada na cadeira do quarto, pela rua desprezada e sem movimento, pelos muros brancos e altos que vigiam sem interrupção a propriedade daqueles que dormem neste momento. E sempre, como agora, desce o pensamento e cobre a menina que um dia fui, mas prematuramente desgarraram do ventre de uma época que completaria o seu ciclo. Reconheço que não cheguei a ser um acontecimento. Pela exígua medida da minha vida dentro do eterno, sou e serei apenas uma experiência. Muitos milhares de dias separam-me da minha infância e da mulher que sou hoje. Farei o esforço para retroceder na medida do possível às recordações da minha meninice. Tentarei me transformar naquilo que eu pensava ser. Contarei como naquele tempo eu já vivia sofrendo e amando outras imagens e possuindo uma desconhecida e tenebrosa intuição da minha atual realização medíocre. Sem compreender, eu sentia em mim a implantação de duas fontes em crescimento: a positiva e a negativa. Agora, chego à conclusão dolorosa de que esses dois polos opostos não trouxeram o que fatalmente deveria se processar na minha alma: o equilíbrio.

Puseram-me à parte da maioria dos seres humanos, de que difiro pela sensibilidade, imaginação e memória, pela emoção e pela interpretação, se bem que durante a vida não cessasse de sentir, dolorosamente, como eram fracas e ínfimas, em mim, essas faculdades que acabo de enumerar. Mas, precisamente por isso, porque difiro da maioria e pertenço a uma categoria especial de indivíduos, as minhas ideias, as sensações de espaço e de tempo e a consciência da desvalorização que tenho de mim mesma, são particularmente perturbadoras. E qual é essa categoria a que pertenço?

Quais são essas pessoas que formam um grupo? São os poetas e artistas que possuem no mais alto grau a faculdade de viver não somente o seu próprio tempo e as suas impressões, mas também a vida exterior e a vida interior dos outros, através do cálculo da sensibilidade. De sentir não somente a sua paisagem, a sua raça, mas também a dos outros, de ter consciência de várias existências como a da própria. Possuem o dom de se encarnarem em outros, com uma memória emocionante e particularmente desenvolvida. Mas para pertencer a essa classe é necessário ter passado por uma grande e longa corrente de existências, pela série dos seus ancestrais e reunir, em uma pessoa, a frescura da sensação, a espontaneidade selvagem, a imaginação fecunda, a profunda vida inconsciente e enriquecida pela experiência adquirida no decurso desse atroz seguimento de séculos. Todo esse extrato de tempo se transforma em consciência refinada e aguda. Essas transformações para a evolução fizeram de mim uma felizarda ou uma vítima? Deram-me uma e outra coisa. Esta sede de afirmar o ego dentro de vários conflitos e tormentos é a base do sentimento de universalidade. Pela sensibilidade sem limites em todos os planos, eu poderei alcançar o sentido universal. Mas adquirido esse sentido universal, eu fracassarei na vida individual. Daí o desequilíbrio a que me referi acima.

    Algumas reminiscências da minha infância serão descritas aqui apenas como elemento de coordenação dos fatos à apresentação de um material destinado a pesquisas. Não poderia descrever toda a minha vida, a começar pela infância, porque então estaria tentando fazer autobiografia. E não é esse o meu intuito. Quero justamente fugir a essa ideia, pois acabei de declarar que me sinto na equação de um limitado espaço de tempo, uma experiência e não um acontecimento. A experiência não traz o sentido do definitivo. É sujeita às mutações para melhor ou pior, no limite de um tempo mais longo ou mais curto. O acontecimento é tudo que tem como base o definitivo dentro do eterno.

Mas, a noite está passando e a angústia está mais densa. Tenho a impressão de um peso descomunal descendo sobre o meu corpo frágil e trêmulo. E de onde vem essa angústia? Virá do sentimento secreto que sou só, desconhecendo a paz, o sonho, a harmonia e a quietude interior? Que impulso desenfreado é esse que me martiriza? É a consequência do deslumbramento dos meus sentidos? É a tendência em bifurcar a verdade com razões diferentes, sabendo que mais adiante eu unirei os dois caminhos novamente no bloco inteiriço? A sede de criar, de esmiuçar o que nos parece impreciso, é a essência da natureza humana. A vida em todas as suas manifestações de alegrias e de dores é a forma, a encarnação de uma coisa que desconhecemos. Sentimos sempre que essa forma é frágil e incerta, mas há também em nós um receio quase infantil de desaparecer sem deixar um vago traço.

Tento consolar-me. O fato de pensar no meu próprio pensamento me faz compreender a minha incompreensão. É a prova irrefutável de que estou em comunicação com alguma coisa maior do que eu. Estou em ligação com uma parcela daquilo que não tem forma, nem tempo, nem espaço. Daquilo que está morto para a terra, para mim, para a minha existência, uma parcela daquilo que nos outorga a prudência de admitir a metamorfose: a morte. Aproveito essa ligação para me sentir semelhante com Deus. Mas Deus está no alto infinito e eu estou na terra. Penetrando inteiramente nessa comunicação, desenvolvo o meu conhecimento, a minha consciência, isto é, os meus sofrimentos. Nessa comunicação eu morro para a terra, para as suas formas e para as suas leis. Ligando-me a Deus, ligo-me ao infinito e ao ilimitado. Mas... isso é terrível para mim, que ainda tenho de viver no limitado, no finito de todas as coisas que, por se acabarem, são curtas. Se essa angústia não cessar de aumentar eu morro, eu morro para a vida terrestre e para o futuro terrestre.

O ar da madrugada vibra como um sussurro de inseto aos meus ouvidos. O abismo do céu noturno mostra as estrelas que marcam o próximo alvorecer. Estou excessivamente mais cansada, terrivelmente mais confusa e menos dona da minha alma e do meu corpo. O zumbido da brisa sobre os meus cabelos tem algo de fascinador. Abro a boca num gesto de morder o ar que tem um perfume de flor, de fruto, de terra úmida e de folhagem recém-nascida. Lembro-me que muitas vezes vi animais mordendo o espaço como que perseguindo os fantasmas próximos. Estou fatigada de corpo e excitada de espírito.

Capítulo II

Fui uma criança aparentemente normal. A minha sensibilidade, entretanto, sofria de uma espécie de revelação poética, aflorando nas coisas mais simples e naturais, levando-me muitas vezes a um completo estado de confusão. Lembro-me que morávamos na Rua das Amendoeiras, quando nasceu a minha segunda irmã. Era uma casa antiga no centro de um grande terreno. À entrada, duas enormes árvores ladeando a porta principal. Uma era de magnólias gigantes e a outra de cravo-da-índia. Os perfumes exalados das duas árvores misturavam-se no ar e exerciam sobre mim um estranho fascínio. Tardes seguidas aproximava-me das árvores, virada de costas para a entrada da casa, inclinava a cabeça para as magnólias e sorvia até ao fundo dos meus pulmões aquele cheiro ácido. Depois repetia a mesma coisa com a cabeça voltada para o cravo-da-índia. Eu praticava esse gesto com uma grande convicção e com um certo cerimonial. Esperava ficar sozinha no jardim, mantinha-me em silêncio e, depois de aspirar os dois perfumes diferentes, deitava-me lentamente entre as duas árvores, fechava os olhos e ficava imóvel, sentindo a terra morna do calor da tarde. E esperava a transformação. No meu entender realizava que, depois de guardar dentro de mim o bafo resinoso dessas plantas, estirando-me no solo, certamente me transformaria em árvore. Sentia as formigas subindo pelas minhas mãos, pelas minhas pernas, alguns insetos esvoaçando nos meus cabelos, outros picando-me as costas — e eu, estendida. Esperava imóvel o nascimento das raízes no meu corpo. Uma abelha passava descuidada sobre mim e eu pensava: "Se ela voa perto, é sinal que já estou começando a ser árvore." Olhava o céu acompanhando as nuvens subindo, baixando e correndo. E pensava nas raízes que deviam começar a surgir no meu corpo. Dos meus braços nasceriam ramos, depois apareceriam flores com um perfume desconhecido para os outros, visto que eu aspirara cheiros diferentes. E depois crescida, bem crescida, eu iria viver olhando sempre as nuvens e o céu. Um dia eu poderia surpreender São Jorge montado no seu cavalo branco, à procura do dragão que à noite saía para perseguir as criaturas da terra. Estava tão certa da transformação, que já ensaiava baixinho aquela cantiga da história da figueira, para, no meu futuro de árvore, cantar no silêncio da noite. Uma vez estava eu esperando pacientemente o milagre quando alguém de casa chamou-me. Aos primeiros apelos não dei atenção, mas no fim de algum tempo não tive outra alternativa senão apresentar-me. Senti interromper o crescimento das raízes imaginárias que já percebia brotarem. Muito contra a vontade, fui saber o que desejavam de mim, e quando vi que nada queriam, que apenas era necessário saber onde eu estava, fiquei triste e decepcionada. Estive a ponto de perguntar: "Por que não me deixam ser árvore? Eu não quero continuar a ser gente!" Porém não disse nada. Cheirava os braços e as mãos na esperança de constatar o perfume das duas árvores impregnado na minha pele. Creio que não perguntaram mais nada. Talvez se quisessem entrar em detalhes eu não pudesse satisfazê-los, e, se conseguisse explicar sinceramente o meu ideal de criança, estou certa que me deitariam na cama e diriam que eu estava atacada de febre. Ou talvez repetissem como tantas vezes ouvi: "menina cheia de absurdos", "criança difícil" e outras coisas parecidas. Muito poucos são os adultos que percebem o sentido poético do mundo infantil. Reduzem essas manifestações à "imaginação doentia" ou "tendências a deturpar a verdade". E, assim, esmagam um universo de belezas. Através deles vamos também mais tarde amputando a verdade e despindo de grandeza e encantamento uma força e um refúgio.

Eu sempre fui tachada de menina imaginativa, falando coisas fora da realidade e criadora de fantasmas. Estariam eles certos? Que culpa tinha eu de viver sinceramente as realidades do meu mundo governado pelos meus sentidos? Um dia perguntei por que todos denominavam uma certa cor de azul. Por que eu devia aprender a dizer azul se eu achasse que tinha outro nome? E se todos estivessem enganados? Não é necessário dizer que a minha pergunta ficou sem explicação. Isso lá era pergunta de gente? Era azul, eles tinham aprendido assim, e assim ensinavam sem discussões. Não aceitei as conclusões mas silenciei diante da esmagadora maioria dos adultos. Para mim o problema ficou. Eu tinha o hábito de inventar palavras que substituíssem as conhecidas. Casa, eu chamava de tali, cama de muri, sono de alin, água de glanqui, pessoa de gedun, criança de parmo — e assim arranjei uma fuga que me encantava. Da minha linguagem inventada, alguns riam e outros se alarmavam: "Está maluca", "Essa menina não é normal", "Onde essa menina aprendeu tanta tolice?" Eu ouvia os comentários e sentia-me mais forte nessa linguagem secreta. Gostava de pegar um pedaço de pau e cortá-lo para ver o que havia dentro. Dividia-o em farpas até chegar a um fiapo. Depois ficava imaginando como nascia a árvore, como crescia, onde teria estado, quem a teria encontrado, por que a teriam derrubado — e assim passava horas perdidas na intimidade do meu mundo. Quando via gotas de resina borbulhando dos velhos troncos, eu abraçava o corpo da árvore e indagava os motivos do pranto. Conversava como se ela pudesse responder às minhas perguntas. Estaria com sede? Seria o barulho dos pássaros na sua cabeça? Alguém a teria espancado?

    Por que haveria eu de me habituar a repetir a verdade dos adultos, acreditar e confiar neles, se as suas atitudes, os seus gestos e mesmo as suas palavras eram constantemente uma viva contradição da realidade? A obediência pregada por eles na maioria das vezes era produto de incompetência e comodidade. A meu ver, era uma verdade sujeita às variações das suas vontades discricionárias e à conveniência do seu egoísmo. Para mim o real estava na lógica dos meus sentidos, na lealdade de minhas observações, no vigor da minha vontade, na beleza que meu espírito recolhia das coisas que os adultos desprezavam. A verdade estava numa cor que ninguém via, numa palavra que eles negavam, num gesto omisso e na ternura espontânea. Outra coisa que me espantava e me desorientava era a seguinte: na minha frente, teciam comentários contra a vida e o caráter de determinada pessoa que frequentava nossa casa. Eu ouvia e orientava-me por esse conceito, acreditando que fora emitido dentro da maior lealdade. Mas, quando essa mesma pessoa voltava a nossa casa, para meu espanto, era recebida com efusão, com exclamações de carinho e amizade. Confusa, um dia perguntei diante da visita se essa criatura da qual eu ouvira tantas condenações, era a mesma que no momento elogiavam desmedidamente. Houve surpresa e susto. E para terminar o mal-estar, fui marcada de "menina imprudente". Eu sei que naquela época não tinha a intenção de provocar mal-estar entre os mais velhos nem levantar atritos. Era necessário que compreendessem que eu tinha direito a uma lógica, a uma direção, e eles privavam-me, com as suas atitudes desconexas, a um entendimento para formação do meu próprio caráter. Uma criança, na maioria das vezes, não pode explicar as suas dúvidas, o seu pensamento, nem pedir esclarecimentos para as suas confusões, mas isso não impede que ela tenha conflitos e atordoamentos, tristezas, desconsolos vagos e dolorosos. Algumas vezes pedia explicações. Queria me sentir firme comigo mesma. Porém não encontrava uma atenção. Por isso me fui tornando um ser com duas visões: a que eu recolhia dos outros e para os outros e uma muito especial e difícil, que era a do meu mundo escondido. Não quero dizer ter sido eu uma criança excepcional, nem desejo me atribuir qualidades incomuns. Apenas fui considerada como coletividade e, sendo assim, os detalhes da minha sensibilidade aguçada foram esmagados como coisa sem a menor importância. Mas confesso que nunca perdi a noção desse esmagamento assim como a perda da minha alegria simples. Diziam eles que a vida e a idade fatalmente trariam a correção necessária aos meus arroubos, às minhas revoltas, às minhas indisciplinas e me ensinariam a calar. Ainda não sei bem se a vida e a idade já obtiveram algum resultado. Sei apenas que há tristezas tão profundas que nos impedem de movimentar os lábios. E daí pensarmos que, com o tempo, ganhamos serenidade. Ele unicamente enfraquece a nossa alegria espontânea. A condescendência que pensamos adquirir com o rolar dos anos não é mais do que o tédio entranhado nos nossos impulsos. No fundo continuamos com as mesmas vontades de impor, de condenar, comandar e julgar. Cresce em nós uma espécie de desprezo surdo, uma revolta silenciosa e um asco repelente pela humanidade.

Sempre, desde que tenho conhecimento da minha vida interior, senti uma necessidade incontida de carinho. Adorava o meu pai. Ele era para mim o ser mais perfeito, o homem padrão do universo, o poderoso e o inconfundível. Entretanto, apesar de ser ele uma criatura boníssima, tranquila e quase silenciosa, não havia de sua parte uma comunicação de acordo com as necessidades de minha alma. Se não me faltavam as coisas imprescindíveis à vida material, em compensação não me recordo de haver sentido a sua mão sobre os meus cabelos, não me recordo de haver sentado em seus joelhos e nem tido mais tarde, nas minhas aflições, uma palavra que dissolvesse o meu mundo espesso. Não posso culpá-lo. Era o seu temperamento. Sob um silêncio de anos eu jamais deixei de sentir que a falta de carinho era o ponto vulnerável da minha natureza. Muita coisa eu direi aqui sem o intuito de responsabilizar alguém pelas minhas amarguras e os meus fracassos. Algumas recordações serão negadas, e é compreensível. Guardamos fatos passados na nossa infância com uma nitidez espantosa, e na maioria das vezes as pessoas que compartilharam ou provocaram essas cenas, as negam, simplesmente por uma espécie de amnésia. A criança mais do que o adulto é marcada na memória por fatos indeléveis. Para os mais velhos não existem determinados acontecimentos, e assim afirmam na mais sincera convicção. Mas a verdade é que esses acontecimentos negados por eles existiram e são fatores importantes do nosso pronunciamento como personalidades. Muitas vezes tenho silenciado sobre nítidas passagens da minha infância pela quase certeza da negação das mesmas. Como posso provar que se deram se a fotocópia que possuo é a minha memória? Há certas coisas que guardo como uma força estranha para proporcionar-me conhecimento do mundo que me cerca. Falar, contar detalhes, impulsos, reações quase descabidas daqueles que são parte da nossa carne, diminui muito o movimento do nosso cósmico interior. Acho que não devo trocar a profundidade pela superfície. Eles sempre julgaram necessário ocultar certas verdades e importantes recordações. Estaria eu mentindo quando descrevia um fato? Não. Teriam eles deturpado as palavras, suprimido as intenções, contornando sílabas no propósito de torcer a ideia? Não sei. Onde estaria a conveniência de suprimir, guardar distâncias várias, dentro de uma só verdade? Aqui apenas reconstituo como um ligeiro croqui fatos antigos, esmiuçando não a alma dos outros, mas a minha própria. Cada um de nós tem as suas recordações, os seus pontos fixos na memória, e não é justo que recusem as minhas lembranças. A verdade de cada um não pode ser transferida, negada nem subestimada, pois dela formamos a nossa vida, nosso ambiente e sabemos o motivo das nossas reações. Negar uma recordação é um abuso e uma fraqueza.

Um dos meus conflitos de criança era a conduta dos mais velhos. Todo acontecimento insignificante, para eles, entrava no rol dos fenômenos normais. E por julgarem normais, estavam destituídos de importância. Ora, esses mesmos acontecimentos tinham em realidade um valor extraordinário no meu julgamento. Assim o mundo exterior jamais ganhou equilíbrio com o meu mundo interior. Observando tudo e todos, entrando em choque com a verdade dos adultos, com os seus raciocínios sempre dirigidos pelo egoísmo, pela falta de desprendimento e pelo despotismo, fui perdendo o sentimento de respeito, e sentindo afastar-se aquela aura de mistério que eles geralmente nos infundem. A minha vida de criança foi um drama que atravessei entre angústias imprecisas, omissões dolorosas e solidões amargas.

Morava conosco uma irmã de minha mãe, que tinha a mania de descoser vestidos usados. Como naquele tempo os trajes eram volumosos, desmanchar uma saia era trabalho para consumir dias intermináveis. Ora, essa minha tia não encontrava outro auxiliar para sua mania que não fosse eu. Prendia-me horas sem fim segurando babados, rendas, enquanto com uma pequena tesoura pacientemente desfazia linha por linha todo o vestido. Às vezes eu ficava irrequieta e não cooperava de acordo naquele martírio. Outras vezes, quando eu estava mais calma, aproveitava o "castigo" para refletir sobre o movimento das suas mãos, reparar no carinho com que desmantelava uma coisa feita e útil para guardar depois cuidadosamente os pedaços de tecido. Era surpreendente a fascinação com que essa criatura desbaratava um vestido, para nada. Sentada ao seu lado eu era obrigada a permanecer o tempo que ela precisasse para executar aquela mórbida tarefa. Uma vez, entrando no seu quarto, vi uma grande mala abarrotada de vestidos desfeitos, guardados entre naftalina. Eram vestes esquartejadas e escondidas. Uma verdadeira coleção de tecidos em pedaços. E para quê? Eu tremia quando pela manhã ouvia sua voz imperiosa gritando um "Berenice, vem cá!" Eu sabia o que ia me acontecer. Aquela mania constante da minha tia de desfazer vestidos usados, obrigando-me a acompanhá-la dias a fio num trabalho que me enervava ao máximo, já fazia com que eu olhasse não para as pessoas que nos visitavam, as que passavam na rua, mas para os vestidos que cobriam os corpos. Imaginava quanto tempo seria necessário para desmanchar este ou aquele, imaginava e sofria a monotonia dos metros intermináveis de um babado a ser desfeito. O meu mundo atordoado não era mais de gente. Era de vestidos a desmantelar. Várias noites acordei sob pesadelo. Via-me sufocada por montanhas de vestes sem corpos caindo sobre mim. Do céu desciam nuvens de vestidos como pássaros esvoaçando sobre a minha cabeça. O alimento, pedaços de babados que se embaraçavam na minha língua e impediam a minha respiração. Eu despertava assustada. Quantos medos e suores noturnos me custaram aquela mania da minha tia e o castigo de ajudá-la numa coisa sem finalidade. Eu tinha ímpetos de recusar. Se dissesse que estava doente, teria de ir para a cama. Se demonstrasse má vontade, ela certamente me infligiria um castigo pela "falta de obediência aos mais velhos". Certa ocasião, soube que a minha tia aprontava-se para visitar uma amiga distante e lá permaneceria algum tempo. Fui tomada de uma grande alegria ao constatar que ficaria livre daquela penitência ao menos por alguns dias.

Outra vez, não sei porquê, resolvi fugir de casa. Eu devia ter nesta época uns seis anos. Lembro-me que as únicas coisas que embrulhei para a minha fuga foram alguns pares de meias. Não cheguei a realizar o meu intento porque à porta da rua apanharam-me de volta sob dezenas de perguntas que ficaram sem respostas.

Outro tipo estranho da minha família era o meu tio. Vivia apanhando passarinhos. Untava pedaços de madeira com visgo de jaca, espalhava nos galhos das árvores do quintal e sentava-se num canto à espera do incauto bichinho. Ficava horas seguidas sem falar e obrigando-nos a manter um silêncio tumular para não espantar o pássaro que ele imaginava estar próximo. No fim do dia conseguia aprisionar um pobre tico-tico e, como não fosse pássaro de qualidade, depois de desprendê-lo do visgo, largava-o no chão com desprezo. O animal lambuzado daquela coisa viscosa ficava impedido de voar, de andar e de viver. Algumas vezes procurei lavar os bichinhos para soltá-los, mas apenas conseguia depená-los. Esse meu tio era muito malvisto pelo resto da família. Homem que passava os dias apanhando pássaros e colecionando-os em gaiolas, era homem perdido. Mas apesar das brigas espantosas que essa ocupação provocava entre os irmãos, o meu tio continuava a untar com visgo de jaca pedaços de madeira e a pendurá-los nos galhos das árvores do quintal. Uma noite ouvi contarem que o meu tio estava doente, necessitando de gozar os ares das montanhas. Eu me alegrei por ele. Na floresta, quantos pássaros raros ele poderia apanhar! Livre, na serra, ele não ouviria as reprovações da família, não precisaria pedir silêncio e talvez não fosse necessário o visgo traiçoeiro porque os pássaros seriam tantos que ele os alcançaria com as próprias mãos! Eu o via na mata fresca e luminosa andando entre os pássaros, acariciando as suas plumas, conversando com eles junto aos ninhos, e imaginava a sua grande felicidade. Não sei se alguma coisa dessas teria acontecido a meu tio. Eu preparei estas cenas num desejo indescritível de encontrar um meio de apagar da sua fisionomia aquela tristeza permanente e de interromper aqueles silêncios prolongados quando ele ficava sentado num canto da casa.

Algum tempo depois mudamos para a Rua das Cruzadas. Era uma casa grande, assobradada, com um enorme quintal cheio de árvores frutíferas e muitas bananeiras. O muro, que dividia o nosso terreno da casa vizinha, estava em parte derrubado. Dias após a nossa mudança, resolvi atravessar para o outro lado e ver o que havia. Era uma casa abandonada e quase em ruínas. Como ninguém ali morasse, eu fiz daquilo o meu reino. Quando estava cansada das conversas dos meus, fugia para a casa abandonada. Atravessava as salas vazias e mofadas, os quartos escuros, olhava os tetos inchados pela infiltração das chuvas, abria temerosa as portas dos compartimentos, pisava com cuidado as tábuas do chão que rangiam e se despencavam com o movimento dos meus pés e, lá, a minha imaginação tomava corpo. Eu falava alto. O eco me fascinava. Perguntava por mim e ouvia a minha voz repetindo a pergunta. Eu contava histórias curtas e, a cada frase, recebia de volta a minha conversa. Nunca tinha experimentado a sensação do eco. E foi dando um valor excepcional de mistério e de beleza rara, que contei aos meus irmãos e companheiros a minha extraordinária descoberta. Levei um grupo de crianças aos meus domínios e, pedindo silêncio para executar a mágica, perguntei por mim. A minha voz saindo do teto, das paredes e do chão, envolveu-nos repetindo: "Berenice, onde está você?", "Essa é a sua voz?" Os outros, que também nunca tinham sentido a presença do eco, julgaram que eu possuía poderes especiais. Olharam-me surpreendidos. Sentei-me no chão esburacado, fiz com que os meus companheiros se acomodassem da mesma maneira e resolvi inventar que o eco era a voz das flores que enchia o velho casarão.

Com vozes diversas eu começava: "Eu sou a rosa chamando pelo João", "Eu sou a violeta perguntando pelo Antônio", "Eu sou o cravo chamando Amélia", e dessa maneira fui mencionando o nome de cada um, através de uma flor, como se elas tivessem tomado o encargo de conversar com os meus companheiros. Todos os dias em horas determinadas íamos conviver com as flores na casa abandonada. Eu era a proprietária desse imenso jardim desconhecido e invisível. Sem a minha companhia ninguém lá entrava.

Havia nesse casarão um porão escuro que cheirava a gás. Uma vez resolvi penetrar ali. Mas o porão não me ofereceu o mesmo deslumbramento dos andares superiores da casa. Alguns morcegos cruzaram sobre a minha cabeça, alguns ratos fugiram com a minha presença. E o cheiro sufocante do escapamento de gás me trazia mal-estar. Eu preferia a presença do eco varando as grandes salas, os quartos vazios, saindo dos rombos do teto em ruínas. Eu me habituara a pensar que ali moravam todas as flores que eu via nos canteiros vizinhos. E ao sair, fechando a porta daquela ruína, eu dava um boa-noite demorado e a repetição da minha saudação dava-me a impressão de um coro vegetal despedindo-se de mim. No terreno abandonado, escondido de outros olhares, organizei também uma horta. Plantei caroços de feijão, de milho, batatas, galhos de roseiras, de trepadeiras e tudo que encontrava para enterrar. Um dia, a rama da batata já crescida, eu quis ver como estavam as raízes. Puxei vagarosamente, com cuidado. Sentia os estalos como gemidos sob a terra. Tive a sensação de matar algum ser vivo. Minhas mãos ficaram com medo. Emocionada, continuei a arrancar a rama do solo. De pronto, um estalo mais forte, e um cheiro violento de chuva, de folha, de boca dos meus irmãos recém-nascidos entrou pelas minhas narinas e eu vi, misturadas com a terra negra e fofa, uma quantidade de batatinhas pequeninas muito claras penduradas nas raízes da grande batata! Que impressão estranha e maravilhosa tive nessa hora! Que mistério havia ali embaixo que multiplicava uma coisa em tantas!...

E assim, entre este universo e o mundo da minha família, fui passando a minha infância.

Um pouco adiante da nossa casa, na mesma rua, morava uma família rica e amiga de meus pais há longos anos. O casal tinha filhos rapazes e duas filhas moças. Eu gostava de visitá-los. Residiam numa enorme casa rodeada de um belo jardim. Nos fundos, uma horta muito bem cuidada, com canteiros simétricos regurgitando de legumes. Eu me divertia apanhando nas folhas das couves e das alfaces pequeninos insetos coloridos denominados joaninhas. Um poço limpo com peixes dourados fazia parte das minhas distrações.

A sala de jantar muito espaçosa era guarnecida de móveis caros e objetos finos trazidos da Europa. Sobre a larga mesa, num centro de prata em forma de torre, colocavam flores, e sobre elas espalhavam diversos pássaros minúsculos de celuloide colorido. Eu achava lindo! Tinham bibelôs espalhados pela casa inteira. Na sala de leitura, havia uma mesa coberta de jarros, caixinhas e... biscoitos, pedaços de bolo e de pudins. Aquilo me causava estranheza. Por que enfeitar com doces um compartimento de livros? Intrigava-me a tal ponto que um dia resolvi burlar a vigilância dos moradores e ver de perto, tocar com as minhas mãos e, se possível, provar aquelas guloseimas. Mas, segurando numa pilha de cinco biscoitos o meu espanto foi maior. Tudo era de *biscuit*. Fiquei um pouco sem graça com o logro. Da mesma forma como havia penetrado nesse recanto da casa, saí. Apenas com a curiosidade mudada para outro plano. Os doces em porcelana teriam a finalidade de enganar as crianças ou seriam objetos de enfeite?

As moças da casa eram simpáticas e alegres. Sempre fui recebida com manifestações amigas. Um dia contaram-me que esperavam, de Paris, uns parentes com uma filha da minha idade. E para dar as boas-vindas tinham resolvido surpreender a menina com uma boneca e o enxoval respectivo. Mostraram-me a boneca de louça, com uma linda cabeleira de cachos dourados. Eu fiquei extasiada. Dias antes da chegada dos viajantes, as moças ocupavam-se na preparação dos quartos destinados aos hóspedes e à terminação das vestimentas da boneca. Eu, radiante, acompanhava com o máximo interesse o movimento das duas moças. Entretanto uma coisa aconteceu que jamais pude entender.

Enquanto costuravam o enxoval, contaram-me uma história com a promessa de repeti-la inteiramente. Como sempre adorei esse gênero de distração, imediatamente aceitei a proposta. Fui ouvindo com atenção. Mas eu não compreendia certos detalhes e, uma vez por outra, interrompia as narradoras para fazer uma pergunta sobre determinada coisa que eu achava absurda. Repetiam novamente e eu tornava a pedir explicações. Não havia maneira de aquilo entrar no meu raciocínio. Seria necessário eu repetir uma história sem nexo? Diziam elas que eu não precisava compreender, bastaria que decorasse unicamente para depois repetir. E repetir, sem a omissão de uma só palavra. Vários dias e muitas horas ouvi a mesma coisa e cada vez ficava mais confusa. Quando as moças se convenceram de que eu estava apta a cumprir a promessa, sentaram-me numa cadeira e forçaram-me a falar. Embora constrangida por ser obrigada a contar uma história que eu não entendia e com palavras estranhas ao meu linguajar, repeti tudo. Então puseram-se a rir como loucas e os absurdos que eu notara desde as primeiras frases e indagara espantada os significados, agora eram justamente indagações suas, entre acessos de riso. Procuraram convencer-me de que eu deveria explicar-lhes a significação. Diziam que eu estava enganada. Elas nunca tinham ouvido aquela narrativa senão de mim. Riam muito e alto. Formou-se no meu cérebro um tremendo emaranhado. Senti que me haviam colocado num plano de loucura. A um certo momento eu duvidei de mim, dos meus ouvidos e pensei mesmo que tivesse acordado de um sonho estranho. Depois, duvidei delas. Não cheguei a nenhum resultado senão que a história deveria ser muito engraçada pelo gargalhar contínuo das duas. Eu me insurgi contra aquele prazer original que aturdia o meu cérebro. Se ao menos eu pudesse saber o que significavam certas palavras, possivelmente encontraria um ponto de partida para o problema. Além da confusão, me senti humilhada por me ver objeto de galhofa. Afinal eu era uma criança de sete anos. Onde estaria o interesse da história? Qual de nós três estava com a explicação? Com que finalidade obrigaram-me a decorar uma coisa absurda e repeti-la letra por letra? Divertimento à custa da minha ignorância? Recebi como uma brincadeira cruel e de mau gosto. Nunca esqueci esse fato, e é pena que eu não me recorde absolutamente das palavras a fim de esclarecer as minhas dúvidas.

O chefe da família sofria do estômago. Levantava-se da mesa depois das refeições e estendia-se numa *chaise longue* de couro vermelho. Tomava remédios, desabotoava o colarinho e esperava, rodeado da esposa solícita e dos filhos ansiosos, a expulsão dos gases estomacais. Eu arregalava os olhos para aquela cena do homem deitado, com ar de sofrimento e mimado pela família como se estivesse nos últimos instantes.

Nessa casa, na sala de bilhar, havia uma coisa que me transportava ao mais alto clima de encantamento. Numa das viagens à Europa, haviam trazido umas cadeiras pintadas com paisagens de neve. Sob o assento existia uma caixa de música. Bastava uma pequena pressão para uma deliciosa melodia fluir no espaço. Lembro-me que eu entrava nessa sala e sentava-me numa, depois em outra e assim até gastar a música das seis cadeiras. As músicas levavam-me a paragens maravilhosas da minha imaginação. O fato de o peso do meu corpo comandar e irradiar música me fazia acreditar em graças especiais. Em todos os cantos dessa casa eu encontrava motivos para o meu espírito viver em sonhos. O próprio cheiro das cortinas, dos tapetes, do chão sempre brunido, dos móveis raros cheios de incrustações de madrepérola, as estátuas de mármore, os animais de bronze numa pose de combate feroz, os quadros com paisagens que não me eram íntimas, tudo fazia crescer a minha fantasia e a minha curiosidade e provocar a vontade de me sentir parte dessas regiões distantes.

Um dia, porém, aconteceu um fato que me trouxe uma revelação ainda não experimentada. A tal menina, que a família esperava de volta de Paris, já era hóspede dos meus conhecidos há alguns dias. Uma tarde, foi a nossa casa fazendo-se acompanhar de uma governanta. Levavam um recado ou coisa parecida. A criança estava ricamente vestida de branco, com rendas finas e laços preciosos. Quando entraram, a minha mãe ofereceu-lhe uma cadeira. A menina já estava disposta a sentar-se quando a governanta lançou um olhar de reprovação e acintosamente proibiu que usasse a cadeira. Disse que, "sentando-se naquilo, iria sujar o seu vestido". Minha mãe procurou rapidamente um pano e limpou a cadeira depressa. Porém a governanta manteve a recusa e ainda ordenou com autoridade que "não se encostasse em coisa alguma para não manchar-se". Eu que assistira à entrada da menina com verdadeiro deslumbramento pelas suas vestes, pelos seus cabelos compridos e brilhantes descendo pelos ombros, que a recebera como a presença de uma fada, diante daquela atitude senti vergonha da minha ilusão. A menina estava habituada àquela educação em que a obediência deve ser mantida drasticamente à custa de toda a liberdade e conservou-se de pé, imóvel, enquanto a governanta terminava de falar à minha mãe. Parecia uma estátua. Eu, em silêncio, observava, sentindo crescer uma onda de repulsa às visitantes. Quando a mulher terminou de falar, retirou-se com a menina sem ao menos apertar a mão de minha mãe. Vi quando, na porta da rua, a governanta verificou a limpeza das mãos da criança e fez uma inspeção demorada na mesma a fim de constatar que o seu vestido, as suas rendas finas e os seus laços preciosos não haviam trazido mancha nenhuma daquela casa modesta. Tive vontade de cuspir na mulher e arrancar os cabelos louros da menina. Nesse dia, pela primeira vez, eu fui obrigada a notar a diferença entre uma menina rica e outra pobre, entre uma família opulenta e outra modesta. Nunca havia estabelecido comparações. Eu só fazia diferença entre uma pessoa e um animal. Esse detalhe importantíssimo foi o marco do meu desprezo e da minha desatenção pelas classes de fortuna. Aquela atitude de superioridade, de nojo, de incompatibilidade, de distância repulsiva, mostrada por duas pessoas que viviam rodeadas de luxo, conforto e dinheiro, repudiando com dureza o gesto delicado e fraterno de minha mãe, oferecendo-lhes solícita uma cadeira usada, feriu-me indelevelmente. Senti-me revoltada e tive arrancos de ódio. Mas controlei-me na incerteza de minha mãe não ter percebido a atitude grosseira das visitantes. Talvez ela não tivesse encontrado na recusa o mesmo que eu. E falar, seria despertar uma ferida e uma humilhação na sua simplicidade admirável.

Muito tempo mais tarde, vim a saber que o pai da menina era agiota. Ficava de posse de joias e objetos dos aflitos em troca do dinheiro emprestado. Então compreendi aquela insensibilidade de seres alimentados à custa de inquietações alheias. Tinham dinheiro mas não tinham alma. Estava certo. O tempo passou, mas por muitas semanas eu não fui à casa dos amigos do meu pai onde se hospedava a menina rica. Nunca me foi possível guardar o seu nome nem saber em que canto do mundo viveu ou morreu. Foi para mim um símbolo aquela visita tão desagradável. Eu sempre aceitara a família rica e recebera a menina mimada que voltava de uma viagem do outro lado do oceano, com a alma aberta e sem nenhum sentimento de cobiça, de inveja e desconfiança, no meu coração infantil. Acolhera até com uma certa simpatia e agrado aquelas criaturas que com as riquezas me proporcionavam motivos de encantamento e fantasia. Eram para mim um panorama novo onde eu podia mais largamente deixar correr a minha imaginação. No fundo eu ainda agradecia os elementos que eles inconscientemente me davam para desenvolver os meus devaneios. Eu vivia no meu mundo onde nunca havia penetrado dinheiro nem as classificações de fortunas. E por isso a minha alma se espantou.

Até hoje, sempre que me falam de alguém nascido em "berço de ouro", lembro-me daquela menina rica, naturalmente pautada na imbecilidade, na insensibilidade, no egoísmo, na frieza e no vazio, e tenho vontade de cuspir em todos os agiotas e nas governantas das suas filhinhas.

Com o tempo eu retomei o hábito de visitar a família amiga de meus pais, assentar-me nas cadeiras com caixas de música, a gostar dos passarinhos coloridos de celuloide que enfeitavam a floreira da mesa e a divertir-me com os peixes dourados do poço da horta e a recolher as joaninhas das folhas de alface. Mas o tempo não me fez esquecer aquela menina ricamente vestida que foi aos meus olhos, apenas por minutos, uma fada surgindo na minha casa modesta e pobre.

Capítulo III

Minha mãe era uma mulher de estatura mediana, morena, de aspecto frágil. Cuidava dos filhos e dos arranjos da casa. Estava sempre triste. Eu desconhecia propriamente as razões. Lembro-me, no entanto, de que as noites me traziam um contato mais direto com os seus problemas íntimos. Frequentemente, o meu sono era interrompido por soluços e queixas. Eu apurava os ouvidos e percebia que no quarto dos meus pais alguma coisa de anormal estava acontecendo entre eles. Minha mãe era ciumenta e as suas lágrimas e atritos surgiam de alguma suspeita. Noites sem conta eu ouvia as discussões intermináveis, as desculpas, os esclarecimentos, os soluços amargurados, um pranto incontido e, depois, lentamente, o silêncio cobrindo os dois. Eu, acordada, ouvia mais tarde o ressonar daqueles corpos martirizados pelas acusações e desculpas. Olhava para os meus irmãos dormindo serenamente. Desejava compreender os motivos daquelas rusgas constantes. Mas ficava apenas numa tristeza misturada com curiosidade. Dentro de mim armava-se um grande conflito: se eu um dia tivesse de escolher entre o meu pai e a minha mãe para dar solidariedade a um deles, com quem eu ficaria? A ideia de perder um ou outro me apavorava. Eu os amava com a mesma intensidade e não acreditava ser possível viver sem a companhia dos dois. Por meu pai eu tinha uma grande fascinação. Por minha mãe eu sentia uma profunda ternura. Eram noites que eu passava analisando e pesando as minhas preferências sentimentais, coberta de uma grande angústia. Eu julgava que para o meu pai ser divino só faltava que ele conversasse comigo, não me tratasse sempre pelo nome, mas com um suave "minha filha". Eu esperava que um dia isso acontecesse. Minha mãe, uma criatura singela, gastava a sua vida com a família, que aumentava todos os anos. Não me recordo de tê-la visto senão esperando um filho. Tinha um ar doentio, abatido e frágil. Possuía uma enorme cabeleira que se abria como um manto pelas suas costas quase até aos joelhos. Penteava os seus cabelos em duas grossas tranças que deixava caídas como cobras. Eu tinha a impressão que o peso da sua cabeleira a fatigava demais. Queixava-se constantemente de dores, de canseiras e tinha as impaciências naturais de uma mulher com filhos pequenos e problemas de família, e talvez o seu ar triste fosse o traço de lamentações pelos seus desconhecidos e perdidos sonhos.

Muitas vezes eu me sentava isolada num canto da casa e a olhava com extrema ternura pelas coisas que eu imaginava estarem se processando na sua alma. Acompanhava com o olhar os seus movimentos, os seus gestos, ouvia as suas murmurações, tomava conhecimento das suas conversas transpirando amargura e sentimentos indefinidos. Enquanto isso o meu mundo interior se intumescia e o solo da minha existência estava, sem culpa de ninguém, sendo semeado de angústias e descrenças para uma futura colheita. Eu tinha aparência de uma criança comum, gostando de correr, de gritar, de cantar, de subir nas árvores, de espiar o ninho dos pássaros nos grandes sapotizeiros do quintal, que gostava de soltar papagaio com os meninos, de brincar de roda, de deitar no chão de terra e conversar com as nuvens apressadas. E aquela imensidão de sombras que se acumulava na minha alma? De onde vinham? Por que apareciam? E onde me levariam? Seria apenas a impressão passageira num instante de criança? A verdade é que eu recebia a sensação de um grande dedo calcando constantemente as minhas infantis alegrias e nunca vivendo momentos despreocupados. Essa impressão me seguiria na vida de mulher. Sempre recebi a sensação de uma mão a triturar, a esmagar, a esfacelar e destorcer os meus sonhos simples e sinceros, a minha intenção de pureza e bondade, como se fosse um cilício prematuro impondo controle a todos os meus impulsos. Hoje, tenho uma enorme piedade daquela menina que descobriu o eco, daquela menina que desejou ser árvore e esperou ansiosamente pelas raízes que prenderiam o seu corpo à terra morna das tardes de verão!... Coitada! Como esta menina era magnífica, era forte, era bela!... Como foi depois desfolhada e jogada aos ventos perdidos e aos violentos temporais!

Que nostalgia tenho dela que só eu conheci, a menina de que só eu consegui guardar secretamente um fragmento do olhar e da voz! Guardo a sua lembrança como quem guarda uma rosa recebida do primeiro homem que se amou! Que saudade daquela Berenice criança, tão pura e tão nobre que, mesmo respirando uma vida de contradições, de tristezas objetivas e subjetivas, possuía forças incubadas e grandezas em potencial! Com o correr do tempo essas forças e grandezas se foram desgastando, e hoje apenas ficou uma dolorosa e amarga sensação de ridículo e pobreza! Não sei se foi a noção do eterno, que mais tarde adquiri, que fez com que hoje eu olhe para tudo e todos com lassidão, desinteresse e perdão. Conservo, apesar do constante combate a mim mesma, uma natureza impulsiva. Revolto-me com a burrice, a má-fé, as manobras sórdidas de traição alimentadas nos escaninhos dos caracteres e enojo-me com as inferioridades de espírito e a incrementação da ignorância. Mas, passado o meu arrebatamento, envergonho-me das minhas reações quixotescas e penitencio-me de não me ter esforçado para compreender melhor as criaturas. Obrigo-me à procura de sentir na confusão dessa miséria humana uma ação limpa e desinteressada em alguém. E talvez — quem sabe? — seja essa uma forma de eu mesma me justificar diante da minha consciência. Às vezes imagino o que diria aquela menina fresca e pura se fosse possível encontrar-se com a mulher que hoje sou! Certamente diria que errei nas coisas inúteis, que ampliei mesquinharias e valorizei demasiado as minhas razões, chegando a classificá-las de direitos. O direito que tomamos não passa de uma forma de defesa para uma aquietação dentro de um tempo limitado e precário. Ridículo, apenas ridículo.

Por necessidade financeira, creio eu, meus pais haviam alugado a uma mulher espanhola um quarto do grande casarão em que morávamos na Rua das Cruzadas. Não guardo dessa mulher nenhum traço fisionômico. Lembro-me apenas da sua voz nas constantes brigas com a minha mãe. Ouvia minha mãe acusá-la de infringir todas as regras de higiene. Não posso precisar o tempo em que essa inquilina permaneceu entre a nossa família. Quando meu pai ameaçou deixar o casarão, a espanhola procurou mudar-se para outro lugar. Creio que não deixou a nossa companhia mais cedo por uma questão de teimosia vulgar. Isso entretanto não teria a menor importância e eu poderia até omitir se não fosse um detalhe que nunca me foi possível esquecer, pois me deprimiu fortemente e trouxe ao meu julgamento de filha uma sensação dolorosa de desligamento.

Minha mãe, no dia em que esta mulher mudava-se, na hora exata em que saíam as suas malas e objetos, correu a um armário e trouxe uma quantidade de foguetes e bombas de São João que comprara antecipadamente. Ao se ver livre da inquilina que lhe amargara o sossego doméstico, foi tomada de uma alucinante alegria e festejou a saída da espanhola de uma maneira inédita. Eu era uma criança mas recebi com tristeza aquela manifestação selvagem. Escondi-me num canto da casa até não ouvir mais o espocar das bombas intempestivas. Reprovei em silêncio aquela atitude que me pareceu nada compatível com a ideia que eu trazia de minha mãe — só bondade, candura e serenidade. Ela desabafou o seu ódio. Doente que estava, sentiu-se revigorada e lépida nesta manhã. Depois as horas foram atravessadas em vários comentários com manifestações de júbilo. Eu me sentia destruída, com a alma tão amarfanhada que uma espécie de desmoronamento atingiu o sentido de respeito e defesa à pessoa que se portara de maneira tão inesperada. Eu sentia-me em brumas. De onde provinha aquela reação inominável? Confesso que nesse dia a minha simpatia humana pendeu para a espanhola. Distanciei-me dolorosamente de minha mãe. Eu não queria vê-la diminuída aos meus olhos e tudo fiz para justificá-la, mas não encontrei elementos. Parece que estou a ver a mulher carregando os seus pertences, transpondo o portão da nossa casa e, à sua volta, minha mãe acendendo bombas com um riso estranho. Que piedade tive da mulher envergonhada, de minha mãe, e que piedade tive de mim! Até hoje não posso ouvir o estrondo de foguetes e bombas que eu não me veja nítida dentro desta cena! É penoso e difícil sabermos as causas exatas das reações, mesmo quando perfuramos pacientemente as condições e finalidades. Vários dias passei num trabalho incansável a fim de penetrar nos silêncios de minha mãe e, dessa maneira, aproximar-me novamente da sua alma, sentir as suas dores, reencontrar a grandeza da sua vida e ver refletidos, naquele seu gesto condenável, os meus próprios defeitos e erros.

Morava conosco também uma tia, irmã de minha mãe, muito moça, que nunca saíra do quarto. Vagamente eu percebia que era doente dos pulmões. Havia uma proibição expressa de minha mãe para não ficarmos com a doente, segregada num quarto ao fundo de um enorme corredor. Às vezes, eu ia às escondidas visitá-la. Era uma moça muito pálida, deitada numa cama estreita, sempre rodeada de vidros de remédios e falando muito pouco. Minha avó materna era a pessoa de mais contato com ela. O quarto estava sempre na penumbra e, no ar, um cheiro acre de medicamentos e suor que me repugnava. Entretanto, eu sentia uma atração incontida pela enferma que esboçava um sorriso de agradecimento sempre que eu ali entrava. Ela era só e doente. Não reclamava, e a sua voz era um fio, só percebido nos acessos de tosse, agradecendo o xarope de guaco ou o copo cheio de seiva de bananeira que ela bebia como remédio na esperança de cura. Numa das conversas de minha família, notei que tratavam de enviá-la a um hospital. E assim ocorreu. Meses depois, chegou-nos a notícia de que ela havia falecido. O quarto, que havia habitado, foi lavado com creolina, abertas as janelas e transformado em socavão para guardar malas velhas, móveis quebrados, etc. Recordo-me que no dia em que soube da sua morte, corri ao seu quarto. Entrei. Olhei as janelas escancaradas, medi com os olhos o espaço da sua cama, fixei o olhar na parede em que ela tinha o hábito de descansar uma das suas mãos. Lá estava o sinal da morta. Uma mancha escura na parede forrada com um papel de ramagens claras. Reconstituí na memória aquela figura moça de ar suave e desolado que sempre vivera afastada de todos, comendo em pratos e talheres separados por marcas que lembravam o contágio da doença incurável. Nunca dera trabalhos e canseiras, nunca provocara atritos nem brigas. Era acomodada dentro da sua funda solidão sem revoltas nem queixas. A figura dessa criatura moça permanece nitidamente desenhada na minha memória como flor esmagada antes de desabrochar. É quase saudade o que sinto da sua lembrança. Não houve luto nem grandes prantos. Apenas muitas vezes repetida a frase que para mim só continha indiferença e falta de ternura: "Foi melhor. Descansou mais cedo." Era uma homenagem insignificante a um ser jovem que não tinha tido vida para cansar-se.

Um tipo interessante era o de uma velha soturna que frequentava nossa casa. Para mim ela simbolizava o demônio. Lembro-me que todas as noites chegava para conversar. Só ela falava. O assunto entretanto versava sobre coisas tenebrosas e lendas cheias de mistérios. Era uma mulher sem alegria e sorrisos. Jamais consegui ver os seus dentes. Possuía lábios finos e apertados e as palavras saíam da sua boca escorrendo pelas frestas dos lábios. Tinha os olhos pequeninos, muito juntos e de um brilho intenso. Era alta, muito magra. Os pomos de sua face descarnada tinham uma expressão amarga, parecendo virgens de um carinho. Morava a dois quarteirões de nós. Passava as horas da visita fazendo crochê. Eu olhava para as suas mãos secas, com dedos nodosos movimentando-se com tanta rapidez que me era difícil acompanhá-los com os olhos. A sua roupa recendia a ervas guardadas. Vivia sozinha em companhia de um gato. Aquela mulher infundia-me um vago terror quando contava que, no silêncio das altas horas, escutava o voo das almas que se despregavam dos corpos e que via, no espelho de uma caixa escondida entre os seus cobertores, os rostos lívidos daqueles que estão no último instante de vida. Não posso jamais esquecer a impressão que me causava quando entrava em nossa casa, no começo da noite, e sentava-se ao lado de minha avó. Imediatamente retirava de uma sacola o seu crochê interminável e iniciava a sua tarefa. Tinha o hábito de suspirar entre uma frase e outra um: "Ai, São Cipriano!"

Uma noite, como sempre, chegou. Eu estava sonolenta encostada em minha mãe. Entretanto, sem ver, senti o peso magnético dos seus olhos miúdos e faiscantes que me fixavam. Em voz baixa sussurrou alguma coisa aos ouvidos de minha avó. Eu tinha a respiração entrecortada e observava essa mulher, querendo adivinhar as suas palavras e a finalidade da sua presença frequente em nossa casa. Minha avó perguntou à minha mãe por que eu não ia para a cama. Mandaram-me dormir. Levantei-me e despedi-me da estranha mulher. Ela passou a sua mão de múmia sobre a minha cabeça e, com os dedos secos, modelou vagarosamente o meu rosto e disse:

— É igual a ela.

— Ela quem? — perguntei.

— A uma pessoa que deve partir para nunca mais voltar à terra. Sei que isso não levará muito tempo e, quando ela sair do corpo, você herdará sua alma porque a sua semelhança com ela é tão completa que ninguém mais poderá usar o seu espírito senão você.

Assustei-me, sem entender bem o fundo das suas palavras. Minha mãe apertou-me em seus braços com violência. A mulher pausadamente continuou:

— Ninguém poderá evitar que esse espírito largado pouse nessa menina, no dia em que o corpo da outra abrir as portas para a saída da alma.

Aquela profecia tão estranha não alcançou o meu raciocínio, mas a sua voz era tão cheia de mistério que senti terror do desconhecido. A mulher lançou sobre mim o seu olhar maléfico enquanto os seus dedos continuaram a manejar a agulha de crochê. Virou-se depois para a minha mãe e, numa aparência de quem desejava trazer a calma ao seu coração, falou:

— Não tenha receio. Nada lhe acontecerá. Ela tem a matéria leve e tenra.

Minha mãe sufocou o seu tremor e pediu-lhe que não repetisse aquelas histórias porque me causavam medo. Vi quando a mulher levantou-se, andou sem ruídos até o fundo da sala e chegou à janela aberta. A sua sombra confundiu-se com a parede da noite. O meu coração batia como o dos pássaros que o meu tio aprisionava. De repente começou a gemer como se sonhasse, e, falando sozinha para o espaço escuro, contava coisas como se estivesse vendo pessoas.

— Sim, lá vem ela. Corre por uma estrada cheia de perigos e ninguém a acompanha. — E comandava nervosa, dirigindo-se a alguém invisível do outro lado da janela: — Pode atravessar! Eu ajudo daqui. Não acontecerá nada, venha que estamos esperando. Deste lado há um bando de pássaros brancos.

Estávamos todos silenciosos. De repente uma porta fechou-se empurrada pelo vento. Lembro-me que senti arrepios como se braços de fantasmas me quisessem arrancar do lado de minha mãe. Sob a pressão tenebrosa da mulher, eu via nos vidros da janela um rosto lívido como um sudário. O pavor se apossou do meu corpo e eu fiquei estática. Ela voltou-se do fundo da sala, saindo das sombras como um sonho e aproximou-se de nós. A sua voz de sibila parecia vir também de distâncias infinitas:

— Ninguém a viu. Só eu e ela — e apontou para mim — só as crianças podem ver o que eu vejo. É pena que tenha deixado a vida em pecado. Seria melhor que esta criança recebesse o espírito que sobrou de um corpo, de acordo com a sua inocência e a sua idade. Certamente você irá penar sem compreender as razões. — E olhava-me. — É necessário preparar-se para a responsabilidade dessa outra alma que vai morar conjuntamente com a outra que você já possui. Eu quis evitar, e muitas noites procurei um recém-nascido, não batizado, para tomar em si essa alma que já vem se despregando há meses do seu invólucro. Mas não encontrei. Pedi mesmo a diversas mulheres grávidas que não batizassem os seus filhos, antes de me avisarem. Mas foi em vão. E vocês compreendem, eu não posso guardar esta alma lá em casa porque o meu gato não permite. Além do mais, eu não tenho espaço porque, como devem saber, quando a alma está desalojada do corpo, se alarga de tal maneira que ocupa todos os cantos, armários, gavetas, deita-se nas camas, senta-se nas cadeiras, enche todas as garrafas e respira todo o ar que entra nos compartimentos. Quando está dentro do corpo, não. Só respira o ar que entra pelas narinas do corpo. Só faz o que a forma pode alcançar. Por isso, quando sobra uma alma, eu, para auxiliar, procuro um corpo com uma face bem parecida com a sua antiga morada, para que ela seja aceita sem ficar demasiadamente comprimida e possa, mesmo, usar os próprios movimentos sem alterar muito os sorrisos e as expressões a que já estava habituada quando residia noutro corpo. Há dias venho observando essa menina, e como notei uma grande semelhança com a outra, penso que essa alma quase desgarrada caberá perfeitamente nesse corpo.

Eu estava apavorada. Gostava de ouvir histórias de fadas mas não de fantasmas. Tudo isso, falado com tetricidade e de forma positiva, deu-me a sensação da verdade inevitável. Como teria eu forças de carregar outra pessoa dentro de mim? No meu cérebro infantil formaram-se problemas graves. Como uma coisa tão grande, que enchia todos os espaços, podia caber dentro do meu corpo? E como eu iria andar, correr com esse peso? E quando essa alma morando no meu corpo quisesse rir no momento em que eu estivesse chorando, como ficaria eu? Certamente o meu rosto mudaria de contorno, de expressão; e depois, como seria eu reconhecida pelos meus pais e os meus irmãos?

Minha mãe e minha avó não tomaram muito a sério essa profecia e reparei a naturalidade com que continuaram a conversar sobre coisas corriqueiras. Tive a impressão de que só eu ouvira a mulher tenebrosa falar. Encolhida e tremendo, esperei que a visitante se despedisse e fosse embora. Quando a vimos sair, minha avó comentou:

— Coitada. Cada vez está mais louca. Essa mania de ser anjo mau, desgarrado e incumbido de vigiar as almas do espaço, ainda vai levá-la ao hospício. No fundo não faz mal a ninguém com essas histórias de guardar espíritos nos corpos desocupados. Às vezes é fatigante, mas não passa disso. É deixá-la falar o que quiser sem contrariá-la. Conheço-a há muitos anos. Desde mocinha é fraca da cabeça, e houve um tempo em que eu pensei estar curada, mas quando voltou a acompanhar enterros de desconhecidos, certifiquei-me de que para o seu mal não há remédio.

Todos fomos dormir, entretanto eu não consegui desligar-me das palavras daquela mulher. Eu já sentia o meu corpo com um peso diferente. Experimentei sorrir para ver se era possível, levantei o braço a fim de verificar se a alma da outra fazia força ao contrário. E nesse estado de alucinação passei quase toda a noite. Andei vários dias assustada e lembro-me que uma manhã, estando à janela em companhia de alguém que não me recordo, vi ao longe um homem trazendo várias garrafas vazias de leite. A pessoa que estava ao meu lado, brincando, alertou-me de que, se eu desobedecesse como era o meu hábito, chamaria o leiteiro para ser enfiada dentro de uma garrafa daquelas. Depois da história tenebrosa da amiga da minha avó, eu acreditei ser possível enfiar uma criança numa garrafa e, pelas manhãs, não aparecia na janela a fim de evitar a cobiça do leiteiro. Atravessei sustos pavorosos, e desde então procurava fugir quando a mulher chegava em nossa casa.

Até hoje os meus olhos conservam o espanto por aquele tipo tão estranho que se dizia íntima das almas perdidas. Os meus ouvidos têm sentido muitas vezes os passos dos fantasmas que caminham a meu lado, implacáveis e funestos, sem deixar que a minha alma, a minha verdadeira alma, agora cheia de angústias, completamente vergada ao peso de turvas paixões, fuja dos muros altos, onde aprisionada está sonhando e esperando alguma coisa deslumbrante e consoladora. Lembro-me sempre daquela noite quando a estranha mulher tomou de assalto meu corpo de menina para instalar uma alma perdida. Há momentos em que aceito aquela conversa de louca em toda a extensão. Nas palavras irreais daquela criatura há qualquer confirmação com um mundo insondável. Há dentro de mim conflitos com várias reações, várias interpretações e várias lógicas.

O meu mundo interior veio como produto de ambiência e criou uma alma que passou a ser o substrato desse próprio mundo como um sistema de sentidos integrados. A diversos impulsos assisto formando-se cuidadosamente em mim. Às vezes uma sensação de que a minha alma coletiva agrega os sentimentos individuais, constituindo uma fusão ou conexão dos fenômenos processando a unidade de sentidos e de ação. É uma espécie de sentir e de querer tudo que a coletividade sente e quer. Outras vezes deparo-me com a minha alma cativa, inerte em seculares tristezas. Raras vezes a tenho encontrado abaixo da consciência, e nessas raríssimas vezes sinto o meu próprio desaparecimento. Desligada encontro-me então de todo o sentido único e criador. Sempre tomei a minha consciência como um todo orgânico e indivisível, como sinônimo de síntese mental, porém nenhuma vez, deliberadamente, a coloquei em igualdade de condições ou a determinei como sinônimo de espírito. Outras vezes observo-me com alma de multidão, diferente da coletiva. A que transcende o temporal. Aflora de um fundo emocional e de uma sufocante agitação. Como se eu estivesse em pleno contágio com todos os impulsos, desejos, arrependimentos, perdas, vitórias, sofrimentos e prazeres. Como se eu estivesse ainda no ventre de todas as mulheres e já estivesse também dentro de todos os túmulos. É a única vez em que incorporo à minha alma o sol e a lua, a claridade e as trevas, o calor e o frio. Em geral separo esses motivos, de acordo com o meu estado de espírito. Não é a luz do sol que me faz alegre nem a claridade da lua que me torna amorosa. Quase sempre um dia luminoso me deprime a ponto de esconder-me entre reposteiros descidos, e as minhas inquietações amorosas se processam nas noites escuras e opacas. A minha alma não tem relação com a paisagem e por isso invejo as árvores submissas aos climas e estações. Sob a alma de multidão sinto-me impessoal, movida pela agitação de vários mundos, na fusão de luzes e escuridões, experimentando com a mesma gradação as temperaturas diversas. É quase num estado pânico que ouço o ronco dos terremotos, o pranto suave da brisa aumentando até chegar a boca dos vendavais como uma interminável lamentação. É como se eu fosse parte do eterno. Viesse da formação do cosmo e continuasse após as cinzas de todos os universos. Tenho ímpetos de largar-me no espaço como invisível arcanjo atravessando o infinito sem medida e sem tempo. Não, eu não sou possuída de uma só alma. Creio que aquela mulher, sem o meu consentimento, alojou almas heterogêneas no meu corpo. Almas de crianças, de adolescentes, de noivas, de mães, de prostitutas, de santas e de criminosas. Sim, multidão de almas batem-se desajustadas nas paredes do meu corpo e respiram toda a paz que pertencia à minha alma única e inicial. Algo de profundo havia nas palavras da amiga da minha avó. Diziam que ela era fraca do juízo e que as suas conversas não traziam nenhuma consequência. Mas há tanta coincidência... Esse constante agrupamento de vozes conversando, alertando-me de faltas que não cometi, de benefícios que não realizei e, mais ainda, a maldição da análise imediata dos meus atos, me fazem crer que não carrego uma só alma porém múltiplas e desencontradas. Vejo-me obstinada e, por natural reação, procuro amparar-me nas pequenas decepções certamente vindas dos grandes impulsos natimortos. Encontro-me impotente para os gestos fecundos e muitas vezes tento reunir as minhas distendidas e enfermas energias a fim de prepará-los e apresentá-los a mim mesma que seja, para alimentar deficientemente a sede da minha essência. Algumas vezes pensei em construir planos, mas os dias se foram passando e só a ideia de adiá-los me confortava. O descanso na irresolução me fala as suas razões, que eu aceito para aliviar-me de um instante agudo e de um esforço descomunal que seria necessário fazer para a vontade predominar sobre o ímpeto de fuga. "É melhor esperar até que oportunidade justa se apresente com maior riqueza de condições" — penso.

O meticuloso rememorar de pequenos fatos de minha vida resulta, em geral, numa seleção do critério particular. Apresenta, no comum das vezes, resquícios dolorosos de antigos sonhos derrotados. Outros não chegaram a se caracterizar claramente, mas sempre os vejo acompanhados de um traço de angústia. Uma onda de evocações amargas desliza constantemente na minha sofrida sensibilidade. E os entes mais queridos são também levados por esse ímpeto frenético de mágoa. Sinto-me plantada na solidão e, porque me sei só, consigo viver no espesso e denso drama com uma relativa serenidade e arrogância muda. Não é um espetáculo isolado que às vezes me parece ridículo e outras vezes fabuloso e lendário. O que me interessa, na maioria, é o regurgitar das vidas particulares que se movimentam e deslizam numa espécie de limbo de imprecisos subjetivismos, tão cheios de contradições abertas mas vivendo paralelamente no plano simples e primário. A história do indivíduo em geral é a história do mundo. Na esfera do pensamento, como na esfera do tempo, só existe o movimento mecânico e sem reflexos. Várias coisas que podiam ser esquecidas voltam à nossa memória como círculos em série. A mais imperceptível ação constrói ou destrói o nosso espírito e o nosso caráter. Entretanto não fazemos atenção a esses grãos de areia que formarão os muros da nossa existência. Mais tarde ficamos estonteados pelo que a vida nos mostra e culpamos o mundo e a humanidade. As acusações que atiramos podem ter razões positivas de desgosto, mas o mundo que formamos para nós mesmos é muito mais terrível e implacável do que aquele organizado e desorganizado por outros. Muitas vezes o sofrimento nos parece destituído de sentido porque a análise superficial que praticamos dos nossos atos não acusa nitidamente a cooperação consciente para a sua formação. Porém se aprofundarmos essa análise sobre todas as nossas atitudes, mesmo aquelas silenciosas e invisíveis, veremos as raízes que plantamos para o crescimento da árvore tão gigantesca. Nada sai de ninguém contra nós. Os mais sérios conflitos nos quais muitas vezes nos debatemos até à sufocação têm o seu início nos fragmentos obscuros dos desacertos que provocamos contra nós.

Quando menina, espantava-me ouvir alguém dizer que o melhor bem da vida era a saúde. Em troca da saúde eu prefiro a paz. A meu ver, a falta de saúde é um bem. A doença é sutil instrumento de análise. Ela faz em nós sondagens impossíveis de serem alcançadas com outros elementos. Sempre que presencio os movimentos e a fala de um imprudente, verifico que o seu estado de saúde é ótimo, e com profunda piedade peço a Deus que este ser inconsciente tenha a provação de uma ligeira enfermidade que o leve a ter mais contato com o definitivo e a verdade. Um corpo doente é passivo de paz, de serenidade, de bondade e até de compreensão para os erros da humanidade. Um corpo em plena saúde perde o limite dos seus direitos para invadir os dos outros, cobre-se de inconsciência, perde o sentido verdadeiro da exiguidade da existência e pratica erros indeléveis contra os seus semelhantes que resultarão futuramente em erros contra si próprio. Uma criatura de saúde perfeita torna-se um deslimitado, acreditando unicamente nas suas capacidades individuais, deturpa as suas finalidades de pessoa na coletividade. A enfermidade é um equilíbrio necessário. Quantos erros evitamos através de um precário estado de saúde? Todas as vezes que adoeci, errei menos.

Capítulo IV

Minha mãe adoecera. O trabalho caseiro e o nascimento seguido de filhos depauperaram extremamente aquele corpo sem resistências. Começaram os atropelos e as dificuldades naturais numa família que se vê privada de quem trazia em ordem um conjunto. Meu pai precisava tomar uma providência. Depois de vários estudos sobre a situação, ele resolveu que iríamos passar uma temporada fora, numa fazenda. Dias depois, partíamos numa chuvosa manhã para a cidade de Leivas. No trem fomos arrumados entre malas e embrulhos. Meus irmãos exultavam de alegria pela novidade da sua primeira viagem. Eu consumia o olhar naquele espetáculo que mais me parecia um movimento de desterro. Mal acomodada entre bagagens, observava minha mãe com aparência extenuada, muito pálida, com os seus cabelos envolvendo a cabeça cansada, os olhos quase cerrados, fazendo com os braços um gesto de concha onde guardava a minha irmã pequenina. Passageiros do trem falavam alto, empilhavam valises, espiavam alguma coisa na paisagem monótona, enquanto os meus irmãos pediam água e apontavam o gado magro espalhado na planície amarelada. O trem corria em soluços, fungando e despejando um fino pó de carvão sobre aquele monte de gente sonolenta e fatigada. Horas viajamos assim. Às vezes a máquina estacionava numa parada. Vinha um homem de boné, confabulava com o maquinista, depois olhava sem interesse a cara dos passageiros, soprava um apito, fazia um sinal com a mão e o trem novamente soluçava, gemia e continuava com a moleza a engolir os trilhos intermináveis. Minha mãe dormia e meu pai lia alguma coisa. Vencidos pelo cansaço os meus irmãos haviam perdido a alegria da curiosidade. Já não olhavam o gado triste nem os rios vagarosos recortando a terra. As colinas já não despertavam admiração. A indiferença cobria todas as faces. E o trem andando vagarosamente. Alguns passageiros lembraram-se de abrir latas onde traziam frangos assados com farofa, pedaços de pão, bananas e laranjas. Acompanhei silenciosamente aquele mastigar e fiquei repugnada com o cheiro de gordura que se impregnou no vagão. Eu estava cansada. Sentia um peso estranho na minha alma, um desinteresse pela paisagem, pelos passageiros, pela viagem, pelos meus irmãos e por mim.

Minha mãe continuava cochilando enrolada no filho pequenino. O seu peito côncavo salientava os ombros magros. Sob a sua testa, os pensamentos refletiam-se em rugas profundas entre as sobrancelhas. Devia estar conversando com coisas amargas. Notei a sua fisionomia assaltada de contrações.

Afinal, depois de várias horas de viagem, descemos numa estação vazia. Ficamos amontoados com as malas, embrulhos, valises e cobertores. Como uma ilha naquela imensidão de silêncios e ausências. Um ar muito fino sufocou as minhas narinas, levantou os meus cabelos e arrepiou a minha pele. Um odor de mato misturado com cheiro de gado e carvão queimado aflorou no meu rosto. Não havia ninguém nas redondezas. Nenhum movimento humano. Meu pai saiu à procura de uma informação e, minutos depois, aproximou-se de nós um homem acompanhado de um cão muito sujo, muito magro, que fungou às nossas pernas e bisbilhotou com o olfato as nossas bagagens. Eu ouvi os grilos cricrilando e vi pares de borboletas levianas balançando-se no ar. Tudo tão desolado, tão profundamente triste que provocou dor física no meu peito. Paisagem pobre e definhada. Ao longe, uma ou outra estrada vacilante de terra vermelha intrometendo-se entre o capim. Pássaros-pretos de voo rasteiro riscando de um lado para outro. Céu muito alto, nuvens paradas e ondas de poeira levantando-se no ar. Eu tive a impressão de que as nossas vidas tinham se estagnado. O homem que se acercara de nós, acompanhado do cão, bateu com os dedos no chapéu desbotado, num amável cumprimento. O cão virou-nos as costas, levantou o focinho para o céu e respirou profundamente. Nesse momento o meu pai apareceu trazendo um habitante do lugar. Conseguira uma condução para levar-nos à fazenda de Leivas, onde ficaríamos hospedados. A fazenda pertencia a uma pessoa conhecida de meu pai; sabedor da necessidade que tínhamos em sair da cidade, oferecera para passarmos uns tempos na sua propriedade. Fomos todos acomodados, com as bagagens dentro de uma pequena viatura. Começamos a caminhar entre arbustos por uma estrada poeirenta e seca. Não recordo quanto tempo durou essa viagem. Sei que chegamos à tarde na fazenda e eu sentia-me tão triste e desorientada dentro da penumbra e daquela paisagem inimiga, que perdi a noção do resto da família. Apenas olhava as pessoas, as coisas, as árvores quando ouvi o gemido da porteira se abrindo à nossa chegada. Era mais uma fronteira para o desconhecido que eu transpunha naquele momento. Os moradores fizeram várias perguntas e, depois de um jantar ligeiro, fomos encaminhados para a nova moradia. Já estava bem escuro quando nos dirigimos para uma casa um pouco afastada do corpo principal da fazenda. Era um enorme galpão entulhado de velhos arados, montes de espigas de milho maduras, ferramentas, rolos de arame, caixas de pregos e lanternas velhas penduradas do teto. Ao lado do galpão uma enorme sala onde deveria ser toda a nossa casa. Num canto as camas, no lado oposto uma mesa e algumas cadeiras, um armário, um cabide de pé, um filtro, dois castiçais com velas novas, e vários outros móveis e utensílios sem importância. Nesta sala havia uma porta que, aberta, deixava-nos dentro do mato. Fui abri-la e senti estremecer o meu corpo quando me vi jogada dentro de uma floresta densa e escura. Acesas as velas, o ambiente tornou-se uma habitação de fantasmas. As nossas sombras aumentadas colavam-se ao teto, às paredes caiadas e escorriam pelo chão. Minha mãe deitou os filhos e eu fiquei para ajudá-la nos arranjos das malas. Havia um silêncio profundo de canseiras várias e pensamentos desbotados. Fui ajudando a retirar das valises a nossa roupa, os remédios, os objetos de uso pessoal para colocar nos lugares determinados. Meu pai procurava auxiliar no que podia. Uma vez por outra eu olhava amedrontada para a porta que nos separava do mato que nos circundava. Cansados e com as almas rasgadas, fomos dormir. Meus pais caíram como sacos pesados naqueles colchões de capim. Dormiram. Eu fiquei ainda algum tempo inspecionando as telhas-vãs, as janelas rústicas, os cantos da enorme sala, os móveis desengonçados, o filtro úmido, e cobria tudo com um olhar desconfiado sem deixar de me distanciar daquela porta que se abria para uma floresta misteriosa e sombria.

Meu pai ainda ficou em nossa companhia alguns dias e depois voltou para a cidade onde trabalhava.

Eu nunca havia estado numa fazenda. Nos primeiros dias eu me sentia desajustada no ambiente do campo. Tinha uma certa tristeza olhando as pessoas sonolentas, com um falar arrastado e de movimentos sem pressa. Observava os animais, as minhas queridas árvores, o andar dos riachos, acompanhava o voo dos pássaros e estremecia sempre que a brisa surgia inesperada, levantando os meus cabelos e esfriando o meu rosto.

Havia, a uma certa distância da casa, um grande açude. Diariamente eu ia para lá e sentava-me olhando e pensando o que poderia haver de misterioso sob aquelas águas pastosas, escuras e paradas. Rememorava tudo o que ouvira dos meus, dos habitantes da fazenda, misturando com as vozes humanas o pio das aves, o riso das águas, o assovio dos ventos e o mugido do gado. Olhava curiosa e atenta o musgo macio e vivo alimentando-se numa pedra seca e lisa. Eu participava de tudo e tudo participava de mim. Olhava as pedras cobertas de avencas, os filhotes de sapos como um lençol negro cobrindo a superfície das águas estagnadas, descobria caramujos enormes, insetos multicores de formas diversas, frutas silvestres, ninhos escondidos entre os arbustos, e era tomada de emoção quando constatava um olho-d'água borbulhando na terra ou abrindo passagem num rochedo. Algumas vezes era acompanhada de um rapaz doente que também estagiava nesta fazenda à espera de saúde. Ele falava muito pouco e andava apoiado numa bengala. Eu lhe fazia várias perguntas, inventava histórias, mas, em geral, era como se eu falasse sozinha. Às vezes ele interrompia as caminhadas e sentava-se num tronco derrubado no meio da mata. Eu repetia o mesmo. Era um ser triste e desanimado. Uma única vez falou sobre a família, sobre uma irmã e o seu cansaço. Andava sempre enrolado em agasalhos pesados, até mesmo quando fazia calor. Transpirava a desinfetante. Morava com os habitantes do grande casarão e eu somente o encontrava quando acontecia irmos à mesma hora ao açude. Foi a única pessoa com quem eu tive contato mais direto nessa fazenda. Como vivíamos distanciados no nosso galpão, raramente eu conversava com as demais.

A nossa temporada nesse lugar trouxe-me recordações vagas e aflitivas. À noite, ou melhor, à tarde, eu me recolhia. Jantávamos muito cedo e à luz da vela ajudava minha mãe no trabalho de aquietar os meus irmãos na cama. De vez em quando escrevia uma carta para meu pai, que ela ditava. Ele nos visitava de quinze em quinze dias. Enquanto ela, falando, dava conta da sua saúde, do resultado dos seus dias, notícias dos filhos, fazia recomendações, estendendo-se muitas vezes aos seus problemas íntimos. Eu escrevia e olhava as nossas sombras balançando-se nas paredes ao tremor da chama da vela. Noites longas e quietas.

Meu pai chegava aos sábados e partia às segundas-feiras de madrugada. Vou narrar uma das minhas grandes experiências com a natureza, que considero, hoje, um puro movimento poético. Quando meu pai nos deixava às segundas-feiras, levantávamos às quatro da manhã. Para alcançar o trem, ele tinha que andar a cavalo, da fazenda à estação. Eu, a essa hora, já estava de pé. Acompanhava-o até o terreiro da casa-grande para vê-lo partir. Numa dessas ocasiões, não sei se era inverno, o céu ainda estava enrolado na noite. O abismo noturno e escuro estava repleto de estrelas multicores e onde se alongava, como um traço de fumo transparente, a via-láctea que descia em ramificações ao sul. O vento fino e frio era o prenúncio da madrugada. Os montes, como sombras misteriosas, esperavam o sol. Um perfume de flores escondidas vibrava no ar e eu me sentia lavada pela noite. Tive vontade de tirar a roupa e, nua, andar sob as estrelas. Desejava o contato direto do meu corpo com aquele bafo da natureza.

Minha mãe se despedira de meu pai na porta do galpão de cima. Só eu descera com ele junto à porteira. Vi quando ele atravessou a cancela e dobrou na semiescuridão o primeiro atalho. Eu olhei para o céu, esperando o movimento de alguma coisa. Havia um silêncio absoluto. Momentos depois a amplidão começou a mudar de azul-escuro para claridades novas. A brisa cantava batendo no meu rosto. Levantei os braços e deixei-me lamber por ela, deliciada. Num ímpeto animal deitei-me na relva, olhei novamente o infinito do céu e, cerrando depois os olhos, rolei no chão orvalhado, espojando-me como um bicho. Sorvi o cheiro da terra, mordi as folhas de capim ao alcance da minha boca, lavei o meu rosto com o orvalho da noite acumulado na grama e novamente, como que tomada de loucura, rolei o meu corpo, esfreguei as minhas pernas, os meus braços e a minha cabeça na terra úmida. Senti os gravetos, as folhas secas e o esterco do gado misturando-se aos meus cabelos. Trêmula, como se tivesse praticado uma ação condenável, olhei para os lados, a fim de certificar-me de não ter sido assistida por ninguém. Tudo era silêncio e ausências. Silêncio superficial, porque os meus ouvidos tinham percebido os sons subterrâneos das raízes em amor, a conversa das águas nas cachoeiras distantes, o riso das fontes em gestação, o ruído dos vermes proliferando e o gemido dos ventos desatando as suas amarras. Só eu ouvira o segredo desse mundo escondido. Eu havia penetrado muito além daquilo que os meus pés conheciam e muito além daquilo que o meu olhar alcançava. Quando abri novamente os olhos, notei que um boi, a alguns metros do meu corpo, também praticara o mesmo movimento que eu. Lambuzara-se na terra e na madrugada. O meu coração quase desmaiou. Depois levantei-me, arrumei com as mãos os meus cabelos úmidos e dirigi-me ao nosso galpão, onde minha mãe esperava o meu regresso. Ela sempre ficava dolorosamente triste e muda nas madrugadas das segundas-feiras.

Creio que não demoramos neste lugar muito tempo. Minha mãe nada lucrou no seu restabelecimento, e numa das vindas do meu pai ficou firmado que iríamos para outra cidade de melhor clima e mais recursos. E assim, um dia pela manhã muito cedo, subimos num carro de bois, e novamente partimos. Foi uma viagem penosa. Fazia calor e a caminhada prolongou-se por muitas horas numa estrada de pó vermelho, numa interminável monotonia. No início, os meus irmãos fizeram uma grande algazarra. Depois, cansados e cheios de calor, acomodaram-se. Minha mãe cochilava num canto do carro. Os seus cabelos, com o balanço, escorregavam pelos ombros. Da sua boca entreaberta escorria uma baba viscosa e as suas pálpebras caídas davam ao seu rosto uma estranha aparência. Uma vez por outra abria os olhos e com indiferença olhava-nos, ajeitava alguma coisa, secava a boca no lenço para voltar depois àquele estado de semi-inconsciência. O carreiro que tocava os bois assoviava, chamando com carinho os animais e pedindo que apressassem o andar. O sol era escaldante. O céu de um azul sem manchas era varrido por ondas de poeira que cobriam as nossas cabeças. Às vezes, na distância, avistávamos um telhado entre as árvores de alguma fazenda. O rinchar do carro de bois abria fendas na minha alma. Uma angústia lenta mas penetrante tornava aquela paisagem uma coisa dolorosa aos meus olhos. Meus irmãos sujos, minha mãe reduzida a um farrapo de desânimo e cansaço, os nossos pertences socados em malas e pacotes e, cortando o aspecto aniquilado do grupo de retirantes, a voz do guia chamando pelo nome dos animais... Pintassilgo, Graúna, Borboleta, Florêncio. Aquela viagem parecia não ter fim. Sempre uma paisagem igual e morna. Plantas rasteiras, tufos de capim amarelado e, de vez em quando, muito raramente, uma velha árvore manchando a estrada com uma sombra debilitada. Era tudo o que eu podia ver. A minha alma ia recolhendo tristezas. Eu não tinha ideia para onde íamos. Um punhado de seres humanos à procura de um canto, à procura de saúde, de sossego e de paz. Símbolo neste grupo do que seria eu no futuro: uma mulher atravessando estradas sem sombra, sem rios, sem flores, sob um sol escaldante, envolvida em poeira vermelha, azucrinada com o cricrilar de grilos e precisando tirar desse deserto calcinado, ardente e infinito, uma paisagem imaginária que me guardasse, embora ficticiamente, da morte antecipada. Aquela promiscuidade de gente com malas, embrulhos, sol, calor, bois, poeira e anuns cortando de preto uma vez ou outra a frente da estrada, a água em garrafas, o alimento tirado de uma cesta, o rosto dos meus irmãos pálidos e sujos, pintavam aos meus olhos um quadro de decadência sombria. Eu me sentia um objeto sem categoria, sem definição, sem potencial próprio, sem elementos de força capaz de enfrentar as fabulosas, tremendas e misteriosas surpresas da vida que estavam em gestação para combater-me e certamente vencer-me. Eu sentia, então, que toda a soma reunida por mim, futuramente, seria de um infinito ridículo para ser mencionada como coisa positiva. Verifico hoje que, realmente, nada posso apresentar como fragmentos do eterno. Simplesmente porque nunca me pertenceram e jamais, fora da minha essência, com esses elementos construí e apresentei parcelas autônomas de valor indelével. Não fiz outra coisa senão tentar vagamente acomodar-me dentro do provisório com a agravante de insurgir-me sempre contra a adaptação. Sei que o provisório é a própria vida e sei, também, que estarei nele sempre como acidente sem ao menos integrar-me momentaneamente. Posso modificar-me ou ser suprimida, mas nunca alterada a coisa provisória que realmente sou. Entre os caracteres necessários, sou um daqueles que constitui a essência da coisa para que ela seja uma razão de si mesma, pois sem isso eu não poderia existir e nem mesmo ser concebida. Sou uma ligação eventual para o processo do provisório. Apenas. Talvez eu tenha laborado no erro de sentidos. Mas como distinguir os climas, sensíveis próprios, sensíveis comuns e sensíveis por acidente? A ação dos meus sentidos é imediata e simultânea. Se vejo uma flor, percebo o seu perfume e já sinto o gosto do fruto. Cola-se nos meus dedos a sua forma e posso sentir o calor da brisa matinal que a desabrochou ou o vento que a desfolhará. A sua presença chamará por todos os meus sentidos com a mesma intensidade e a mesma rapidez. Mas, em que categoria sensível estou classificada para a vida? É possível estar naquela denominada — sensível por acidente. Ao mesmo tempo sinto uma espécie de impotência e revolta. Acredito que no meu Princípio haja um ressaibo da revolta dos anjos diante de uma força mais alta, mais pura e mais eterna. A verificação da incapacidade de criar, sujeitar-me unicamente a aproveitar o que Ele fez, faz e fará, certamente é o sinal da luta permanente no meu Princípio. Quantas vezes, até hoje, indago, condeno, peço nitidez, acuso o Ser de todos os seres de faltar o clima de igualdade, como que a desafiá-Lo dos fragmentos divinos que plantou em mim? Por que cercear-me no plano de criar se a centelha que me coube é um múltiplo da unidade que é Ele? Decididamente reconheço que há em mim uma rebeldia acima do humano e uma fraqueza infinitamente abaixo do divino. É a mediocridade humilhante como castigo.

Ao cair da noite começamos a sentir um movimento de pessoas na estrada, indicando a aproximação da cidade. Algumas luzes fracas à distância, e, interrompendo a nossa curiosidade, o guia avisou-nos que estávamos chegando ao fim da viagem. Meus irmãos se levantaram estremunhados, minha mãe arrumou-se, penteou ligeiramente os cabelos e deliberou que seria melhor saltarmos do carro e andar os poucos metros que restavam para entrarmos na cidade. E assim foi feito. Atravessamos a linha do trem em direção ao ponto combinado com meu pai que já nos esperava. Por motivos do seu trabalho, não lhe foi possível acompanhar-nos da fazenda de Leivas a este lugar desconhecido. Juntos caminhamos em direção à casa que nos estava reservada. Notei, apesar do entardecer, que a cidade era simples, limpa, varrida por uma temperatura agradável e amena. Pareceu-me lugar tranquilo.

A casa alugada por meu pai ficava em frente à praça principal. Era modesta mas confortável. Seguiram-se os mesmos atropelos das outras chegadas a um ambiente novo. Corremos pelos compartimentos, descobrimos coisas sem importância, escolhemos os quartos de dormir e depois abrimos as malas em busca de roupa para trocar. Passadas as horas de confusão natural, quando os meus irmãos já estavam alimentados e deitados, eu cheguei à janela que dava para a rua. Não foi possível nessa noite ver muita coisa. A cidade de Silvana era mal iluminada e o cansaço da viagem do dia obrigou-me também a procurar a cama.

No dia seguinte, ainda deitada, sondei com o olfato a atmosfera nova. Depois levantei-me e fui novamente à janela fazer um reconhecimento. Em frente à nossa casa havia uma praça cercada de um grande e bem cuidado jardim. No centro, um quiosque onde eu assistiria à banda de música local realizar concertos aos domingos. Um repuxo no centro de um lago, murado com fundos de garrafas e conchas. Bancos espalhados e um par de belíssimas palmeiras imperiais marcando a entrada principal do jardim. Duas ladeiras muito íngremes, apertando num abraço a praça, terminavam no adro da igreja. Na torre da matriz um grande e esverdeado sino chamava para as missas, batizados, casamentos ou avisava com um dobrado lamurioso a saída de um habitante morto, a caminho do cemitério, localizado na margem oposta da estrada de ferro. A cidade era muito bem arrumada e varrida. Ali a vida principiou a correr normalmente. Depois de alguns dias de estarmos acomodados, meu pai partiu de volta, dizendo que viria, sempre que pudesse, reunir-se a nós. Ficamos então minha mãe, eu e mais três irmãos menores. Quando meu pai chegava era o meu dia de festa. A ele eu dedicava uma ternura intensa e secreta. Creio que nunca percebeu a minha alegria e a minha fascinação pela sua presença. Como já disse, era um homem de temperamento muito reservado e eu já me convencera que devia amá-lo sem manifestar.

Minha mãe, a princípio, deu-se bem nessa cidade. Tínhamos a impressão de que a sua saúde rapidamente voltaria, e no fim de algum tempo a nossa vida se adaptaria perfeitamente a esse ambiente. As noites nessa localidade eram silenciosas e frias. Lembro-me que eu, deitada na cama, no quarto da frente da casa, onde dormia com meus irmãos, olhava através da vidraça e reparava encantada as folhas das palmeiras movendo-se com o vento. Contava as estrelas que os meus olhos alcançavam e pensava... Pensava em quê? Coisas indefinidas. Olhava para os meus irmãos pequeninos desmaiados no sono, ouvia o ruído de algum rato no forro da casa e de vez em quando recebia os profundos suspiros de minha mãe, vindos do seu quarto. Nas noites de luar, divertia-me vendo a claridade da lua atravessar a janela do quarto e cair sobre a minha cama. A sua luz fria cobria-me como um lençol e depois escorria, à medida do tempo, para o chão, até sumir-se.

Tínhamos como vizinhos, de um lado, um casal com uma filha mais ou menos da minha idade. Não sei precisar se a menina era sadia ou doente. Notava entretanto que sua mãe a cercava de mimos exagerados. Andava muito bem vestida e sempre com grandes laços de fita de cetim rosa ou azul prendendo os seus cabelos finos. Às vezes me parecia que a menina necessitava fazer esforços desmedidos para suportar tão grandes enfeites sobre a sua cabeça frágil. Não a via senão depois do sol aberto, e antes do crepúsculo era recolhida entre xales e agasalhos. Era pálida, fina e quando estava à janela, apoiada sobre uma almofada de veludo vermelho, assistindo aos folguedos das outras crianças livres na praça, tinha um olhar triste e os seus lábios esboçavam um sorriso que me parecia simbolizar um prazer inatingível. Não me recordo de ter ouvido a sua voz. Sua mãe falava com muita solicitude, dizia tudo que a filha gostaria de dizer. Era cuidadosíssima e tinha um ar de mulher aflita. O pai, algumas vezes o vi. Era de aspecto sombrio. Usava grandes bigodes, vestia-se de preto e calçava botinas de abotoar. Não cumprimentava ninguém. Esse trio familiar era como um elemento estranho incrustado na cidade simples, fresca e arejada. Algumas vezes, à noite, a mãe da menina tocava ao piano umas valsas tristes. Quando me recordo de tudo isso, desce sobre mim uma melancolia atroz. Vejo a lua cobrindo o meu corpo de criança, as palmeiras agitando-se com o vento, o relógio da matriz marcando as meias horas e eu acordada, olhando o mundo desdobrar-se ao som das valsas lentas varando o imenso silêncio. Dava-me a sensação de elementos múltiplos e imprecisos na formação de um grande bailado.

Eu tinha, como até hoje, um hábito que jamais expliquei: nas ocasiões de abstração, movida por uma espécie de sufocação mística, quando o meu pensamento afronta as distâncias, os climas e as esferas indefinidas, num ímpeto, chamo por mim mesma. Lembro-me que numa dessas noites, eu, saturada por uma pressão indescritível, gritei: "Berenice!" Ninguém ouviu. E se ouvisse, qual seria a minha explicação? Na certa ouviria aquela frase trituradora que me acompanhava há tantos anos: "menina agitada", "menina incompreensível" ou "menina nervosa".

Do outro lado tínhamos como vizinhos uma mulher viúva de condição modesta e dois filhos pequenos. Com eles eu tinha intimidade. Saía para pegar no riacho os peixes minúsculos, colher framboesas e melão-de-são-caetano, apanhar flores silvestres e fazer excursões pelos caminhos da mata. Era gente boa e prestativa. Os meninos ensinaram-me como praticar uma defesa se encontrasse uma cobra. Disseram-me que cuspir nos ninhos dos pássaros afugentava as serpentes que andavam à procura dos pequeninos ovos, mostravam-me como aprisionavam sapos, lagartixas e pequenos lagartos, apontavam-me os atalhos que me levariam ao topo dos montes e como montar nos cavalos que pastavam num terreno baldio.

As melhoras na saúde de minha mãe, apesar de se terem apresentado no início da nossa estada revestidas de bons prognósticos, com o passar dos meses desapareceram. Novamente começou a queixar-se de dores, de fraqueza, e passava, então, grande parte do dia deitada. Ela esperava o seu quinto filho. Eu, como a mais velha, precisava ajudar nos cuidados aos meus irmãos e também acompanhá-la mais de perto. Assim, as minhas pequenas distrações foram subtraídas. Meu pai não podia ficar dias seguidos com a família. Tinha as suas muitas ocupações. Os dias começaram a ser penumbrosos para mim, vendo minha mãe sofrer, desinteressando-se dos meus irmãos e entregando-se dia a dia ao desânimo. Às vezes, conversava com a nossa vizinha que aparecia com a mesma bondade de sempre, no intuito de auxiliar. Nesta época eu devia ter oito anos. Tinha os ímpetos naturais da minha idade, gostando de correr com os meninos, trepar nas árvores, inventar brincadeiras e excursionar por caminhos desconhecidos. Mas o ambiente da minha casa mutilava os meus impulsos infantis, lembrando-me um sentido de responsabilidade que impugnava toda e qualquer distração ao meu espírito. Aos poucos me fui tornando um ser incompatível com a infância. A minha sensibilidade e a minha visão descortinada dos acontecimentos formaram na minha alma o impedimento para o prazer. Não que me forçassem a tomar essa responsabilidade, mas em vista da desproteção dos meus irmãos e a ausência de cuidados da minha mãe, eu sentia-me empurrada para o lado mais sério da vida. A minha tristeza tornou-se mais densa e o temor pelas coisas imprevistas começou a fazer parte da minha respiração. Eu continuava a viver com um corpo de criança, mas o meu espírito se alertava em acontecimentos que eu mesma não podia definir. Havia uma sombra nas palavras, nas atitudes e o ambiente era trepidante de contradições naqueles que me cercavam como parentes e amigos e assim aumentavam um mundo de elementos desconexos. Em tudo isso estava sempre o meu pensamento, vigiando e cortando as minhas distensões naturais.

Quando menina, olhava-me no espelho e tinha a sensação de refletir uma Berenice inimiga, muito mais velha, carregando experiências que embora não me tivessem marcado a carne do meu corpo de criança já haviam arranhado fundamente a minha sensibilidade. Eu sentia descrenças, tédios esboçados, e me importunava com um clima de perscrutações e ansiedades como se um fluido misterioso e inseparável me tomasse e me tolhesse os movimentos. Hoje, agora, nessa noite infindável de desespero surdo, ouço aquelas vozes da minha infância repetindo as cenas, apresentando-me os personagens e perguntando o que fiz da vida, quais foram os meus atos úteis, as minhas ações eternas, o que fiz do meu sorriso e em que solo derramei as minhas lágrimas! E dentro de mim, mesmo que eu quisesse responder à minha alma, não saberia dar explicações. Falta-me adequação do espírito à coisa. Não sinto em toda a minha existência aquela identificação absoluta entre a significação e a efetuação. Não consegui entrar numa definição ou num conhecimento a ponto de isolar os meus erros ou os meus acertos num bloco distinto para sofrer ou gozar plenamente uma dessas facções. Eu experimentava a absorção na parte da energia potencial por outra energia operando modificações na minha espontaneidade infantil. Um detalhe declarado com a maior sinceridade e dentro da maior verdade é que sempre fui o espectador mais atento, mais implacável e mais inseparável de mim mesma, desde muito criança. Não que eu me considere a única importância nesse caminhar de anos, mas pela razão de desejar ver de perto, em todos os seus aspectos, a minha verdade em relação a mim mesma através da verdade dos outros. Essa força não opera segundo a grandeza das superfícies dos nossos sentimentos nem nos movimentos depurados do nosso pensamento, mas segundo a quantidade e a qualidade das nossas ações que devem abranger todas as distâncias num perfeito e contínuo ritmo. Ora, os nossos conflitos, a nossa desorientação, vêm justamente da falta desse conhecimento espectral. Declaro, profundamente penalizada de mim mesma, que até hoje não consegui vislumbrar a flecha indicadora desse caminho. Porém não me tenho cansado de olhar em todas as distâncias e em todas as profundidades o sinal que, se não me fizer alcançar a minha verdade, me trará no entanto a paz de a haver procurado.

Mas voltando à época em que vivi em Silvana, uma noite fui despertada pela voz de minha mãe chamando por mim. Levantei-me e quando me acerquei dela percebi o seu ar de sofrimento. Com dificuldade ordenou que eu procurasse a nossa vizinha. Corri e dei o recado. Imediatamente a boa mulher acompanhou-me e, quando entrou no quarto de minha mãe, disse-me, nervosa, que fosse à casa do médico no alto da ladeira esquerda e pedisse a sua presença imediata, frisando que eu devia recomendar nenhuma demora porque minha mãe estava passando mal. Fiquei atordoada. Foram momentos de horror para mim. Era noite alta. Abri a porta que dava para a rua, olhei para os dois lados, senti a brisa da madrugada batendo no meu rosto. A cidade dormia, encolhida com o frio. De vez em quando a luz de um lampião, muito fraca e amarelada, pontilhava a praça. Tive medo. Recuei para dentro de casa. Eu nunca afrontara a madrugada sozinha no desamparo da rua. Lembrei-me da recomendação da nossa vizinha. Minha mãe estava passando muito mal. Atirei-me na escuridão da noite, apressei o andar, subi a ladeira sem olhar para os lados e arfando mais de medo do que propriamente de cansaço, parei diante de uma porta alta de madeira. Tudo fechado. Nenhuma luz. Bati. O medo e a força imperceptível da minha mão foram insuficientes para acordar os moradores. Bati novamente mas com as duas mãos abertas contra a porta. Esperei alguns segundos, e foi quando ouvi uma voz rouca do outro lado perguntando quem batia e o que desejava.

— Sou eu — respondi num fio de voz. — Minha mãe está passando muito mal e pede que o senhor vá imediatamente vê-la.

A mesma voz rouca, entre pigarros e resmungos, perguntou o endereço e depois, sem abrir a porta, despachou-me, dizendo que iria imediatamente. Eu nunca havia sentido uma solidão e um desamparo tão profundos. Senti-me tomada de um terror que impossibilitava as minhas pernas de qualquer movimento. Ao meu lado a forma serena da matriz, desenhada na escuridão, era como a mais alta montanha do mundo ameaçando esmagar-me. Lá embaixo a praça salpicada de luzes esmaecidas. Eu precisava voltar para casa, pensei. Mas o pânico me imobilizara totalmente. O vento da madrugada zumbia nos meus ouvidos como gritos finos. Eu tinha a impressão de estar sendo puxada pelas costas, pelos cabelos, que mãos invisíveis me desviavam para outra direção. O meu coração batia com tal violência que estremecia o meu corpo e eu chegava a sentir o seu volume em minha boca. As minhas carnes tremiam com o frio da alma. Eu via as sombras das árvores do jardim fazendo uma ciranda de fantasmas. A noite era escura, sem lua. Eu queria controlar a minha respiração. Cerrei a boca mas as minhas narinas estavam tomadas de pavor e o ar não circulava. Minhas mãos estavam tão geladas que eu não sentia os dedos. Em todo o meu ser unicamente o que existia era o coração dentro da minha boca, batendo com tal violência que eu ouvia o barulho, seco como um tambor. De repente olhei a distância íngreme da ladeira e, empurrada pelo medo, despenquei-me numa corrida desabalada. De longe eu via, na cidade escura, a nossa casa com as luzes acesas, parecendo a cabeça de um monumental gato preto com dois olhos incandescentes. Na corrida eu tropeçava nos meus próprios pés. Era uma fuga desesperada, mergulhada no pavor, na solidão e no abandono. Quando entrei em casa fui direta ao quarto de minha mãe e, pela primeira vez na vida, tive a sensação da presença da morte. Ela estava sozinha, com a cabeça tombada para o lado, quase afogada na sua vasta cabeleira negra, lábios arroxeados, rosto pálido e os olhos cerrados. Petrificada, eu só tinha livre para movimentar o olhar.

Percorri com ele o resto do corpo de minha mãe e vi as suas vestes, a cama e os lençóis manchados de sangue. O que se passou no meu espírito de criança, é totalmente impossível descrever. Por alguns instantes perdi a voz. Depois gritei. Correndo, veio em meu auxílio a nossa boa vizinha que havia deixado por instantes a minha mãe, indo à cozinha ferver água para a chegada do médico. Foi ela quem explicou aquele espetáculo doloroso. Não era o da morte, mas o aparecimento de outra vida. Eu desconhecia esses mistérios da natureza e aquela explicação rápida e ligeira sobre o nascimento do meu irmão confundiu mais ainda o meu espírito apavorado.

O movimento da casa aumentou e, como não podiam dar-me atenção, consolei-me em ficar sentada numa cadeira a um canto da sala, apenas vendo saírem e entrarem no quarto de minha mãe, confabularem a providência de chamar o meu pai que estava na cidade. Nem para mim olhavam. O meu mundo crescia dentro das maiores torturas e expectativas. Eu estava tão só que resolvi me abraçar. Cruzei os braços sobre o meu corpo e sentia nas minhas mãos o tremor incontido das minhas carnes. Havia no meu pensamento um mistério manchado de sangue e gemidos abafados que me davam um ilimitado terror. Minha mãe partia-se em agonia surda e eu ouvia as palavras de piedade da nossa vizinha após cada gemido: "Coitada, ela não aguenta mais... Está se acabando." Eu ouvia e imaginava. Os elementos para combater a minha imaginação eram precários, pois eu tinha oito anos e, apesar de tudo, ainda era um ser ingênuo e inocente, por isso a confusão e o medo nublavam totalmente a minha vontade sincera de conservar a calma.

Algum tempo depois eu escutei um vagido tênue que mais parecia um miar de gato pequenino. Eu continuava sozinha comigo, numa paisagem que a minha sensibilidade descrevia com todas as cores de um drama violento. Permaneci o resto da noite sem fazer perguntas. Amanheceu, e toda a agitação amainou. Foram dadas as providências para avisar ao meu pai que veio imediatamente se reunir a nós. Dias e dias se passaram e minha mãe continuava muito fraca e debilitada. Pouco se interessava pelas coisas e pelas pessoas que a cercavam. Meu pai tinha a fisionomia preocupada. Rodeado de filhos pequenos, dividia-se entre os cuidados à enferma e as solicitações da família. Como a mais velha, eu, apesar de desejar auxiliar em tudo, via-me incapacitada pela minha idade. Adivinhava o sofrimento do meu pai. Tinha ímpetos de acariciá-lo e de dizer alguma coisa confortante. Sentia uma grande angústia pela minha imprestabilidade. O meu pensamento era pejado de intuitos grandiosos de ternura e solidariedade, mas o meu corpo e a minha condição de criança afastavam o calor humano que vergava minha alma.

Durante muitos dias o meu pai ficou em Silvana com a família. Depois, teve novamente de regressar à cidade, onde o seu trabalho era a nossa manutenção. Minha mãe continuava de cama, sem alento e sem disposição para a vida. Não se levantou mais depois do nascimento do meu último irmão. Um mês depois, a criança morria. Lembro-me que era um ser esquálido, que ainda permanecia com as pernas encolhidas do tempo em que estivera no ventre materno. Tão transparentes eram as suas carnes que eu tive a sensação de ver através da pele os seus ossos e cartilagens. Deitada, minha mãe quis ver o filho morto. Fizeram-lhe a vontade. Olhou para ele com um sorriso e pareceu-me que lhe transmitia um recado. Passou vagarosamente a mão trêmula sobre aquele rostinho frio e dos seus olhos as lágrimas desceram tão fracas como o seu corpo corroído pela enfermidade. Eu acompanhava todos os seus movimentos, as expressões do seu rosto e talvez todos os seus pensamentos, com a alma apertada, desejando que a mim fosse transferido aquele sofrimento. À tarde levaram o minúsculo caixão com um anjinho a mais. Em silêncio fui à janela e acompanhei com o olhar aquela coisa que havia sido esperada com tanto sofrimento, tanta dor, tanta dificuldade, tanta ternura, para depois sair do mundo tão apagado e de maneira tão imperceptível.

Pouco tempo depois as pioras de minha mãe alarmaram a nossa vizinha, que resolveu chamar o meu pai. Decorreram vários dias, entre silêncios prolongados e movimentos inesperados. Uma manhã vi meu pai chorando, e a boa mulher que nos prestava toda a solidariedade humana veio abraçar-me com lágrimas nos olhos, pronunciando palavras de consolo, explicando-me, sem me dar tempo de perguntar qualquer coisa, que a minha mãe havia ido para um lugar onde melhor cuidaria das nossas vidas. Não sei se chorei. Eu estava curtida de sustos, aflições surdas, pavores, fantasmas e prantos solitários amontoados na alma. Havia em mim um muro de tristezas muito alto, que não deixava passar as lágrimas. É possível que eu tenha chorado, porém longe da medida natural.

Instantes depois, sozinha, entrei no quarto da morta. Olhei-a demoradamente esticada na cama e coberta com um lençol. No chão, ao seu lado, a sua enorme cabeleira negra cortada. Seus fartos e longos cabelos, durante o tempo da enfermidade, não tinham podido receber o mesmo cuidado, e assim alguém os cortou para facilitar e compor o seu cadáver. Olhei para a sua cabeça despojada do ornamento natural e, novamente, pousei o olhar nos cabelos mortos, amontoados no chão. Acerquei-me daquele corpo inanimado e timidamente passei a mão pela sua testa. Nunca sentira ou imaginara um frio tão penetrante quanto o que havia na cabeça de minha mãe. As suas pálpebras entreabertas deixavam perceber as pupilas veladas por uma película esbranquiçada. O corpo tomara a forma côncava. As suas carnes ficaram tão planas que acima do nível da cama havia apenas a saliência da cabeça e dos pés. O resto sumira entre as dobras do lençol. Olhei mais de perto o seu rosto. Dos poros saía uma serosidade e a penugem da sua face estava arrepiada. Os lábios muito brancos tinham perdido o desenho e eu tive a impressão de um rosto sem boca. As suas orelhas pareciam aqueles cogumelos enormes que eu encontrava sempre, nas minhas excursões na mata, agarrados a um tronco de árvore. No quarto em desordem, vagava um odor esquisito de remédios, suor, mofo e álcool. De repente, tomada daquelas minhas sufocações incontidas, gritei por mim. Chamei por Berenice. Uma senhora abraçou-me e declarou que eu estava nervosa. Deram-me um pouco de água. Água, muita água, cascatas, rios, oceanos, grandes chuvas era do que precisava para lavar, para retirar da minha alma tanta escuridão e tanta agonia comprimida no meu corpo frágil de criança... Chamei por mim pela necessidade de me sentir acompanhada de alguém que pudesse penetrar onde a minha aflição se aninhara. Precisava de uma coisa, uma lembrança, uma ideia, uma voz que entrasse nesse canto mortiço da minha alma para quebrar aquela sufocação interminável. Só eu mesma era o único e débil elemento de que eu poderia lançar mão e, com ele, ajeitar, embora sem grandes resultados, os meus momentos de desespero. Ouvir a minha própria voz expelida da minha língua era o único sinal de coisa viva atravessando o meu mundo morto. Senti um formigamento nas minhas carnes assustadas. Os ruídos me pareciam vir de muito longe. Olhei uma gravura da sacra família que sempre acompanhara minha mãe. As paredes caiadas, os móveis modestos e a penumbra do quarto me traziam a tristeza sem pranto. O chão manchado de iodo e, do teto, um fio comprido tendo no fim uma lâmpada. Aquele fio deu-me uma angústia de doer.

Saí do quarto olhando o movimento que se fazia na casa. Nas cidades do interior era um hábito visitar o morto, mesmo que em vida não se tivessem trocado a menor intimidade. O inconsciente se liga à morte com a mais estreita ternura fúnebre. As pessoas adquirem a mansidão e a serenidade no olhar. Os gestos são oferecimento de carinho desconhecido. Por instantes há uma compreensão profunda do passageiro, e um certo temor pelos erros do passado transparece nas vozes e nas intenções. Vi na minha casa muita gente que nunca havia visto. Davam providências com a maior naturalidade, cercavam a morta de solicitudes extremadas, encarregavam-se de cuidar dos órfãos, preparar o corpo de minha mãe, vesti-lo e participarem do velório. Todos procuravam em voz baixa cooperar com um conselho, com uma sugestão e uma providência. Eu esbarrava naquela gente que de vez em quando me fazia perguntas vagas e inúteis sobre a minha idade, os meus afazeres e outras coisas que não tinham importância para mim e muito menos para eles.

Vi quando colocaram minha mãe sobre uma porta arrancada pousada sobre dois cavaletes. Toda vestida de preto, com um lenço de seda amarrando o seu queixo no propósito de empurrar a sua mandíbula. Parecia que desejavam impedir que ela soltasse mais um gemido, dissesse uma palavra ou repetisse uma queixa. Cruzaram as suas mãos sobre o peito batido, enrolaram o rosário entre os seus dedos, que pareciam de madeira descascada, encheram as suas narinas com pedaços de algodão, acenderam quatro velas, colocaram um prato fundo sob a mesa mortuária, derramaram um líquido nesse recipiente, e depois de tudo organizado sentaram-se em volta da sala como um público preparado para um espetáculo divertido. De repente alguém reparou que a morta não tinha sapatos. Pequenas confabulações sobre o problema, e um conhecido resolveu sair. Chamaram por mim e levaram-me para a rua. Acompanhei essa pessoa até a casa comercial que ficava na esquina. Íamos comprar os sapatos da morta. Notei quando mediram com um barbante a mercadoria desejada. A medida porém era maior. Não havia na casa sapatos exatamente do tamanho do pé da minha mãe. Ou eram pequenos ou grandes demais. Depois de uma ligeira explicação do homem que acompanhava, ficou resolvido que levariam o tamanho maior. "Não tinha importância que fosse tão grande o sapato. Não era mesmo para andar — dizia ele — era unicamente para não enterrarem a morta descalça." Eu ouvi e continuei em silêncio. Saímos de volta para casa. No caminho, vi muitos jardins floridos, e no mês de maio a praça pública apresentava os roseirais fartos e cheirosos. Pensei em colher algumas flores para minha mãe. Mas fui andando, andando, os jardins passando e, quando dei por mim, estava dentro da minha casa que me pareceu ser a casa de todo o mundo menos a minha. De vez em quando o silêncio era cortado por cochichos ou por alguém que atravessava a sala na ponta dos pés. Quando abriram o embrulho dos sapatos pretos, duas senhoras correram para calçá-los em minha mãe. Eram tão grandes que foi necessário enchê-los de papel para que ficassem presos aos seus pés.

Minha irmã menor completava o seu aniversário neste dia e chorava porque não havia recebido nenhum presente. Vi quando uma das pessoas, no afã de resolver um desconsolo, agarrou a caixa vazia dos sapatos comprados para a morta e entregou à minha irmã com palavras carinhosas. Imediatamente a pequenina estancou as lágrimas e sentou-se no chão, brincando com aquele retângulo de papelão como se fosse o mais lindo brinquedo. Eu, afastada, observava a alegria inocente da minha irmã e sentia um repuxamento na garganta diante daquele gesto que a todos parecia normal. O normal, para mim, sofria constantemente de uma análise intencional a fim de alcançar uma explicação, além daquilo que conduzia o gesto desprevenido. Se todas essas coisas eram naturais, por que eu sentia um fundo irreconciliável nas atitudes dos planos normais? Naquele grupo adulto, solícito, bom e amigo, eu, uma criança, emprestava ao fato um sentido diverso e profundo. Se hoje eu pudesse reencontrar todas essas pessoas e relembrar esse detalhe que ficou tão nítido na minha memória, creio que nenhuma delas confirmaria essa recordação. Havia tanta naturalidade na intenção e naqueles movimentos que não marcou a memória de ninguém.

Despercebida por todos, saí de casa e entrei na praça pública. Reparei em pequenos grupos postados defronte da nossa residência. Aproximei-me deles e procurei ouvir o que diziam. Não fui notada. Trepei num banco do jardim e olhei de longe a minha casa. Vi na penumbra da sala apenas quatro chamas de velas trepidantes. As conversas dos desconhecidos eram sobre a causa da morte, a quantidade de filhos deixados pela mãe e a curiosidade de saber de onde tínhamos vindo. Desci do banco e novamente voltei para casa.

À tarde saiu o enterro. Chamaram meu pai, chamaram por mim, apanharam os meus irmãos pequeninos e fizeram com que olhássemos a morta. Na hora em que fui beijá-la na testa lembrei-me daquele frio penetrante que eu havia sentido quando encostei a minha mão no seu rosto. Era um frio sem umidade, um frio que se agarrara à minha pele e durara horas nos meus dedos. Vacilei com medo, mas depois beijei-a. Reparei quando meu pai se despediu da esposa. Olhou-a serenamente, abraçou-a, beijou a sua testa, passou a mão sobre a sua cabeça nua da cabeleira e depois ouvi um ruído surdo da tampa do caixão.

Era hábito levarem as pessoas mortas à igreja para as últimas orações. Assim foi feito. Da janela, vi quando subiram a ladeira esquerda levando minha mãe; quando chegaram à matriz, ouvi os sinos dobrarem melancolicamente e, passados os instantes necessários à cerimônia, avistei o cortejo saindo da igreja e descendo lentamente a ladeira oposta, a caminho do cemitério. Acompanhei o enterro com o olhar até vê-lo desaparecer na curva da via férrea. Passei os olhos na casa da vizinha da filha única e notei que tudo estava hermeticamente fechado. Algumas pessoas permaneceram conosco até a volta do meu pai do cemitério. A porta onde haviam deitado minha mãe ainda estava sobre os cavaletes. O prato fundo, cheio de um líquido esquisito, continuava no chão como um olho aberto. No assoalho, pedaços de flores pisadas e pingos de cera das velas. As cadeiras, emprestadas do vizinho, permaneciam enfileiradas rodeando a sala. A porta do quarto onde minha mãe morrera estava aberta e pude ver ainda guardada a lembrança do seu corpo quase imperceptível, entre os lençóis desalinhados. Eu senti uma tristeza tão espessa envolvendo a minha figura de transeunte naquela casa, que o pranto se transformou em dor física. Fui para o meu quarto, atirei-me na cama e quis chorar, mas eu estava tão seca, tão encolhida, tão apertada que não encontrei o fio do meu pranto. Abri a boca de encontro ao travesseiro e expeli um urro de animal. O meu corpo se balançou com a minha voz e, depois, como a chegada de chuvas benditas, as lágrimas vieram como a água sobre as pedras e eu chorei. Chorei muito. Chorei por tudo que não sabia definir. Chorei porque não conseguira ser árvore, porque me enxotaram nas explicações que pedira, chorei pelas tristezas do meu pai, pela ingenuidade dos meus irmãos, pelo meu tio que apanhava passarinhos e o maltratavam por esse divertimento, chorei pelos dias em que a minha tia me obrigara a ajudá-la a descoser uma infinidade de vestidos, chorei pela serenidade conformada da minha tia solteira e doente que morrera no hospital, chorei pelas profecias que a amiga de minha avó havia feito sobre mim, pelas noites de solidão em que passei na fazenda de Leivas escutando o largo silêncio das madrugadas, chorei pela nossa caminhada quando viajamos nas estradas ensolaradas e mornas que nos levaram a Silvana, pelo pavor desmedido que eu tinha experimentado na noite em que fui chamar o médico para minha mãe dar à luz ao seu último filho, chorei pelo frangalho do corpinho de meu irmão, levado antes de ter sido amado, chorei pela solidariedade que todos aqueles desconhecidos nos ofereciam diante da morte, chorei pelos pés de minha mãe que foram calçados com sapatos que não eram os da sua medida e, finalmente, chorei por ela que eu me habituara a ver sempre rodeada de filhos, sacrifícios e penas. Chorei ainda pelos sinos que dobravam e pelo que eu não sabia claramente mas percebia estar a caminho, de encontro aos anos de vida que eu ainda teria de atravessar. Foi um choro a princípio manso, depois violento e incontido, como se o meu peito tivesse enlouquecido em fúria. Tudo me parecia absurdo, eu tinha necessidade vital de compreender ou de aceitar o que emanava dos seres, das coisas, dos fatos e dos acontecimentos que me rodeavam. Eu queria ter a certeza de que não estava certa daquilo que já se fazia soma do imponderável. Tive lampejos de horror a mim mesma, sentindo que era uma criança diferente e singular na interpretação do que para os outros era natural e comum. Eu vivia na preparação de um drama.

A inquietação, o desassossego, a sensação irreprimível de fuga se alargavam sobre a minha alma, calafetando todas as frestas pelas quais pudesse passar uma brisa de tranquilidade, um perfume leve de vida sem apreensões. Havia qualquer coisa se processando lentamente sob a minha personalidade confusa e ressentida. Todo e qualquer acontecimento insignificante, estranho aos códigos e medidas para os outros, entrava nas relações dos fenômenos sem formação, para o meu raciocínio. Hoje, depois de muitos anos de cruciantes angústias, de variadas e intensas emoções de alegrias, de sofrimentos, decepções mortais, fico pensando se muitas vezes não me torturei simplesmente com a finalidade de experimentar a minha própria resistência ou de provocar florações novas num terreno aparentemente esgotado! Há sempre em mim uma determinação incontida de me agredir com uma força violenta depois de ter sido atacada por elementos exteriores. Procuro restabelecer comparações e medidas no choque recebido de fora para dentro a fim de medir a resistência das minhas reações interiores. Há uma ambivalência de forças na maneira de sentir ou de querer que me dão a sensação de elementos provocantes de luta em que eu propriamente não me sinto em jogo, mas coloco-me vibrante como espectadora. Sinto uma realidade de contrastes fascinantes que me impulsionam a essa espécie de curiosidade guerreira contra a vida, contra o meu pensamento, no afã de medir a minha sensibilidade. Essa verificação de contrastes desenvolve uma acuidade nos meus sentidos como se eu fosse coberta por uma voz possante, avançando e narrando o futuro em forma de profecias. Às vezes, me vem uma larga fadiga, a curiosidade arrefece, os meus músculos se negam a viver, e apesar de manter os olhos abertos, eu não distingo as cores nem as formas. E uma espécie de nebulosa dissolve-me.

No meu tempo de menina essas contrações da minha alma não eram tão nítidas, nem eu, por mais que desejasse esclarecer as fontes, não encontrava o caminho. Hoje, mulher repassada de sustos, angústias, pressentimentos bárbaros, prantos secos, coberta de frustrações nos meus mais nobres e fortes sentimentos, sofrendo as penas dos enganos que eu, deliberadamente ou não, deixei que me invadissem, curtida de indiferenças, ascos, de repulsas e descrenças, tenho um profundo desprezo por mim mesma. Ninguém teve na vida grande valor de me fazer mal. O que recebi de tristezas e de sofrimentos foi um conjunto de fermentações belas e horrendas que eu, através de uma sensibilidade monstruosa, sorvi com prazeres e dores iguais. Não nego um só instante as coisas que me chegaram. O mal que aconteceu passar por mim, fui eu quem me proporcionou através do meu temperamento de perscrutadora e de aventureira em larga escala das matas insondáveis e impenetráveis que é a vida. Pela minha sofreguidão poética, eu me derrubei a ponto de esfregar a boca em desespero no pó do chão crestado e inimigo. Também guiada por ela levantei o olhar às mais altas distâncias e recolhi para os meus sentidos os momentos mais grandiosos e penetrantes que deram ao meu espírito um deslumbramento e uma glória sem limites. O mal foi um efeito que teve a causa em mim.

A vida é forte e bela. É como a água e o ar que atravessam as plantas e os corpos e volvem depois a ser água e ar. Ela tem a beleza do círculo cujo centro está em toda parte e em nenhuma parte se encontra a periferia. Sempre a aceitei em estado de arrepsia. O meu espírito em todos os instantes manteve equilíbrio entre a afirmação e a negação do belo, admitindo em ambos os lados motivos e razões apreciáveis. Foi o caminho que encontrei para tentar pacificar os meus sentimentos. A vida tem para mim formas infinitamente variadas em que a poesia sempre se manifesta com a mesma grandeza e o mesmo intenso colorido. Leva-me aos cumes mais altos do universo e atira-me às profundezas mais escuras das dolorosas regiões.

Capítulo V

Não creio que haja nenhum período feliz na nossa vida. Às vezes há uma fase de inconsciência da infelicidade. Nesse espaço de tempo, em que nada de desagradável aconteceu, julgamos estar vivendo uma época feliz. Em realidade, o descontentamento não veio à tona. Estava em gestação o acontecimento. Só notamos quando a ocorrência vem à superfície dos nossos cinco sentidos. Porém ele nunca deixou de existir. É a esse hiato entre a ignorância e o conhecimento do desagradável que denominamos puerilmente de "época feliz". O próprio amor que é a mais verdadeira proximidade da felicidade, não é desligado jamais de um grande e subterrâneo sofrimento. Sobre as horas ardentes de uma plena satisfação amorosa, estão o desgosto e o sofrimento vigiando o primeiro cansaço e o primeiro tédio para flutuarem num tempo mais largo, com maior duração e fundas consequências do que o momento que nos trouxe a sensação do eterno. A minha natureza não é de mulher pessimista. Sou mais um ser anaglífico vivendo uma sincera fusão de duas imagens de perspectivas semelhantes. Há uma intensidade de forças em profundidade e em extensão girando em meu redor como o ectoplasma. Daí sentir-me constantemente no limbo. Essa explicação tem como finalidade desviar qualquer julgamento precipitado para classificar-me de pessimista. Apesar de ter sido desde menina violentada pela vida, os meus olhos não perderam a noção dos coloridos e dos contornos e a minha alma não esqueceu a música e a harmonia. Não me desencantei com os sons da voz humana, não deixei de fascinar-me com as coisas mais simples e mais imperceptíveis onde sempre me foram oferecidas grandes belezas. Não deixei diminuir a minha atração pelos homens, de recolher a ternura fresca das mulheres, nem fui indiferente à grandeza misteriosa das crianças. A vida se apresentou a mim violenta e cruel porém pejada de riquezas. Mas em verdade não posso, depois da explicação acima, citar uma época realmente despreocupada que me tivesse trazido a segurança de prazer e felicidade. Cada fase amarga foi precedida de uma onda mais espessa para minha alma. Até hoje, quando recebo uma alegria, separo dois terços da sua intensidade para devolução que me será exigida horas depois. Fico apenas com fragmentos. Talvez não seja isso sabedoria. É mais provável que seja uma manifestação de defesa, de egoísmo ou de orgulho. Não me embriago com o mais delicioso dos vinhos para não sofrer o mal do etilismo.

Depois da morte da minha mãe em Silvana, meu pai verificou a impossibilidade de continuarmos nessa cidade, e decidiu o nosso regresso. Despedidas às pessoas amigas, arrumação de malas e novamente tomamos o trem de volta.

Chegamos à noite. A casa era a última de um beco, num bairro de que não me recordo. Quando entrei, reparei que havia outros moradores. Eram duas mulheres desenvoltas, com manifestações de intimidade, que nos receberam com excessivos agrados. Observei as suas maneiras de vestir. Cobertas escassamente com chambres de cores vivas, deixando, com movimentos e gestos livres, à mostra, as pernas e parte do colo. Tinham um penteado rebuscado, os olhos pintados e faces com rosado artificial. Imediatamente estabeleci o contraste entre as roupas de minha mãe, cobrindo do pescoço aos tornozelos, com aquelas diminutas vestimentas das duas. Eu nunca vira na minha mãe o tom da pele das suas pernas, dos seus braços nem das suas costas. Constatei a diferença do seu cabelo apanhado com simplicidade e de seu rosto sem artifícios. Tive uma revelação chocante. Era outro mundo que se abria aos meus olhos, mas impenetrável ao meu raciocínio. Aquela amabilidade da recepção não me alegrou. A presença daquelas figuras completamente fora da minha imaginação levantou no meu pensamento perguntas sem respostas. Chocada com a intimidade e as conversas extremamente amigas com o meu pai, senti uma inquietação nova. Ele, entretanto, com serenidade, afastou-nos, levando-nos para o quarto, deitando-nos nas camas e lá permaneceu até que dormíssemos. Mas tudo para mim era incompreensível e, para não forçar a sua presença demorada no nosso quarto, fingi também que dormia. Porém aquelas mulheres diferentes, que eu nunca vira, com hábitos estranhos aos que eu me acostumara, impediam-me de dormir. Ante os meus olhos repetiam-se as cenas dos abraços no meu pai, a mulher com cabeleira em cachos, vestida de cor berrante, olhos pintados de negro, os rostos avermelhados pelos corantes, e pedaços desnudos dos seus corpos causaram-me insônia e um espanto doloroso. Deitada na minha cama eu procurava justificar aquela casa, aquela gente, aquela roupa e aquela intimidade. Inutilmente o meu pensamento se debateu para um rumo acertado.

Na manhã seguinte, quando acordei, tive a impressão de haver sonhado o espetáculo da véspera. E quando estava mergulhada nesse consolo, ouvi risadas, conversas se entrelaçando, perguntas e respostas incompreensíveis para mim. Aos poucos fui reconstituindo a noite anterior e certifiquei-me de que não sonhara nem imaginara coisa alguma. Os meus irmãos e eu tomamos café rodeados das duas criaturas que mantinham a mesma alegria, os mesmos trajes, as mesmas pinturas e as mesmas intimidades. Eu estava tomada de uma surpresa inédita. Mais tarde meu pai saiu para o trabalho, deixando-nos cheios de recomendações e de conselhos.

No nosso quarto estava toda a nossa bagagem. Meu pai havia trazido uma grande mala com vestidos e coisas de uso pessoal de minha mãe que, pela prolongada enfermidade, muitas delas não haviam sido usadas. Eram peças trazidas da Europa, pela família rica, os amigos dos meus pais, que tinham sido nossos vizinhos na Rua das Amendoeiras. A minha surda revolta se processou quando, na parte da tarde, na ausência de meu pai, as duas mulheres entraram no nosso quarto e desembaraçadamente abriram a mala e começaram a experimentar e dividir as roupas de minha mãe. Eu, sentada na beira da cama, acompanhava em silêncio aquela tremenda profanação. Ouvi quando entre si comentavam as cores ou o feitio dos vestidos e acompanhei com revolta a distribuição das peças íntimas da minha mãe, feita entre risadas e galhofas. Desceu sobre mim um desgosto penetrante, e uma indignação incontrolável me fez reclamar aos gritos. Recebi, como explicação, que estavam autorizadas a fazer o que eu presenciava. Não acreditei que o meu pai tivesse cooperado para aquela ousadia e esperei a sua chegada para fazer um relato violento da atitude das intrusas. Até a sua chegada permaneci em ansiedade. Porém o meu espanto e a minha confusão não tiveram medidas diante da ausência de reações dele, quando expus as cenas com revolta. Como a natureza do meu pai sempre foi de guardar silêncio e não tomar atitudes agressivas quando estava dentro de um problema, eu aceitei em parte a sua tranquilidade. Notei mais tarde que ele conversava de maneira reprovativa com elas sobre o acontecimento da tarde. Depois disso o clima de antipatia se formou entre mim, as duas e o meu pai. Passei a evitar a aproximação dessas mulheres. Elas saíam muito. Passeavam o dia inteiro. Nós ficávamos em casa com a empregada até à tarde, quando regressavam um pouco antes do meu pai. Cada vez que eu as via sair, sentia uma onda de contentamento e um laivo de esperança de que não voltassem. Mas isso só aconteceu quando, uma manhã, tiveram com meu pai uma discussão por razões que ignoro. Nesse dia arrumaram as suas malas, vestiram-se com profusão de enfeites, plumas, faces ainda mais alteradas pela pintura e saíram zangadas, sem nos dirigir uma palavra ou um olhar. Reparei, quando subiram num automóvel, que uma delas calçava longas botinas de cano branco com um correr de botões quase até o joelho. Nunca esqueci esses tipos tão estranhos, que falavam alto, que riam de tudo, que eram demasiadamente carinhosas com o meu pai, que exibiam no rosto uma pintura tão viva e provocante e que haviam revelado aos meus olhos, pela primeira vez na minha vida, o volume das suas coxas e a pujança liberta dos seus seios. A minha memória fotografou essas cenas do passado com o relevo e cores autênticas.

Alguns dias depois, o meu pai verificou a dificuldade de manter ao seu lado os filhos pequenos. Para ele era errado sair de casa para o trabalho e nos deixar apenas com uma empregada. Decidiu então internar os filhos num colégio. Lembrou-se de que em Silvana havia uma casa de freiras, o clima era bom e lá não poderíamos estar melhor. Novamente fizemos as malas, tomamos o trem e percorremos o mesmo caminho que poucos meses antes tínhamos atravessado, de volta à cidade em que minha mãe morrera. Saímos do trem diretamente para o colégio. Era um velho e imenso casarão de altos muros, cercado de mangueiras seculares que sombreavam o chão de uma cor limosa. Os canteiros, plenos de flores condizentes com o ambiente religioso: violetas, lírios, perpétuas, cravinas e monsenhores. Tudo muito limpo, excessivamente limpo e silencioso. Meu pai puxou junto à porta uma corda que movimentou um sino pequeno. Minutos depois apareceu uma freira com a face cheia de espinhas. E, falando em surdina, ela nos levou ao parlatório, pedindo que esperássemos até que avisasse a superiora. Enquanto isso eu ouvi a onda de vozes desencontradas, de timbres diferentes, recitando uma interminável ladainha. A todo momento um sino chamava alguém para alguma coisa. Sobre uma mesa do centro da sala, um jarro com flores artificiais de papel, de corolas abertas, olhando espevitadamente para os recém-chegados. O chão tão polido e brilhante que nele se refletiam as nossas figuras. Nas paredes, um retrato do papa, outro de um padre com uma cara muito feia e o restante de gravuras religiosas. Enquanto eu observava o ambiente, inesperadamente uma porta se abriu e entrou a superiora. Era uma mulher alta, corpulenta, aloirada, de mãos enormes e bem tratadas, falando um português marcado nos erres e de fisionomia dura. Já nos esperava, disse. Conversou com meu pai, combinou coisas necessárias e depois, virando-se para nós, perguntou as nossas idades e os nossos nomes. Indagou se estávamos satisfeitos de ficarmos naquela casa. Não esqueceu de fazer uma preleção sobre a minha responsabilidade e o exemplo que me cabia dar aos meus irmãos como a mais velha. Badalou um sino, apareceu a freira e ela ordenou num tom seco e imperioso que levasse as nossas malas para a rouparia. Instantes depois meu pai disse que iria partir de volta à cidade, sem demora. Os meus irmãos se despediram dele com naturalidade, eu porém sofri uma dor aguda que parecia estar localizada no meu esterno. Tive a mesma sensação de abandono experimentada no momento em que chorei desabaladamente depois do enterro da minha mãe. Eu me sentia só, infinitamente só. Desconhecia todos, desconhecia o ambiente, e até o meu olfato se recusava a aceitar o cheiro dos móveis, da cera do assoalho e do perfume de incenso que descia da capela. Pela primeira vez tive a sensação de liberdade física cortada.

Esse ambiente atuou extraordinariamente na formação das linhas acentuadoras das características da minha personalidade. A certeza de estar guardada entre altos muros e vigiada por seres que eu acreditava acima das imperfeições terrestres trouxe ao meu espírito os contornos de uma nova sufocação. O tempo foi passando e eu tudo fazia para uma adaptação. Nunca aceitei aquelas ordens coletivas: empregava um esforço sobre-humano para impregnar-me daquela fé absoluta e pura que ensinavam. Jamais enfrentei a superiora sem sentir na sua rispidez um estremecimento inexplicável. Ela para mim transformou-se num símbolo mais limitado e menos variado, porém quase tão intenso quanto a vida nas suas manifestações desagradáveis. Reparei também que ela usava sapatos diferentes do resto da comunidade. Eram de cetim preto com um modelo diverso. Também o seu hábito era confeccionado de outro tecido e seu véu preto era mais farto e rico em panejamentos. Como era alta, ereta e caminhava marcialmente, a sua figura, ao passar, deslocava o vento e deixava no ar traços do perfume de um sabonete acre. A sua presença infundia respeito e espalhava autoridade. Lembro-me que um dia, indo ao quintal do colégio, reparei numa fogueira quase extinta de coisas velhas e imprestáveis. Tudo se transformara em cinzas, menos os sapatos pretos de cetim da superiora. Lá estavam eles apenas chamuscados, mas vivos e dominantes quanto a dona.

Nesse internato religioso o meu temperamento sofreu alterações. O desgosto de me sentir longe de meu pai, aquele sistema de comando, aquelas orações por tudo e a todas as horas, aquela maneira de incutir a fé por meio de pavores e de castigos, o mal que Deus não perdoava condenando as almas ao fogo eterno e o bem que nunca me foi nitidamente esclarecido, e dava como recompensa o céu, tudo isso deixava no meu espírito maiores inseguranças, maiores conflitos e contradições. Depois de várias observações apresentadas por fatos passados no colégio, fui eu perdendo a impressão de viver entre seres em estado de perfeição. Vi muito egoísmo, muita intriga, muita inveja e sobretudo muita injustiça com algumas órfãs que, a troco de casa e alimento, faziam o trabalho pesado do internato. Verifiquei as incompreensões daquelas almas cobertas pelo hábito religioso e desviadas da suavidade e da paciência. Estimulavam inconscientemente as alunas para a delação. A intriga servia de veículo de conquista à confiança de determinada freira por uma alma e a perseguição movida pela antipatia servia para enfraquecer uma preferência inocente entre as internadas.

Um dia me insurgi contra uma certa ordem que considerei injusta. Como castigo, fui retirada da convivência das companheiras durante uma semana, e como, depois de cumprir a pena, eu não quisesse acatar a mesma ordem anterior, fui então castigada e obrigada a decorar, sem nenhuma falha, duas páginas da história sagrada no espaço de dois dias. Eu teria de permanecer reclusa sob a escada da capela durante esse tempo. À medida que os dias passassem, não cumprindo eu a pena, as páginas a decorar seriam aumentadas na proporção de uma por dia. Lembro-me de que era a história de José do Egito. Gostei da história mas não me esforcei por recitá-la de cor, e embaixo da escada fiquei morando vários dias. Constatando a superiora que a minha atitude enfraquecia a sua autoridade, ordenou que eu fosse levada à sua presença. Fiquei exposta diante de uma espécie de júri composto de várias freiras queixosas de mim, sentadas em redor de uma grande mesa. Numa cadeira de alto espaldar estava a superiora que à minha entrada lançou-me de avanço um olhar de condenação. Fez várias perguntas sobre o meu comportamento, dramatizou e lançou as piores profecias sobre o meu futuro, acusou-me de intenções revolucionárias dentro de um colégio religioso e diagnosticou desgraças e maldições sobre os meus dias. Quando fui autorizada a falar, respondi sem medo e vacilações. A minha força estava em que eu tinha a certeza de estar só. Esclareci as razões da minha atitude nascida de injustiças presenciadas e vividas, acusei as freiras de faltarem com a paciência e o carinho, lembrei as cenas impiedosas que atingiam as pobres órfãs exploradas por elas, e creio que nessa hora fui tomada como o próprio demônio encarnado em menina. Todas se benziam, cerravam os olhos aterrorizadas. Nunca uma aluna havia tido a audácia de incriminá-las. Falaram em expulsão, e no fim os prognósticos sobre o meu destino eram os mais arrasadores. Ouvi diversas vezes esta outra frase: "Ela promete, se assim continuar, levar muita gente à confusão e talvez a si mesma."

Daí por diante, tudo que aparecia malfeito, tudo que contrariava o regime do colégio, prescindia logo de diligências apuradas: "Deve ter sido Berenice quem fez", "Deve ter sido Berenice quem comandou a desordem". E assim, tomei o título de rebelde, insubordinada, desobediente, pecadora contra a humildade e menina sem recuperação.

Quando comecei a aprender a escrever, a minha caligrafia mostrou-se larga e forte. Nunca deixei de assinar o meu nome sem olhá-lo com certo choque e isso até hoje me acontece. Achavam as freiras que eu não tinha letra feminina e era imperioso modificar o seu traço, pois, modificando a caligrafia, o meu temperamento agressivo e destemido desapareceria. Em parte não tiro de todo a razão daquelas religiosas. Quando leio a minha assinatura, não leio um nome. Vejo uma Berenice impetuosa, de pé, à espera de um combate seguinte. Nunca firmei o meu nome sem estremecer. Parece-me que em cada traço há uma advertência e uma ameaça mas também há um conjunto que não perde a harmonia nem a ternura.

Muitas vezes eu experimentava usar a força de vontade para ambientar-me. Eu era uma menina de fundo místico e acreditava num bem absoluto sem a interferência de promessas em troca. Naquele tempo eu era uma boa alma, apenas muito machucada e pouco aceita.

Um dia meu pai foi nos visitar e participou-nos que iria casar-se. Disse que tinha a intenção de levar-nos do colégio para a sua casa. Eu fiquei muito contente. Um mês depois casou-se e foi, acompanhado da sua nova esposa, trazer-nos de volta a casa.

Não tive a menor prevenção com a criatura que ele dizia substituir minha mãe. Não tinha mesmo razões para isso e nem a conhecia. Porém a ideia de substituição já me parecia cobrir precariamente uma coisa irreparável. Quando a vi pela primeira vez, observei apenas que era fisicamente oposta à minha mãe. Usava um vestido de seda azul forte e prendia os cabelos com uma estreita fita de veludo negro.

Pensei que certamente dali para a frente tudo seria melhor do que aquele ambiente do internato. Não veria mais as freiras intrigando as meninas, não olharia mais para a superiora tão marcial com os seus sapatos de cetim negro, não sentaria mais naquela mesa comprida e não seria obrigada a comer com repugnância o ensopado de broto de bambu que todas as meninas recebiam com prazer, menos eu. Não ouviria mais a sineta a todas as horas, não sentiria o cheiro forte de incenso e, mais ainda, não ouviria as histórias que a freira francesa contava todas as tardes sobre as crueldades que os alemães praticavam com as crianças do seu país durante a guerra. Aquelas narrativas tétricas ao cair da noite traziam sobressaltos ao meu sono. Acordava e via na escuridão do dormitório os olhos de inocentes vazados com varas, mãos decepadas, couros cabeludos arrancados, línguas cortadas e pernas amputadas. As histórias da tarde passeavam no amplo dormitório e a lembrança de tanto sangue sufocava a minha respiração.

Vi na minha madrasta uma porta aberta de par em par, como uma larga passagem para a normalidade e um convite à recuperação da minha calma.

Capítulo VI

Meu pai casara-se com uma bela mulher. Inteligente e viva, nascida na Itália, tinha como todas as mulheres daquele país um temperamento vibrante e violento. Era ótima esposa, leal, cuidadosa e ordeira. Levava ela com esse casamento a responsabilidade de quatro caracteres, sendo que eu valia por outros quatro pela dificuldade que encontraria em subjugar-me. Tinha eu nessa época onze anos. É justo que, ao lado das mágoas sofridas por ela, enalteça as suas qualidades, o estímulo com que concorreu para dar nova orientação à vida do meu pai. Ajudava-o em todos os sentidos, percebia onde o seu auxílio era mais eficaz e permanente, e ele, notando o valor inegável das intenções da esposa, movido por esse estímulo, foi progredindo, encontrou novos interesses e resolveu até mesmo terminar o seu curso de engenharia que havia interrompido diante das inúmeras dificuldades. Minha madrasta era um tipo arbitrário. Por vezes solícita, dedicada e bondosa ao extremo. Mas nunca afrouxava o seu temperamento dominante. Os seus julgamentos sobre um fato ou uma pessoa dependiam da primeira impressão e da sua disposição de espírito no momento. Se a tendência era condenar, a condenação era inflexível. Não havia argumento, idade ou atenuante que introduzisse variações nas penas.

Eu vinha carregada de compressões, de tristezas, de desentendimentos comigo mesma, de uma rebeldia justificada pelo meu temperamento e pela minha sensibilidade atiçada por uma infância truncada. Como disse, a obediência sem uma razão esclarecida era para mim inaceitável e inconcebível. Para me conhecerem e me dirigirem bem na vida, os adultos necessitavam, em primeiro lugar, impressionar o meu caráter e a minha sensibilidade, pelo processo das suas próprias particularidades. Mas isso não aconteceu, como estou certa que até hoje não acontece com ninguém. Conhecer está na própria função da vida. É necessário que isso se opere pelo método reflexivo da própria pessoa. E a natureza humana não usa da autorreflexão a favor de ninguém. Creio que nem mesmo em favor dos próprios filhos. Com esse hábito cria-se o que conhecemos por amor-próprio e dignidade de atos, ações e palavras. Vem depois a resistência à justiça, cresce a vaidade e alarga-se a ambição do domínio. É necessário que realmente o coração esteja na graça da pura verdade para a análise espectral ser feita dos seus erros e sustar o mal que imprime às gerações esse estado de anestesia ministrado pelos próprios entorpecentes que fluem dos nossos defeitos.

Passei uma época difícil. Primeiro, a luta comigo mesma no sentido de aceitar o falso normal. Depois, o trabalho mantido com o intuito de dilapidar o meu temperamento impulsivo. Eu tinha vontade sincera de conquistar e possuir a bondade comum, a vontade de esquecer, de limpar da memória tantos acontecimentos amargos da infância, mas era uma luta inglória. Eu havia sofrido um desequilíbrio interior enorme e ninguém poderia entender os meus problemas íntimos, se não fosse através de uma cura de amor e ternura. Eu mesma não conseguia colocar num plano claro as minhas tendências e as minhas razões. Hoje como mulher muitas vezes me encontro num estado de afasia. Apesar de sabermos alguma coisa, passarmos por experiências que dão à nossa vida reservas valiosas, há períodos em que tudo se escurece ou desaparece para ficarmos com o pensamento desligado de nós e dos resultados principais que a vida nos trouxe. Há uma dificuldade tão grande de juntar as palavras como de compreendê-las, e com elas justificar os nossos sonhos e os nossos desejos. O meu estado afetivo não tinha relação com o espaço e o tempo. Dentro desse mundo eu me situava como um cogumelo. Era uma outra coisa em forma de gente que havia brotado inesperadamente na umidade da tristeza e no pó da destruição.

O período em que estive sob a orientação de minha madrasta foi a continuação de velhos desentendimentos. Certamente fui uma menina difícil. Obedecer maquinalmente era o pior a que podiam me obrigar. A outra dificuldade estava em aceitar a interpretação que ela dava aos meus erros. A minha madrasta foi, quando menos podia ser, áspera e desumana ao extremo. Não posso deixar de frisar que sempre reconheci os seus atos de bondade e dedicação quando adoecíamos. Sacrificava as suas noites de sono se um de nós ficava atacado de febre ou qualquer enfermidade grave ou não. Era dotada de uma deslumbrante saúde, e saúde em demasia destorce a visão panorâmica da vida e tira o direito dos outros firmarem personalidade, vontade e independência de pensar e às vezes de errar. Em alguns momentos a linguagem da minha madrasta atingia a uma dureza espantosa e a sua intenção boa em corrigir-me, tornava-se contraproducente. Por outro lado, eu não cedia às minhas convicções, não me ajustava às suas razões, mormente quando eram demonstradas através da força. Reagia, e está claro que para uma criança tal atitude é ousadia inconcebível. Ela desconhecia totalmente o valor inegável da psicologia. Ela era ela. Todos deviam ser semelhantes e subordinados à sua vontade ou à sua orientação. Um dos martírios da minha vida de menina era vestir-me de acordo com o seu gosto, que era justamente o inverso do meu. Eu gostava da cintura no lugar. Ela obrigava-me a usar a cintura alta. Eu não gostava de vestidos pesados de enfeites e de cores misturadas. Ela preferia os modelos requintados em pregas, babados, bordados, fitas, rendas e flores. Eu me sentia infeliz e ridícula todas as vezes que usava um vestido novo. Entretanto era tão fácil não me fazer infeliz!... Mas, "criança não têm gosto nem vontade", dizia ela. Eu gostava de apostar corridas com os meninos. Lembro-me que ela tinha uma forma dura de corrigir-me dessa brincadeira: "Não é decente uma mulher correr e mostrar as pernas." Eu parava e pensava magoada e confusa: "Mas eu ainda não sou uma mulher!" Olhava as minhas pernas e verificava que eram iguais às das outras crianças. Comecei a ter um pudor inexplicável pelos meus joelhos tão descoloridos e desengonçados como os de qualquer menina de onze anos. Todas tinham a mesma idade que eu e corriam livres sem "pernas de mulher".

Passarei por cima de pessoas e fatos para não me colocar na posição de quem acusa e julga. Não quero absolutamente fazer crer que eu, só eu, tenho a prioridade da verdade e das boas intenções. Seria hipocrisia da minha parte e não devo esquecer que sou tão fraca e miserável, defeituosa e falha quanto o resto da precária humanidade. Devo ter muitos atos involuntários, dignos de comiseração, e não tenho a menor intenção de apurar responsabilidades alheias, sem primeiro apurar as minhas próprias. Quase todas as coisas nos acontecem sem a aquiescência maléfica dos outros, assim como também não construímos num ritmo perfeito e consciente, por nossa exclusiva determinação, tudo o que nos acontece de bom. Quantas vezes achei-me responsável de várias culpas sem saber precisamente de onde, quando e como chegaram! Inúmeras vezes senti um soluço estranho repuxando a minha alma e eu mesma não sabia e não podia socorrer-me. Desde menina senti uma força ensinando-me que nunca estamos certos, que em todos os absurdos e fatos dos outros há sempre fragmentos de luz da verdade. Com isso tenho me esforçado até hoje para aceitar, sem asperezas e compreensão, o pensamento alheio. Esforço-me para não colocar-me numa posição de vítima ou de condenada inocente. Estou certa de que a minha infância e a minha adolescência foram cercadas de erros e fragilidades como as de todas as crianças. Atualmente situo-me em todos os acontecimentos como material de experiência nas mãos do destino. Quando um dia olhei pelas lentes de um microscópio e vi através delas, numa gota, umas coisinhas alucinadas, vibrando umas contra as outras aos empurrões como cegos fugitivos, colando-se e descolando-se em estremecimentos constantes e infatigáveis, tive a sensação de que essa confusão violenta e inquietante era um átomo do meu eu analisado por lentes possantes.

Naquela idade fui aluna de uma escola pública e nela aprendi muita coisa que hoje utilizo. No meu contínuo observar, colhi a beleza simples, a penetrante cordialidade humana, muita singeleza de alma, e paralelamente aprendi a sentir os meios pelos quais as criaturas desde a mais tenra idade se cobrem de diferenciações. Nunca fui a primeira aluna mas também nunca me deixei ser uma das últimas. Tinha horror aos números. Gostava de Física, de Química, História Natural, História Geral e Português. Tinha uma professora muito paciente e meiga. Falava sempre com atenção especial a cada aluno. Depois dos meus rompantes, chamava-me carinhosamente à parte, fazendo-me ver que uma menina era "uma flor que não devia perder o seu perfume com gestos desenvoltos". Foi a pessoa na minha infância de quem sempre ouvi um conselho e uma advertência feita com suavidade. Também levava meus castigos e eram bem aplicados. Lembro-me que detestava declamar versos. Duas vezes por mês tínhamos um programa de poesia e as alunas eram obrigadas a recitar o trabalho de poetas conhecidos. Jamais consegui fazer o que as minhas colegas desembaraçadamente faziam. Muitos castigos e perdas de notas recebi. Preferia que baixassem as médias do meu boletim a declamar poesias.

Às vezes, premeditadamente, eu fazia perguntas esquisitas que embaraçavam a minha professora. Coisas como essa: perguntei em aula como se dizia o "mês de depois de amanhã". Não tínhamos o dia depois de amanhã? E por que não o mês? Quando começava o futuro? Outra pergunta que lhe deu muito que fazer foi quando indaguei a razão por que na Páscoa simbolizavam um coelho botando ovos. Não era o coelho um mamífero? A minha professora levava-me a um canto e pedia que eu só perguntasse o que ela podia responder. Eu a olhei e disse: "Como posso saber que vai responder, antes de eu perguntar?" Eu notava sua inquietação quando pedia permissão para fazer perguntas. Guardo na memória a figura dessa boa criatura com um extremo carinho. Ela dava-me a impressão de nunca haver chorado, nunca ter recebido uma tristeza nem uma decepção. A sua conversa era baseada em comparações e símbolos: "A vida era como um dia de primavera. Frescura, sol, claridade, flores perfumadas e sorrisos em todas as faces." Assim falava: "a roseira era mãe de família e os botões os filhos." Havia um contraste tão grande entre a alma da minha professora e a minha que, ouvindo-a, eu sentia uma grande piedade. Não sei se por mim ou por ela.

Os meus dias transcorriam assim, aparentemente sem distúrbios. Eu era uma menina que se interessava pelas leituras das histórias do *Arco da Velha*, pelas *Travessuras de Sofia*. Adorava ouvir lendas fantásticas. As sobrinhas da minha madrasta tinham a mesma idade que eu, mas as suas leituras eram diferentes. Falavam muito no *Moço Loiro* e outros desse gênero. Um dia minha madrasta declarou que eu não tinha inteligência e nem possuía a mesma cultura das sobrinhas, e precisava aprender com elas a apurar o meu espírito. Estabeleci comparações e nesse ponto achei que ela estava com a razão. Comecei a apurar o meu espírito pelo *Moço Loiro*. Mas não havia jeito de a leitura prender-me. Via tanta fragilidade, tanta melosidade naquilo que cheguei à conclusão da minha madrasta: realmente faltava-me inteligência. Eu era um cérebro inferior ao das sobrinhas. Duas ou três vezes renovei a leitura do livro, mas o interesse não aparecia. Reiniciei então as histórias de fada e de aventuras. Mais tarde, aos catorze anos, encontrei um ingênuo interesse nos livros de um escritor conhecido. O que mais me atraía nessa leitura era o ambiente e os personagens envolvidos num romantismo suave e transparente. Um homem apaixonar-se por uma mulher através de um pé visto de relance, deu-me a mesma impressão das histórias de um príncipe encantado. Li também a Biblioteca *Rose*. Muita inconsistência nas suas páginas, e para aquietar-me eu precisava fazer um trabalho duro sobre a minha vontade a fim de tomar a sério a leitura. Daí por diante comecei a ler tudo que uma menina de catorze anos pode ler. As minhas companheiras sabiam de cor poesias dos poetas em evidência. Eu, como sempre, lia. Gostava ou não, mas decorar jamais.

Na rua onde morávamos, tínhamos como vizinhos uma senhora viúva com um casal de filhos moços. A sua casa era atulhada de móveis, objetos de prata, quadros a óleo e coisas remanescentes da sua vida faustosa de casada. A sua residência era muito frequentada. Havia na sala de visitas um enorme retrato do seu falecido esposo. Era uma pintura a óleo onde se via um rosto austero, uma larga testa confundindo-se com a calvície, enormes bigodes e olhos brilhantes. O retrato vestia *croisé*. Numa das mãos tinha um livro aberto e a outra pousada sobre uma mesa empilhada de livros científicos. O falecido fora médico. Uma vez, quando a dona da casa recebia a visita de senhoras amigas, surgiu o assunto de beleza masculina. Eu de longe olhava e recolhia as opiniões. Num dado momento ouvi a viúva detalhar emocionada e saudosa as formas físicas e as linhas esculturais do marido desaparecido. "Tinha um corpo belíssimo. Era gordinho e possuía duas lindas covinhas nas nádegas." Eu olhei para o retrato, despi o elogiado e imaginei aquele homem bigodudo, calvo, gordinho, andando nu e exibindo as duas fascinantes covinhas nas nádegas! Uma vez por semana a dona da casa reunia pessoas amigas e realizava saraus literários. Eu, com o pretexto de conversar com a filha moça, assistia de longe àquilo que me parecia uma brincadeira. Uma noite vi uma senhora velha, gorda, cheia de anéis e pulseiras recitando um poema de amor violento. Na sua interpretação gesticulava, arregalava os olhos e deixava cair a expressão do rosto como se realmente estivesse vivendo um espasmo de paixão. Os músculos dos seus braços e do seu rosto já flácidos tremiam após cada palavra do poema. Finalmente terminou o seu número declamando Sully Prudhomme — *O Vaso partido*. Muitas palmas, muitos elogios à sua memória e à sua interpretação. Do meu canto olhei desconfiada para todo aquele ridículo e levantei os olhos para o retrato do falecido marido da dona da casa, que permanecia ereto, com ar austero e científico. Lembrei-me das covinhas nas nádegas.

A senhora dessa casa tinha uma forma inconsciente de excitar a sua filha casadoira. A moça devia ter dezessete anos. Era feia, nariz chato, corpo pesado e antipática. Vivia sempre dominada por um vago rancor, talvez pelo pressentimento de jamais na vida encontrar um noivo. A sua mãe, não sei bem com que intuito, fartava-se de contar diante da moça as delícias do matrimônio, os carinhos de um esposo e as felicidades do amor e do casamento. Até aquela data a filha não havia conseguido arranjar um simples namorado, apesar da sua juventude e da cordialidade exagerada com que a viúva cercava todos os rapazes das suas relações. Anunciava que o enxoval da filha já estava pronto, guardado em malas cheirosas, esperando apenas o aparecimento do futuro marido. Havia na conversa da senhora uma certa acusação e desprezo à virgindade da filha. Repetia frequentemente a desgraça de uma mãe viúva que não casa a filha única, e quando um rapaz mostrava-se mais gentil, a senhora arquitetava o casamento e até descrevia o rosto dos netos que estavam na sua imaginação. Aquele programa da velha, estimulando a filha para qualquer casamento, provocava conflitos insondáveis naquela alma de dezessete anos. Havia nessas duas mulheres um recôndito pavor de não encontrarem um homem capaz de realizar aqueles dois sonhos. Observava eu o combate armado pela própria dedicação materna, roubando muitas noites de sono à virgem que esperava em vão. Certos requintes e detalhes nas descrições sobre o casamento alteravam a fisionomia da moça e por vezes a vi retirar-se bruscamente da conversa, revelando inquietação e desânimo. O filho, um rapaz, tinha uma permanente sisudez no rosto. Vivia carregando livros, estudando e preocupado com a sua futura carreira. Chegava metodicamente às seis horas da tarde. Não se alimentava com o que lhe dava prazer e escolhia os alimentos que mais beneficiassem a sua saúde. Não gostava de camarões mas ingeria diariamente uma quantidade de crustáceos porque continham muito fosfato. Tinha horror a alface, mas todos os dias um grande prato delas vinha para a mesa porque esse legume era rico em cálcio — explicava ele, como se estivesse dando uma aula científica. Eu já sabia de cor que a alface possuía um fator de utilização biológica altíssimo. Essa explicação não variava numa vírgula sempre que ele sentava-se à mesa e olhava demoradamente para as folhas verdes. Detestava cenouras, couve e outras coisas, porém comia porque a sua saúde estava acima de qualquer prazer. Eu ficava penalizada de ver aquele homem moço tão amarrado ao seu corpo e prisioneiro de cálcios e proteínas. Eu o olhava cuidadosamente e pensava se uma saúde perfeita evitaria tristezas e amarguras. Era medíocre desde a forma física à inteligência. Tinha uma voz fanhosa e mole. Eu presenciava aquela vida com estranha curiosidade nos detalhes. Parecia-me uma coisa feita para viver com a importância menor do que um animal. As suas frases eram tão rasteiras, a sua existência tão desprovida de interesse, tão coberta de mediocridade e com uma juventude tão emaranhada em coisas corriqueiras e inúteis que me dava a sensação de um parasita.

A sua mãe passava os dias deitada na cama com os pés descobertos. Eram a única coisa verdadeiramente bela que possuía — os pés, e disso orgulhava-se. Tratava-os com cremes, massagens diárias e líquidos perfumados. Era sujeita a violentas crises de asma, e permanentemente conservava ao lado da cama um vaso de prata queimando tabletes de um remédio forte para aliviá-la do sofrimento aflitivo. O quarto vivia coberto por uma nuvem de fumaça acre e espessa. Junto a si trazia em constante serviço, sentada no chão, como uma escrava, uma pretinha criada por ela. Era incumbida de fazer intermináveis cafunés. A velha abria uma fava de baunilha e retirava as centenas de minúsculas sementes negras e espalhava os quase invisíveis caroços entre os seus cabelos e depois ordenava à cria que catasse as sementes com movimentos demorados até adormecê-la. Uma vez por outra a empregada cansava-se. Ela acordava irritada e gritava porque havia parado a sua tarefa. A pretinha arregalava os olhos e, trêmula, enfiava os dedos escuros na cabeça da velha e continuava a sua penitência. Eu lembrava-me de quando era obrigada a ficar horas inteiras aos pés da minha tia que descosia vestidos, para nada. Para guardá-los em pedaços apenas. Tinha ímpetos de arrebatá-la àquele martírio que eu conhecia tão bem. Muitas vezes, diante daquela abjeta sujeição, eu percebia o pedido de socorro que os olhos da empregada lançavam aos circunstantes.

Um dia a casa dessa senhora amanheceu em rebuliço. A pretinha fugira com o peixeiro. Livrara-se daquele monótono catar de sementes de baunilha na cabeça da velha. A filha casadoira ficou deprimida. Não pela ausência da empregada, mas pela causa que no fundo invejava. Nesse dia a mãe redobrou os seus argumentos em relação ao casamento. Procurou estimular com detalhes mais excitantes a noite nupcial, desprezou a incapacidade da filha que ainda não havia encontrado um homem que a levasse em fuga ao menos. Recomendou à moça que mostrasse com mais desenvoltura os seus atrativos femininos e proibiu a filha de completar vinte anos ainda virgem e solteira. Era estranho o clima de excitação sexual que aquela mãe provocava para a sua própria filha. A moça vivia num drama surdo, e quando uma conhecida casava-se ela era tomada de uma depressão alarmante. Sentia-se tão diminuída e humilhada com a felicidade da amiga que caía de cama por dias. O desespero dessa mãe, querendo casar a filha rapidamente como para se ver livre de um objeto incômodo, provocava no espírito da criatura uma onda de rancor contra tudo e todos, e essa revolta transparecia nos seus gestos e atitudes, transformando-a num ser antipático e desagradável. Era agressiva, irritada e formava contra si mesma um ambiente de antipatias irreprimíveis. Ninguém a queria. Era o prenúncio de um abandono sem remédio. A moça sentia que estava diante da verdade e no caminho da frustração, mas compreendia que não podia vivê-las com tranquilidade. Quem a encerrara nessa prisão afastada dos seus sonhos e ambições naturais de moça? Eu olhava para a sua mãe deitada com os pés tratados com cuidados extremos como se fossem filhos muito amados!

O rapaz assistia em silêncio às cenas domésticas e, como não percebia coisa alguma, continuava a ler os livros técnicos, a escolher alimentos ricos em fosfatos e a chegar em casa invariavelmente às seis horas da tarde. Três seres que só tinham em comum o sobrenome do pai. Eram distanciados pelo egoísmo e pela indiferença organizada.

As deturpações sempre me causaram uma grande repugnância. Havia do lado da nossa casa um casal com uma filha um pouco mais velha do que eu. Logo às primeiras vezes que entrei na sala de visitas dessa gente a minha atenção foi despertada para um enorme bode empalhado colocado num canto. A princípio perguntei à menina a razão daquele animal na parte principal da casa. Respondeu-me que era um animal de estimação, mas eu não fiquei satisfeita com a explicação. Chocava-me ver aquele bicho de barbicha e chifres, olhos enormes de vidro presenciando as visitas na sua postura caprina. Devia haver uma razão muito forte para aquela homenagem tão alta. Com cuidado fui indagando, até que a própria mãe da minha companheira esclareceu: o bode pertencia à sua família como pessoa. Desde pequenino o animal fora habituado na companhia da filha. Dormia no mesmo quarto, almoçava e jantava o mesmo *menu* e na mesma hora e na mesma mesa. Ficava de castigo quando a menina merecia e, quando adoecia, o bicho ficava na mesma cama. O bode tomava banho de chuveiro e usava um talco especial para diminuir o seu odor desagradável. Jamais comera capim. Fora sempre alimentado com comida de gente, e um dia, por descuido das pessoas da casa, o animal ingerira coisas naturais à sua qualidade de bicho, e morrera. Os pais da menina, em homenagem ao amigo dedicado que abdicara de todos os seus direitos, liberdades e prazeres de irracional, mandaram empalhá-lo e deram-lhe um lugar de honra na sala principal.

Jamais olhei para o bode sem sentir piedade e repugnância. O mesmo me assalta hoje quando vejo nos circos cães amestrados que caminham em duas pernas ou quando assisto a uma mulher contorcendo-se para dar a impressão ao público de uma invertebrada minhoca ou uma nojenta pererecas. Nunca recebi com naturalidade essa tendência que há nas criaturas em deturpar a finalidade das coisas, dos objetos, dos animais e delas mesmas.

Para os visitantes e amigos daquela família havia apenas a extravagância e a originalidade de empalhar um bode como se fosse uma ave-do-paraíso. Para mim entretanto o espetáculo era doloroso em todos os sentidos.

Sempre tive o hábito de entreter-me em solilóquios. Olhava demoradamente o panorama humano e via com imensa tristeza a impossibilidade de adaptar-me. Esforçava-me para afastar do espírito a ideia de pessoa à margem e repudiava a conclusão de pessoa prejudicada, de incompreendida. Mas o meu senso de observação participava sempre contra mim de forma violenta e eu não encontrava equilíbrio e razões que me levassem à naturalidade de viver. Sempre, nesse conjunto de fatos e aspectos, eu sentia-me isolada e confusa. As criaturas me pareciam não ter coerência nem consciência, e muitas vezes pensei que a inconsequência e a ignorância neles era mais patente do que as que eu tinha direito pela minha idade de menina. E diante dessa evidência de julgamento, deixei várias vezes de esclarecer aos outros as razões que me levavam a praticar e a dizer determinadas coisas. A dúvida sobre a minha participação inicial num fato era sempre presente no meu espírito. Com eles dava-se o contrário. Diante das pessoas que eu respeitava e amava, via frequentemente a fisionomia de um desconhecido, vazia de ternura, de compreensão, e uma estranha perturbação se apoderava de mim. O meu coração tornava-se inquieto e o meu pensamento recolhia-se como as folhas da sensitiva, fechando-se sobre si mesmo, inviolável e pesado. Imaginava com pena represada as figuras melancólicas que me cercavam e diante delas eu não via apenas a parte que queriam que eu conhecesse. Eu recolhia a mais profunda, a mais verdadeira que aos outros escapava inteiramente. Entretanto aquelas existências mais próximas formavam uma só cadeia, sujeitas ao elo familiar. Mas a impressão era de desconhecidos que se veem a primeira vez sem interesse nem simpatia. Muitas vezes pensei na minha deficiência de articulação à junção humana. Talvez a culpa estivesse na fraca nitidez das minhas palavras e atitudes, e a certeza quase das minhas deficiências me conduzia como até hoje à conclusão de ser eu um medíocre elemento que crê ter atravessado multidões, distâncias insondáveis e desconhecidas, ter sofrido dores dessemelhantes e inéditas para finalmente não passar de um número banal e perdido no infinito. Há momentos em que todas as ideias e pessoas aparecem e desaparecem instantaneamente como a luz de um farol distante à procura de um plano ou de uma forma. Não tenho valor nenhum em potencial nas excursões que fiz na vida.

Outras existências talvez mais ricas estejam guardadas em silêncio, e nem por isso deixam de manter um mérito muito mais alto do que aquele que às vezes acredito possuir. Houve, com o tempo, um deslocamento do meu ser para outro plano até certo ponto mais livre e mais devassado, mas sempre ao lado de um sofrimento tão atroz que as minhas carnes não gritavam se fossem retalhadas, tal o nível e o grau de intensidade sofrida em que o meu espírito era atirado. Deu-me, é bem verdade, uma força inegável de conhecimentos, apesar de, como declarei, me terem levado à beira dos pensamentos mais penosos e amargos. Hoje tudo me parece em redor vago e desmaiado e até a espessura do tempo tem outra densidade. Há momentos em que sinto toda a força da vida condensada em mim, todas as liberdades intangíveis nas minhas mãos, todas as linguagens do universo deitadas na minha língua, todos os espaços dominados pelos meus pensamentos, todas as misérias e desgraças sob os meus pés, toda a humanidade reduzida a um só número pequenino, toda a unidade dos sexos na minha vontade, todos os ventres fechados sob o meu olhar e todas as sepulturas abertas sob o meu gesto. Mas em segundos a transformação se faz para o extremo e sinto-me de uma mediocridade alarmante e tenebrosa. Recebo com humildade o ar que respiro, o sol que desabrocha as flores para os meus olhos, envergonho-me da minha pequenez que não merece um céu estrelado, o espetáculo de uma árvore, a beleza da água correndo tão simples e pura quanto uma adolescente, meço a minha dignidade com a de uma pedra ereta e firme sob as tempestades das madrugadas. Olho o meu corpo desprezível já em vésperas de ser levado à terra, e vejo como sou pouco, constato como sou nada! O meu pensamento salta de uma margem a outra da existência sem estabelecer ligações. Prendo-me a entender coisas sem significação e a viver em pensamentos que não me pertencem ou nos de insignificância mínima, como todos esses fatos que rememorei. Num sentimento de humildade bíblica, olho para as minhas mãos que deviam guardar somente belezas, e encontro apenas podridões antigas e realizações banais. Numa desordem de impulsos, num emaranhado de recordações, com a visão deteriorada, acaricio a fronte de minha alma como se o fizesse a uma criança desprotegida e exposta à solidão das ruas em horas noturnas. Observo os acontecimentos e as pessoas e, com o mesmo cuidado ou, talvez, maior ainda, analiso-me numa curiosidade sem perdão e verifico então, depois dessas contínuas inspeções, que apenas recolhi um conhecimento precário e falho daquilo que realmente devo ser.

Capítulo VII

Um dia, como um dia para toda adolescente, eu senti que amava um homem. Conheci então uma nova paisagem da minha alma. Descobri nesse sentimento um senso de beleza capaz de afugentar todas as sombras acumuladas dentro do meu ser. Pela primeira vez, tive a sensação exata de força e liberdade. Lembro-me que, imantada por ele, eu me integrei totalmente em todas as partículas da vida e da natureza. Subindo os degraus de uma escada de pedra, reparei nas formigas que cruzavam e, com cuidado especial, procurei não esmagá-las com os meus pés. Fitei com uma ternura cuidadosa as plantas, as flores, as andorinhas que traçavam o espaço e a poeira de orvalho caída sobre as folhagens. Aprendi as cores nas luzes das manhãs e nas tonalidades do anoitecer. Eu estava no processo da metamorfose. Em tudo eu encontrava uma duplicidade de sentido como dois aspectos belos do mesmo sentido. Estava sob a função de reminiscências eternas que atuavam como ligação do divino que surge no humano e com o divino que se estende no universo. Havia um abandono alegre no meu ser acompanhando a causa misteriosa. E, de repente, me senti identificada com a vida. Tive a impressão de que uma grande chuva caíra sobre o mundo, e agora se apresentava lavado, fresco e radiante. Creio que os meus gestos se tornaram harmoniosos, a minha voz era o eco da música das águas cantantes e a minha memória só se recordava das formas perfeitas, para essa nova construção. Foi uma fase de grandeza aguda e espetacular da minha alma. De tudo emanava doçura e leveza compensadoras.

Por minha culpa ou não, começaram a surgir atritos entre a minha família e o homem que eu amava com todo o esplendor dos meus catorze anos. Movida por uma força desconhecida, eu estava disposta a afrontar todos os universos. Os dias passavam e as dificuldades cresciam por todos os lados. O homem que eu amava deixou-se dominar por pequeninas antipatias contra a minha madrasta, e os dois passaram a olhar-se como poderosos inimigos. Criou-se então um ambiente de desencontros irremovíveis. Ela devia ter as suas razões para assim proceder. Por outro lado, o meu futuro marido procurava, com atitudes de independência e até um certo descaso, ferir a autoridade da minha madrasta. Ela convenceu-se de que eu havia contado histórias comoventes, que havia feito comentários sobre o seu gênio rancoroso, e dessa maneira teria conseguido transformá-lo em meu defensor. Afirmo entretanto que jamais pratiquei tal coisa. Os desentendimentos vieram por outras razões que verdadeiramente não posso discernir, tal a falta de importância dos elementos apresentados por ambos. O meu pai, como sempre em sua vida, mantinha-se em silêncio, afastado do problema. A minha madrasta lutava contra mim como se eu fosse um poderosíssimo exército que a ameaçasse de destruição. Eu apenas tinha a culpa de amar um homem e afrontar todas as dificuldades para ficar com ele. Esse homem também não desejava outra coisa senão casar-se comigo. Mas o hábito de domínio, de fazer prevalecer a sua vontade mesmo sem argumentos positivos, não permitia que fosse mais humana e compreensível. A sua autoridade não podia de forma alguma enfraquecer, e daí toda a sua violência. Os defeitos que ela indicava, não passavam daqueles do meu próprio temperamento: desobediente, imaginosa, impulsiva, rebelde. Fora desses, ela não poderia citar nenhum de gravidade a ponto de guerrear-me com tanta impiedade. Passei a ter um ambiente de escorraçada da minha própria casa. Passava os dias nos vizinhos e entrava em casa para dormir. Meu pai não me dirigia uma palavra de indagação ou explicação. Os rancores tornaram o ambiente de casa irrespirável. Eu me colocara incondicionalmente ao lado do homem amado. O meu amor era a minha força e a minha agressividade. Estava disposta a afrontar todas as consequências. Depois de lutas surdas, atritos violentos entre mim e a minha madrasta, meu pai decidiu pela solução de matricular-me num colégio interno, fora da cidade. Quando cheguei nesse internato, fui recebida com todas as precauções. Percebi, com os dias, que o ambiente havia sido preparado para recolher uma insubordinada, uma criatura maléfica ao conjunto do colégio. E por que dificultar ainda mais a minha adolescência? A autoridade, ainda que fora de casa, não podia de forma alguma sofrer diminuições, mesmo à custa de lágrimas e tristezas. Lembro-me que passei o Natal sozinha, sem uma palavra de meu pai, sem a sua presença que eu tanto amava. Muitos dias depois, mandou-me um cinto e alguns bombons. No colégio, todos eram boas criaturas. As meninas eram de famílias educadas, e não eram propriamente a companhia e a atmosfera do internato que me angustiavam até o desespero. A atitude de meu pai sangrava a minha alma. Este era o único momento em que ele não poderia faltar-me. Mas o receio de trazer outro problema mais grave com a esposa fez com que a sua vontade não ficasse em primeiro plano. Eu não saía a não ser uma vez ou outra para a casa de um casal. Meu pai visitava-me muito espaçadamente e os meus irmãos nunca apareceram. Apesar da falta de comunicação com o homem amado, eu esperava, confiante e segura. Aquele isolamento injusto, como se eu estivesse contaminada por uma peste, como se eu fosse um foco de intranquilidades e maldições, foi levando-me ao desespero e, sentindo que nada mais eu deveria esperar de suave e compreensivo, um dia tentei contra a vida. Eu não encontrava explicações para a oposição irredutível da minha família ao meu casamento. Apresentavam apenas o argumento simplista — não desejavam. Para uma adolescente apaixonada, essa era uma razão bem fraca.

Depois de lutas e lágrimas, meu pai consentiu. Ninguém da minha família compareceu ao meu casamento, como se eu fosse uma desviada e reprovada pela minha gente. Tinha eu quinze anos.

Meu marido era um homem simpático, mais velho do que eu seis anos, que se dizia prejudicado na sua vocação de bailarino clássico pela família de hábitos austeros e católica em excesso. Dotado de inteligência excepcional e cultura pouca. Possuía um extraordinário talento para as artes, dono de uma lógica deslumbrante, de uma intuição e de um entendimento das coisas da vida verdadeiramente notáveis. Morávamos com a sua avó, a sua tia solteira e a sua mãe. Eu tinha a impressão de viver no céu. De gozar de um mundo fantástico e maravilhoso. Às vezes a felicidade era ligeiramente interrompida pelas grandes saudades que eu tinha dos meus irmãos e do meu pai que sempre adorara. Lembro-me de que um dia vi uma menina pobre que morava ao lado da minha família. Vestia ela uma roupa usada da minha irmã menor. Quando reconheci o vestido, senti uma tão grande ternura que tive vontade de pegá-lo, abraçá-lo e afagá-lo como se fosse a minha própria irmã. Mas a felicidade e o encantamento com o meu marido eram tão grandes que amenizavam a falta dos meus.

O meu marido foi o meu primeiro amor, o meu primeiro e único namorado. Eu olhava embevecida e vaidosa e agradecia a claridade que a sua presença espalhava na minha vida, derrubando as sombras antigas da minha existência.

A sua família tinha costumes e hábitos inteiramente diversos daqueles que eu conhecera nos outros. Falavam em conventos, em castidade, em sacrifícios, em penitências e viviam nas ordens religiosas e nas igrejas desde as primeiras horas do dia. A casa era sempre visitada por frades, bispos, freiras ou solteironas castas e virtuosas que falavam pouco, não eram vaidosas nos seus modos de trajar e rezavam por qualquer motivo ou mesmo sem motivo. Era um ambiente completamente diferente, mas eu recebia todas essas manifestações com respeito e admiração. Para mim todos gozavam de paz e de tranquilidade.

Um dia fiquei desconcertada com um fato quase imperceptível provocado pelo meu marido. Pela manhã chegou um amigo seu para visitá-lo. Ele mandou que entrasse no nosso quarto, onde eu estava também. Conversando, despiu-se completamente e depois, com toda a naturalidade, vestiu-se para sair. Fiquei tão chocada com aquela cena de intimidade que saí de onde estava e fui esperá-lo na sala. Mais tarde fi-lo ver seu erro e, como não houvera intenção de desrespeito, concordou comigo e prometeu não mais repetir a intimidade. Sei que usou da naturalidade sem nenhuma ideia inferior, mas foi a primeira noção de descaso, a primeira ideia de descuido como autoridade.

Meu marido vivia cercado de amigos inteligentes, cultos e talentosos que reconheciam nele uma superioridade e uma qualidade de cérebro raras. Realmente possuía uma inteligência incomum e uma sensibilidade artística insuperável. Era, de natureza, fino e educado, o que lhe proporcionava um ambiente de simpatia em todos os lugares que frequentava. Sua família, eu conhecia pouco na época em que me casei. Mas tive a impressão, pelo pouco que me era dado assistir, de um conjunto de pessoas boas, simples, com manifestações de virtudes religiosas e inflexível rigor moral. Em resumo: uma família de gente rara em senso, recato e compreensão humana. Nada eu encontrava neles para justificar o desagrado manifestado pela minha família contra o meu casamento.

Mas eu desconhecia que sob aquela felicidade plena, a fermentação de acontecimentos dramáticos se fazia em surdina. Pouco tempo me restava para novamente defrontar com um fantasma que iria estrangular os risos da minha alma e seccionar a tranquilidade do meu espírito. Eu iria modificar todo o meu recente e ingênuo conceito sobre a inesgotável e poderosa bondade da vida.

Poucos dias depois de ter eu completado um mês de casada, numa enfarruscada manhã, acordei com um crescente e esquisito vozerio. Aturdida, sentei-me na cama e procurei o meu marido. Não estava ele no quarto. A discussão aumentava no corredor. Era uma mistura de todas as vozes da família, e de vez em quando eu percebia a do meu marido abafando um lamento angustioso de mulher. Apurei mais o ouvido, mas não consegui compreender nitidamente do que se tratava. O meu espírito foi assaltado com uma dúvida, companheira desde a minha infância: teria sido eu a causa de tudo que se passava fora do meu quarto? Teria feito ou dito alguma coisa que explicasse aquela luta imprecisa? No corredor, as vozes continuavam com tonalidades de ódio e maldição. Eu, lentamente, levantei-me da cama, descalça, e abri vagarosamente uma nesga da porta e vi toda a família agrupada. Falavam muito ao mesmo tempo, e uma vez por outra se empurravam. Gesticulavam e, com as fisionomias transtornadas, proferiam palavras de ofensa. Num certo momento eu reparei uma das mulheres, a solteirona que se desgarrou daquele amontoado, abrir a porta fronteira ao meu quarto, que era a sala de visitas, sentar-se ao piano desafinado e começar a tocar com desatino escalas cromáticas. Subiam e desciam as suas mãos no teclado como aranhas furiosas, atropelando as teclas numa velocidade espantosa. Depois de algum tempo, trocou as escalas por marchas militares, para finalizar com música sacra. Foi a primeira vez que ouvi o som daquele piano. Com o tempo, constatei que esse instrumento de música tinha na casa uma finalidade maior: abafar os gritos da irmã, impedindo que as acusações e as ofensas corressem claras aos ouvidos dos vizinhos.

Eu permanecia de pé, espantada sem compreender. Os gritos, as blasfêmias de ódio soltas no ar sacudiam o meu corpo assustado. Hesitei se deveria juntar-me àquela gente, se deveria indagar, saber a causa de tanta indignação ou deixar-me ficar no quarto. Optei pela última decisão. Era mais prudente para quem não gozava ainda da completa intimidade daqueles problemas de família. Acerquei-me da janela do meu quarto que dava para o jardim e encostei a testa no vidro frio. Parei o olhar nas plantas úmidas da noite e, sem conseguir ligar as palavras que me chegavam ao que eu havia visto, já sentia predisposição para aceitar os fatos que viessem. Enquanto assim pensava, o piano enchia a casa dessa música louca. Eram seis horas da manhã. De repente ouvi a tampa do mesmo batida com estrondo sobre o teclado. Da janela vi quando a solteirona, que executara esse concerto, desceu apressadamente a escada, enterrando o chapéu na cabeça, atravessou o jardim, abriu o portão e depois fechou-o com violência atrás de si. Dirigia-se ela à igreja a fim de assistir à missa. Sobre o portão havia uma campainha de braço que ficou badalando até morrer sem impulso. Acompanhei com o olhar o movimento. Dentro de casa zuniam ainda no ar as cordas do piano esmagadas pela tampa com a tremenda violência. Depois ouvi um choro seco, parecido com gemidos, e nesse momento o meu marido abriu a porta do nosso quarto e, com fisionomia abatida, olhou-me com piedade. Sentou-se à beira da cama e falou:

— Agora, devo esclarecer a você uma coisa que escondi no intuito e na esperança de que o nosso casamento modificasse o ambiente dessa casa. É doloroso e desagradável repetir tragédias consecutivas a você, que saiu de uma luta com sua família. Não seria demasiado da minha parte procurar dar-lhe ao menos uma época de tranquilidade. Não se espante do que eu vou dizer, siga os meus conselhos para, quando os fatos a atingirem, saber como portar-se e defender-se deles.

Eu sentei-me ao seu lado e esperei.

— A minha família é louca. Isso tudo que você viu com aparência de paz, tranquilidade e união... é falso. Desde menino venho sofrendo com esses contínuos espetáculos. Minha mãe, depois da morte inesperada do meu pai, resolveu salvar a sua alma da penumbra eterna. Vestiu-se de negro e absorveu-se na mania da religião. Ficou inteiramente transtornada. À noite sonha que a perseguem com calúnias e infâmias. Acorda sobressaltada e transfere o sonho para a realidade. Então, acusa, ofende, grita e condena a mãe, a irmã e a mim como criminosos conscientes de todas as tragédias imaginárias nascidas no seu cérebro. Minha tia vive queixando-se de doenças inexistentes ou sem importância. Tem duas personalidades distintas. Uma, que a faz passar como santa, abnegada, filha amantíssima, discreta, dedicada a mim como a mais extremosa das tias. Na convivência doméstica, porém, é a negação de tudo o que os outros enaltecem. Faz em silêncio as maiores maldades e goza antecipadamente as consequências da sua perversidade subterrânea. O seu veneno é sutil e vem sob a cobertura de uma pessoa sacrificada e martirizada pela irmã. Para manter a mãe sob o seu jugo, vive ameaçando-a de uma entrada hipotética para o convento, porque sabe ela o desgosto que isso traria à pobre velha, a única dentro desta casa que é normal, sensata e verdadeiramente sacrificada nessa luta sem tréguas das duas filhas. E há anos esse espetáculo permanece. Elas não escolhem dia, hora, noite ou oportunidade. Que posso fazer contra a minha mãe louca e a minha tia nervosa? Tenho pena. Agora verifico a responsabilidade de haver trazido para esse ambiente uma criatura desprevenida como você e praticamente obrigá-la a sofrer os dramas da loucura de que eu sou também personagem. Se você gosta realmente de mim, procure compreender a minha situação, afaste-se o mais possível dos atritos da minha família e agarre-se ao seu amor como salvação, para diminuir tristezas que irão durar muitos anos.

Eu ouvia tudo aquilo como se fosse uma história fantástica. Apesar da explicação do meu marido, eu não conseguia ver lógica nas suas palavras de recriminações. Como poderiam ser loucas? Viviam na igreja, os seus hábitos eram severos e as suas manifestações eram de perdão e caridade. As suas vidas eram perfeitas, os seus conselhos nobres e emitidos com serena doçura. Não, eu não podia aceitar assim razões com evidências tão opostas. Enquanto refletia, o meu marido levantou-se e começou a andar no quarto de um lado para o outro, com os olhos brilhantes, esfregando as mãos e murmurando palavras imperceptíveis de revolta. De repente, parou e começou a bater com a cabeça de encontro à parede e a desfechar socos contra o próprio peito. Foi quando eu mergulhei na maior das confusões. Olhei espantada para aquela cena e pensei com horror: Será ele o louco? Teria ele contado a história da sua família demente para desviar-me da verdadeira realidade?

Foi como se eu tivesse submergido nas águas de um oceano de dúvidas e sombras. Silenciosamente, esperei que ele terminasse a sua autoflagelação. Depois, eu disse alguma coisa que, certamente por não conter importância, não me recordo. Ele deitou-se novamente e permaneceu de olhos cerrados. Eu vesti um chambre e saí do quarto. Havia um silêncio estranho na casa. Na sala de jantar sentei-me numa cadeira de balanço e olhei em redor. As cadeiras empurradas para o lado evidenciavam uma luta, a mesa para o café estava completa e intata, apenas a toalha repuxada de um lado mostrava restos da agitação. Olhei para o chão e reparei na multiplicidade de arranhões sobre a cera deixados pelos pés naquele combate imprevisto. Nesse momento a pobre velha dona da casa surgiu, arrastando o corpo cansado e o rosto banhado em lágrimas. Tinha um aspecto sofrido e resignado. Limpou o rosto com o lenço, perguntou se eu já havia tomado a primeira refeição e, sem esperar resposta ou pergunta minha, disse mansamente:

— Peço a morte todos os dias. Como é possível viver, assistindo à luta desesperada entre duas filhas que estimo igualmente? Tenho vergonha dos vizinhos que escutam essas dilacerações constantes na minha família. Eu não sei a razão desses horrores. Tenho sofrido sem tréguas e só me resta a força de esperar a morte. Há anos que assisto a esse estraçalhamento entre as minhas filhas como se fossem duas feras famintas.

Aquelas lamentações não eram suficientes para explicar a cena desenrolada às cinco horas da manhã. Eu respirei fundo e tive uma enorme piedade daquela pobre criatura. Nesse momento, meu marido apareceu na sala, sentou-se e começou a contar recordações aos pedaços.

— Minha mãe é louca desde moça. Lembro-me de uma briga entre ela e o meu pai, quando os dois falavam sobre o futuro dos filhos. Eu era muito pequeno. Surgiu o assunto do serviço militar que teríamos de cumprir um dia. Minha mãe ouvia os comentários do meu pai. De repente deu um salto, puxou com violência a gola da blusa que eu vestia e, arquejando, indagou: "Você pensa que eu consentirei que esse ombro frágil, delicado e rosado, seja esmagado por um fuzil até sangrar? Percebo agora que você não passa de um pai desnaturado, concebendo a ideia de seu filho ser um dia submetido a tão grande perversidade." "Mas — dizia o meu pai — quando ele necessitar de carregar um fuzil, o ombro já não será frágil, delicado e rosado, será um ombro de homem feito." "Covarde, degenerado" — exclamava minha mãe, ante meu assombro pela briga sem causa. Eu era muito pequenino, mas lembro-me dessa e de muitas outras atitudes de minha mãe que me trazem a convicção de que sua loucura é antiga.

Meu marido narrava isso com um traço de amargura no rosto. Eu ouvia. Nesse momento a pobre velha, com ar de revolta, levantou-se da cadeira e olhando severamente o neto exclamou:

— Não diga que a sua mãe é louca. Não ofenda minha filha com essa calúnia. Ela pode ser nervosa, isso sim, mas louca nunca.

E saiu arrastando tristemente os pés, como se a declaração da verdade fosse uma desonra.

— Prefiro pensar que é uma louca a convencer-me que minha mãe é perversa. É ainda uma forma de absolvê-la do mal que me tem feito na vida — disse o meu marido.

Depois fez-se um silêncio profundo, como aquele que se espalha nas casas após a saída de um enterro. Eu me sentia uma ficção numa realidade irreal. Passaram-se os dias. Agora, eu assistia frequentemente, e a descoberto, àqueles seres humanos em luta permanente na defesa das suas verdades, na mistificação dos seus erros, das suas ambições e num choque perene de sentimentos e vontades. Um grupo de quatro pessoas, digladiando-se como selvagens, invocando justiça divina e imprecando as mais tristes maldições. Constantemente passei a ver a mãe do meu marido em crises violentas, levantando para os meus olhos um espetáculo só vivido em manicômios. E o pior era que eu, fazendo parte desse ambiente, já me encontrava no palco das dilacerações. Meu marido passava dias e dias largado numa profunda tristeza. Silencioso muitas vezes e outras revoltado com a vida. Paulatinamente, o vi esmorecendo e tomado de desânimo. Falava-me com pessimismo e previa acontecimentos irremediáveis. Eu não havia trazido como dote nenhuma alegria. Era apenas uma soma de antigas incompreensões e atritos inquietantes. Pousadas na minha alma, eu encontrava tristezas e saudades de coisas que nunca havia tido nem visto e, consequentemente, não tinha lastro para erguê-lo e ampará-lo. Entretanto a força do meu amor e a constante ternura eram ainda elementos para a salvação dele e a minha. Muitas vezes eu deixava-me solta nos próprios cismares e as recordações me pareciam estar unindo-se aos acontecimentos atuais como se fosse o múltiplo se processando à unidade. Os meus pensamentos e conclusões eram confusos, depois nítidos, outra vez caíam na penumbra, desapareciam ligeiros, deixando-me então atirada numa espécie de sarjeta do mundo, com a alma coberta de sangue. Eu era envolvida por elementos estranhos e o meu raciocínio fugia, como a luz que a noite apaga. Considerei-me destituída das qualidades que formam a inteligência. O problema era demasiado alto para os meus quinze anos de idade. Experimentei usar o meu raciocínio por analogia, na tentativa de concluir por semelhanças exteriores e semelhanças encobertas, a fim de aprumar o meu pensamento tombado. Os dias passavam e eu encontrava-me cada vez mais distante e rarefeita da verdade de cada um e da minha própria. Aumentava o meu desconsolo e o meu ser experimentava um abismo onde, sem matéria e sem forma, vagamente começava um mundo habitado por lamentos e fantasmas. O tempo apresentou-se com uma duração cruel e uma complexidade sem sentido. Muitas vezes, com as mãos, amparei a minha própria cabeça que me trazia sensação de uma coisa independente do meu corpo. Espantava-me diante de um peso descomunal. Eu me imaginava um ser macrocéfalo e, até hoje, quando enfrento um infeliz com essa característica, penso em mim. Resulta que tenho uma imensa piedade ao lado de um profundo desamor por mim mesma.

Hoje, verifico que sempre vivi num clima disjuntivo. Os acontecimentos e os fatos são compostos de duas relações, mas quando uma é afirmada a outra é negada. A verdade não conjugou as duas partes da minha existência. Como a proposição disjuntiva esclarece que as duas proposições componentes não podem ser ao mesmo tempo verdadeiras e falsas, eu atribuo os motivos dessa minha extenuante procura da justa orientação das criaturas, para encontrar a minha justa orientação. Sou uma desassociada de mim mesma.

Diante de cenas tão violentas e desencontradas, comecei a fazer a decomposição do todo, em seus elementos. Iniciei pelo abstrato que se filtrava pelas reações como método de dedução. Fui seguindo e observando as pessoas como se eu estivesse decompondo detalhadamente coisas concretas, e procurei aplicá-las sobre fatos e seres reais. Mas, de repente, encontrava-me perdida, no ponto em que confundia os seres reais com personagens de ficção, de tal maneira a falta de conexão se aplicava nessa gente. Empenhei-me em tocar a verdade, imprescindível a mim mesma, como ponto de partida não só para reconhecer a verdade deles, como também a minha. Era necessário reunir elementos disponíveis, a fim de constituir um conceito firme em relação às pessoas que conviviam comigo e com as quais eu iria viver por um tempo indeterminado. Procurei fragmentar o fenômeno psíquico para, desligadas as partes, chegar a um entendimento da sua inicial composição que me indicasse o porquê das diversidades das exaltações naqueles seres. Ao mesmo tempo vigiava-me escrupulosamente no sentido de desfazer as minhas condensações amargas, a fim de que nenhuma influência pessoal interferisse no julgamento que eu me empenhara concluir, e ficar isenta de ressentimentos e prevenções. Afastei a minha criação imaginativa e adesiva, para melhor patentear os vários deslocamentos e reflexos daquele pequeno grupo de seres humanos. Mas a primeira tentativa perdeu-se e eu caí novamente na flutuação dos acontecimentos. Seria tão repousante para mim viver a vida corrente, com os aborrecimentos e as alegrias naturais. Senti desejos de não ver, não compreender e não pensar além da medida oferecida à maioria dos meus semelhantes.

Eu sofro dores físicas pelo que o meu temperamento transborda. E chegar a esse estado de dilaceração é ser largada de todos os bens da terra e de todos os olhares da Providência.

Muitas vezes a surpresa e a insegurança têm apagado o tato da minha inteligência. Paro e apelo com esforço para a reflexão, violento-me para reincorporar-me e tornar-me dona outra vez dos meus sentidos e dos meus movimentos desorientados. Rebato com as minhas forças restantes a angústia que me oprime e chega, enorme, à minha garganta, até à sufocação, arrastando qualquer coisa de surdo e lento das raízes da memória. Fatos sem ligação, mostrando medos afastados, dúvidas sem solução ligando-se em trama sutil e subterrânea.

Hoje a minha alma é como o meu rosto que se vai esvaziando lentamente de todas as expressões e de todas as esperanças, até de morrer bem.

Não tenho nada em minhas mãos senão o desconsolo e a inteireza de um sofrimento inútil, a certeza de um destino devorador e rápido, e nem me permito a queixa, porque ela ainda é um pedido indireto. Nenhuma consolação no sacrifício poderia chegar para atenuar a sequidão da minha vida. De nada vale a doação que a todo o instante faço com mais desprendimento e cada hora se faz mais completo pelos pequenos afastamentos.

Por que ainda choro? Nada mais tenho a ser roubado, nada pedi para sofrer a negação e nada espero para receber a decepção. Por que choro mansamente, olhando o céu escuro e acompanhando o silêncio deitado no vento da madrugada? Por que choro um pranto que não vem do meu peito?

Capítulo VIII

Eu não podia conceber a ideia de passar pela vida sem ser mãe. Um filho para mim era um motivo independente de um casamento feliz ou não. Nesse ponto jamais tive escrúpulos de consciência ou conflitos. O hábito de analisar-me não teve função quando eu pensava num filho. Tinha certeza de que ele jamais seria um derivativo na minha existência de fracassos. Às vezes eu via na rua uma mulher grávida e me assaltava o medo de não passar por aquele estado.

Um dia, deslumbrada, verifiquei que meu corpo preparava-se para a maternidade. O encantamento que experimentei foi tão grande quanto o que constatei no amor. A vida novamente prometeu, e desta vez para cumprir compensações várias e confortantes. Essa era uma das mais altas. Meu marido alegrou-se e fez planos. Até mesmo o resto da família aparentou uma renovação de atitudes e propósitos. Tivemos então uns tempos de tranquilidade. Todos se ocupavam no enxoval para o ser que eu guardava no ventre. As brigas não eram tão frequentes e, quando surgiam, eram mais fracas e menos demoradas. Os meses passaram aparentando um entrosamento humano e um belo reajustamento familiar. Os problemas estavam sendo afastados pela vinda do meu filho. A ele nós devíamos os dias de paz que gozávamos antes mesmo do seu nascimento. O cotidiano tornou-se mais alegre e mais fácil.

De repente surgiu uma coisa que me preocupou: o meu marido andava sobressaltado com a ideia de que a criança nascesse cega, aleijada ou morta. Havia alguma razão para esses temores? Tudo negava esse receio. Nós éramos jovens e sadios. Mas o meu marido possuía um temperamento estranho e eu já me certificara que ele sentia falta de um temor ou de uma angústia para alimentar a sua vibração. Como estávamos atravessando um período de relativa tranquilidade doméstica, a sua personalidade não estava satisfeita e necessitava de uma sombra no espírito para trepidações artísticas. Um dia impacientei-me com as suas conversas e as suas dúvidas sobre o nascimento do meu filho. Os seus temores já me invadiam e passavam para as minhas cogitações. Decididamente eu não podia deixar-me absorver pela sua imaginação de previsões sombrias. Reagi, esclarecendo que a sua constante dúvida marcava o meu espírito que devia estar descansado e preparado de alegrias para a chegada da criança. Não encontrando ele razões mais fortes contra as minhas palavras simples, até o nascimento da criança silenciou as suas inquietações.

O meu primeiro filho nasceu normalmente numa quente manhã. Era um menino como tantos outros. Quando meu marido entrou no quarto para conhecer o pequenino, a princípio ficou enlevado, feliz e a sua fisionomia tornou-se serena, refletindo uma infinita bondade e um imenso contentamento. Eu observava. Depois de examinar o filho cuidadosamente, elogiá-lo e acariciá-lo, ficou pensativo e exclamou:

— Parece não ter nenhum defeito físico. Mas... terá inteligência normal? Será surdo ou terá outro defeito que ainda não se possa perceber?

Eu senti que ele nunca se havia separado do temor que o invadira, quando eu anunciei que ia ser mãe. Senti-me deprimida e pensei muito.

O meu filho cresceu, desenvolveu-se como uma criatura normal. Vi orgulhosa aparecerem as suas qualidades morais e as suas virtudes de homem de bem. O seu físico tinha a desenvoltura natural. Até hoje assim continua, e com isso ele, com a sua existência, valoriza-me. Agradeço a Deus de me haver dado filhos que são homens de bem e de paz.

O tempo continuava a passar. Entretanto uma coisa surgia inesperada e com mais violência: as incompreensões e atritos antigos da família. Meu marido começava a lastimar-se com mais frequência. Não calculava que imprimia um sentimento de culpa à minha já tão carregada alma. Uma tarde chegou do seu emprego e sentou-se numa cadeira num silêncio tenebroso. Respondeu vagamente às minhas indagações.

— Você está sentindo alguma coisa? Aborreceu-se com alguém? Vejo-o tão deprimido!... — perguntei, com intuito de ajudá-lo.

— Não suporto mais esta vida de sórdidas humilhações.

— Mas o que houve?

— Hoje não houve nada mais do que tem havido desde que sou obrigado a trabalhar e, sobretudo, num meio que detesto. Vivo rodeado de gente imbecil, mesquinha, intrigante e sem inteligência. Vegeto num mundo desprezível, cercado de criaturas abomináveis. Eu não nasci para ser funcionário público, obedecer a um chefe analfabeto, que vive de fuxicos comentando a vida de um e de outro, dentro da burocracia mais ridícula.

— Mas o que pode você fazer? A vida deve ser assim em toda parte e você não deve dar a uma coisa sem importância uma razão de tristezas e depressões. Nós já temos dentro de casa grandes problemas e o resto deve ser recebido com alterações mínimas. No mais, o mundo é feito de mediocridades vitoriosas, de intrigantes felizes e você não pretenderá um ambiente selecionado para o seu trabalho porque, nem reformando a humanidade conseguiria um meio adequado à sua capacidade intelectual e moral — respondi, forçando naturalidade.

— Você deve fazer parte dessa mediocridade, uma vez que encontra nas minhas razões argumentos sem importância. O que me obriga a essas constantes humilhações diárias é o dever de família. Não a tivesse constituído e jamais ficaria sujeito a tal degradação.

Pela primeira vez ouvi diretamente do meu marido uma palavra mais áspera, irritada e condenatória. Não repliquei. Compreendi o seu acabrunhamento, o seu estado de nervos, e no fundo lhe dava razão. Realmente, ele tinha uma personalidade original e eu avaliava o seu martírio em passar grande parte do dia enjaulado numa repartição pública, cercado de espíritos medíocres, de intrigantes e invejosos sem classificação. Eram razões suficientes para o seu grande desgosto. Mas que poderia eu lhe dizer? Intimamente lamentei a revelação que ele fez no tocante ao casamento. De qualquer forma, como homem, ele precisaria trabalhar, e eu estava segura de que jamais ele se adaptaria a qualquer sistema de ocupação, de meio, fossem eles os mais agradáveis. Meu marido fora habituado, até o dia do seu casamento, a não trabalhar. Eu compreendia a dificuldade que encontrava em qualquer gênero de aplicação. O fato é que, apesar do horror pelo trabalho e o desprezo que sempre manifestou pelos seus colegas funcionários, nunca deixou de cumprir o seu dever até à morte, o que o valorizava aos meus olhos e me fazia admirar o seu caráter, a sua força e o senso do cumprimento do dever. Para quem sempre se debateu contra o meio medíocre, permanecer anos a fio nessa violência merece, com justiça, admiração e respeito.

Em casa, cenas dantescas eram promovidas pela mãe do meu marido. Eu já adivinhava quando as crises se aproximavam. Começava a falar baixo, num solilóquio soturno. Lavava as mãos de dois em dois minutos, retirava os objetos do lugar e tornava a recolocá-los, andava de um lado para o outro sem parar, abria e fechava portas e janelas num movimento incessante. As mãos tremiam e a sua fisionomia mudava de colorido e alterava-se em contrações estranhas. De repente a sua voz aumentava as queixas contra alguém. Num crescente, repetia os erros, as culpas e os crimes daqueles que a haviam ofendido. Em poucos minutos a sua voz era estridente, derramando pragas aos borbotões. Se ninguém lhe dava atenção, ela nos chamava de covardes. Se perguntávamos alguma coisa no sentido de auxiliá-la a esclarecer um mal-entendido, ela nos afastava, chamando-nos de hipócritas e desleais. Se contradizíamos as suas hipotéticas verdades, então a crise tomava rumos de tragédia. Arrumando objetos, tirando e colocando no mesmo lugar as cadeiras e os quadros, era ela tomada de uma crescente alucinação. Recordava fatos passados na sua infância, palavras escutadas nos seus sonhos e, após três ou quatro horas de extrema excitação, caía num choro de gritos e maldições. Depois, exausta, deitava-se numa cama, cerrava os olhos e pelo canto da boca pedia a Deus os maiores castigos para os seus algozes imaginários. Surgia sua velha mãe chorando e pedindo paz, a sua irmã tocando escalas cromáticas ao piano para desviar a atenção dos vizinhos, e, ao mesmo tempo, o meu marido nos cantos da casa flagelando-se com pancadas e socos no peito. Estas cenas duravam às vezes um dia ou uma noite. Sim, porque se ela acordasse às duas da madrugada tomada de alucinações, o resto da noite era de horror até o dia amanhecer. Às seis horas tudo parava. Ela vestia-se, arrumava-se, ia à missa e comungava como se a única consciência livre de pecados, injustiças e crueldades fosse a dela. A irmã solteira seguia o mesmo sistema. Como tinham brigado a noite inteira, não se olhavam nem se falavam nas tréguas das desavenças. A igreja, onde assistiam diariamente à missa das seis horas, ficava a uns cem metros da casa em que residíamos. Quando as duas irmãs, depois do combate da noite, saíam para a casa de Deus, caminhavam em calçadas opostas. No momento em que entravam na igreja, havia sempre um minuto de hesitação e de rancor, porque uma não queria entrar na igreja depois da outra e nem ao mesmo tempo. Ficavam se olhando e, de repente, como se estivessem enganando-se mutuamente, projetavam-se de um arranco para dentro. Depois do ofício religioso, voltavam para casa como tinham ido para a igreja. Cada uma na sua calçada e, ao transporem a porta, a briga era retomada no mesmo ponto em que tinha sido suspensa para as suas obrigações cristãs.

Em geral essas crises se processavam após a visita de um padre, de uma freira ou de pessoa de prestígio religioso. Creio que eram movidas pelo ciúme. A irmã solteira usava uma tática diferente da mãe do meu marido durante as brigas, quando estava presente uma pessoa das relações de amizade. Enquanto a visita permanecia em nossa casa, ela portava-se com tranquilidade e envolvia-se numa ingenuidade de adolescente. Dava a impressão de ser a maior vítima das injustiças da visionária. Com palavras de falsa compreensão, bondade e perdão, ela justificava a excitação da outra com o motivo razoável de que "uma criatura que perdeu muito moça o seu marido, e depois um filho, não pode de forma alguma ter o seu sistema nervoso perfeito". Sabia que justamente a causa do ódio da mãe do meu marido contra ela era acusá-la de nervosa. A visita não encontrava ofensa nessa declaração. Ao contrário, tudo fora dito com doçura e com uma sombra de bondade cristã nas palavras. Nós, que sabíamos o ponto que a irmã queria atingir, ficávamos alarmados. Quando a visita ia embora, ela modificava então a sua aparente paciência e repelia com dureza os insultos que à frente dos estranhos não pudera fazer. Vinham os berreiros e os ódios. Depois, uma mistura com escalas cromáticas, prantos e desesperos. Eu ficava com a alma em pânico porque sabia que, após as brigas entre as irmãs, eu tinha ainda que presenciar as flagelações do meu marido.

Assim vivemos anos e anos nesse ambiente de possessos. A mãe do meu marido tinha, às vezes, atitudes estranhas e melancólicas, contrariando as excitações violentas. Um dia estávamos todos relativamente tranquilos, quando ela iniciou uma conversa normal. O filho, no bom sentido, aproveitou aquela calma aparente para fazer ponderações justas e pediu que repousasse um pouco, cuidasse da sua saúde e não frequentasse a igreja àquela hora da manhã. Fosse mais tarde e aproveitasse as primeiras horas para repousar. Ela parou a conversa, olhou fixo para ele e perguntou:

— Vocês não gostam de um teatro? Não se divertem numa festa ou num baile? Então? É a mesma coisa. Eu me divirto assistindo a uma missa. Gosto de ver o padre no altar, de um lado para o outro, rezando numa língua que ele não entende, aconselhando coisas em que não acredita, falando do céu e do inferno para uma quantidade de gente tola e analfabeta que tanto vai à igreja como às macumbas e às sessões espíritas. Gosto de ver o sacristão pendurado no seu paramento, voando de uma ponta à outra do altar com o turíbulo fumegando. É um baile muito divertido. Tão divertido quanto uma sessão de teatro ou uma cena de bailado!

E começou a imitar os gestos, a voz do sacerdote e os movimentos do sacristão agarrado nos paramentos sagrados. Meu marido e eu, diante daquela encenação, ficamos paralisados. Os seus gestos e a sua voz repetindo palavras em latim, o movimento do seu corpo balançando-se de um lado para o outro, provocaram em nós uma funda compaixão. Ficamos mudos, apenas olhando-nos. Depois, começou a desfiar uma ladainha das suas virtudes. Finalizou pedindo que, com a sua morte, fosse entregue ao arcebispo uma mala já preparada, contendo lembranças santas: pedaços da sua roupa, aparas das suas unhas, mechas de seus cabelos, objetos do seu uso e livros de orações.

— São relíquias sagradas, não esqueçam. Cometerão sacrilégio se jogarem fora ou desprezarem essas coisas que pertenceram ao meu corpo ou foram tocadas pelas minhas mãos.

Entre mim e meu marido havia um silêncio doloroso. Quando ela saiu da sala, ele comentou:

— Minha mãe é louca, mas eu confesso que não poderia viver sem os espetáculos que ela me proporciona.

Surpreendida, respondi:

— Os loucos podem divertir e interessar quando fazemos uma visita rápida ao manicômio. Mas não quando vivemos dia e noite, anos a fio, em sua companhia.

Fui olhada com certa superioridade:

— É. Você está ficando medíocre. Não aprendeu a tirar partido dos espetáculos fortes.

Verifiquei que era uma força perdida dentro dessa concepção e, para não desenvolver mais problemas, fingi que as suas palavras não me tinham abalado.

Algum tempo mais tarde, a pobre velha adoeceu. Durante os oito dias da sua enfermidade, as filhas lhe proporcionaram as maiores torturas. Passavam a noite e o dia discutindo na presença da velhinha. A mãe do meu marido chegou ao auge da excitação, e em voz soturna dizia para a enferma:

— Agora, que a senhora vai dar conta dos seus crimes, precisa arrepender-se enquanto é tempo. Sim, porque não pense que é suficiente receber a extrema-unção para ser perdoada. É necessário que realmente se arrependa, do contrário vai ver e sentir as chamas do inferno, e lá terá remorsos eternos pelo mal que me fez. — E, imediatamente, rezava: — Salve rainha, mãe de misericórdia... Vá rezando, porque o julgamento de Deus é implacável — Ave Maria, cheia de graças — a senhora não fez outra coisa senão me perseguir e maltratar, agora deve sofrer as dores do arrependimento para ver se salva a sua alma — Padre nosso, que estais no céu... Egoísta, perversa, criminosa — Glória a Deus... — mas Deus, que é justo, protege as mulheres mártires e castiga com a maldição aquelas que só fizeram crueldades. Está com medo de morrer? Tem que estar, porque as suas ações foram ações do diabo — Ave Maria...

Assim ficou dia e noite ao lado da moribunda. Rezava, amaldiçoava, ameaçava com o fogo eterno e novamente rezava. De vez em quando a irmã entrava no quarto da doente, ouvia as maldições misturadas com as preces, reclamava, dizia alguma coisa mais forte e saía rápido como era o seu hábito. Lançava o veneno e corria para longe a fim de não assistir às consequências. A mãe do meu marido, com as cores do rosto alteradas, o olhar faiscando e os lábios tremendo, interrompia as orações com uma voz de timbre desagradável e voltava às cenas forjadas pela sua imaginação. No seu ódio incontido vinham as pragas e os desejos de ver ainda a irmã "pelas ruas". Alegrava-se com essa ideia e pintava a última hora de vida da irmã: "Hei de te ver com um palmo de língua roxa fora da boca sem poder descansar. Essa boca peçonhenta que só me caluniou."

Enquanto a mãe de meu marido rezava e culpava a pobre velha dos males que ela não havia praticado, acrescentando cenas de horror e desgraça para o resto da família, a outra filha fazia uma relação de todos os objetos de valor da casa. Guardava sob chaves as pratas, joias e tudo que representasse valia material. Meu marido e eu fomos atacados de uma surpresa estarrecedora.

Num certo momento, ela pediu que a outra suspendesse a interminável ladainha e as maldições. Aquilo fazia mal ao espírito da moribunda.

— E por que ela não deve ouvir as verdades? Agora que está à beira da sepultura, ainda lhe faço a caridade de alertar a sua alma. Eu estou agindo como cristã, clareando o caminho onde ela só depara com trevas. Por mim, perdoo toda a maldade que recebi, mas Deus não perdoará, porque Ele é justo — dizia irritada a mãe do meu marido.

E como nas crises agudas, remexia os objetos, arrumava as cadeiras, cobria e descobria a doente, abria e fechava janelas, tirava os medicamentos do lugar, andava em volta da cama, jogava água-benta sobre a moribunda para espantar o demônio e dizia sem parar: "Glória a Deus nas alturas."

Num determinado momento da noite, a pobre velha se acabou entre uma lágrima mais pesada e um soluço mais forte. Conseguira o que há anos vinha pedindo: a liberdade e a paz na morte, para livrar-se do espetáculo diário que as filhas lhe impuseram durante uma vida.

A mãe do meu marido cuidou de arrumar o corpo da morta, mas sem deixar de falar sobre o passado remoto. Dizia com revolta que a tinham obrigado a casar-se para impedi-la de recolher-se ao convento em estado de pureza. Essa história devia ter três personagens porque ela falava, argumentava e respondia com vozes diferentes, como se fosse um agrupamento de pessoas relatando um fato. Declarou a sua virgindade mesmo tendo sido mãe duas vezes. Acusou a progenitora de tê-la obrigado a manchar, pelo casamento, o seu corpo. Eu tive a impressão de que ela se repugnava até dos filhos. Ao mesmo tempo contradizia-se, afirmando que a perseguição movida pela irmã solteira tinha como base a inveja, porque Deus não a abençoara com um filho nas suas entranhas. E assim, num relato tétrico e monótono, ela vestiu a morta. Fora do quarto a outra era movimentada pela cobiça e a avareza. A velha ainda não estava hirta quando a filha trancou-se num compartimento onde a mãe guardava, num armário, os papéis importantes e o dinheiro. E, num trabalho satânico, esmiuçou gaveta por gaveta. Numa, encontrou uma quantia razoável, produto da última venda de um terreno. Espalhou o dinheiro sobre uma mesa, contou nota por nota, amarrou num lenço, depositou novamente no armário e pendurou a chave na cintura, junto às outras que já havia arrebanhado. Andando, os seus passos ganharam um tilintar enervante de metais.

O velório decorreu entre soturnas ladainhas, ofensas, explicações, até o momento em que o corpo foi levado para o cemitério. Eu estava sucumbida com o que havia acontecido. Nem a morte da mãe acalmara a loucura das filhas e, muito ao contrário do que pensei, ficaram mais excitadas. Diante de tudo isso eu calculei, sem dificuldades, as tempestades que chegariam quando as duas voltassem do cemitério. E não me enganei. Regressaram sem se falarem e, no momento justo em que transpuseram a porta, a mãe do meu marido olhou para a irmã e soltou um grito:

— Ladra! Já não chega o que roubou durante toda a vida? Não é suficiente o que tirou da boca dos meus filhos? Não se contentou em roubar a tranquilidade e a paz do meu espírito com perseguições criminosas durante vinte anos?

A outra achou mais prudente cerrar as janelas e impedir que os vizinhos ouvissem.

— Está fechando as janelas com medo que os outros ouçam a verdade? Pois vou abri-las e gritar bem alto para que todos saibam dos seus crimes e dos seus roubos.

E, num tremor convulso, abria as janelas que a irmã cerrara. Era um bater ensurdecedor, como se de repente um inesperado pé-de-vento tivesse atravessado a casa. Nesse dia a solteira não pôde abafar a gritaria com escalas cromáticas ao piano. Refugiou-se então no banheiro e lá permaneceu muitas horas.

O meu marido procurava com palavras de carinho sustar a crise da sua mãe. Não obteve resultado. Tentou empregar mais energia e, finalmente, sentindo-se fracassado, alteou a voz na intenção de superar e amedrontar a mãe. Porém tudo foi completamente inútil. Mais excitada e revoltada pelos gritos do filho, a sua loucura subiu ao ponto máximo. Com a face intumescida, os olhos saltados e vermelhos, os cabelos desgrenhados derramando-se pelos ombros e da boca aberta deixando escapar urros de animal ferido, essa criatura dava o aspecto da loucura pânica. Nessas horas as suas mãos ficavam possuídas de uma força descomunal. Agarrou-se ao meu marido com o olhar fixo; dos seus lábios escorrendo uma baba grossa pelo queixo e sujando a sua roupa, ela ficou imóvel durante segundos. Eu tive medo. Senti no meu marido a indecisão sobre a atitude que deveria tomar para dominar a sua mãe e vi que não desejava empregar a força. Mas em determinado momento ela cuspiu-lhe no rosto e ele, sem uma palavra, segurou-lhe os pulsos, procurando contê-la com precaução para não magoá-la. Obrigou-a a sentar-se e pediu-me que trouxesse um copo com água açucarada. Quando apresentei o copo, ela olhou-me com ódio, deu rapidamente um safanão no meu braço e disse:

— Se é calmante, beba, porque eu não estou nervosa. O que eu tenho é revolta pelos anos de perseguição que sofro. Se é veneno, beba, porque é do que você necessita.

Depois deu um soluço como se fosse um estertor, novamente olhou para o filho, e lançou uma maldição. O cansaço chegou sobre aquele corpo e os soluços foram se apagando sob um sono pesado e longo.

A irmã permaneceu trancada no banheiro todo esse tempo. Quando sentiu que havia silêncio na casa, abriu vagarosamente a porta, espiou e aproximou-se de nós. Eu estava mergulhada num desgosto indescritível. Observei o meu marido. Tinha o rosto abatido, pálido e os olhos estavam cobertos com a mancha de um grande acabrunhamento. Eu precisava ver o meu filho no quarto, mas a lassidão era tanta que me deixei ficar onde estava. Tinha a impressão de que os dias não eram de vinte e quatro horas, porém de mil. Abatidos, arrasados, nós dois não nos olhávamos. Tive mesmo quase certeza de que, nesse momento, sentíamos uma repugnância mútua. A irmã apresentou-se com ar ingênuo e perguntou com voz macia o que havia acontecido. Recriminou as cenas escandalosas e o desrespeito à morta, recém-saída de casa. Meu marido olhou-a demoradamente como se estivesse fazendo uma análise espectral e, num tom de amargura, acusou-a de haver iniciado as brigas, de atiçar os nervos da sua mãe e repreendeu-a pela falta de caridade com uma criatura excessivamente exausta. Fez-lhe ver as constantes impiedades que redundavam sempre contra ele e pediu que daquele dia em diante agisse com mais serenidade, procurando integrar-se na realidade com um sentido mais humano. Nesse momento ela se lembrou de que, depois da morte da sua mãe, era ela a dona da casa, a proprietária e a responsável pela divisão da herança deixada em testamento. Novas discussões. Repetidas acusações. E no fim de algumas horas me pareceu que os desabafos estavam esgotados e tudo havia terminado. Ninguém tinha mais nada a dizer a ninguém. No ar flutuava um ressentimento vivo. Levantei-me e fui ao encontro do meu filho. Era uma linda criança e, quando pousei os meus olhos no seu rosto fresco e inocente, senti uma infinita compensação. Abracei o seu corpinho no intuito de protegê-lo de uma coisa tenebrosa e imprecisa. Não. O meu filho, aquele ser maravilhoso que nascera sob os mais puros, mais grandiosos e mais perfeitos pensamentos, aquele ser que me redimia de todos os fracassos e tristezas, não podia ficar desprotegido e entregue a essa encarniçada luta de possessos. Seria uma monstruosidade deixar crescer no meu ventre um filho, trazê-lo ao mundo, para depois atirá-lo a alucinados. Quando o meu marido entrou no quarto, eu chorava abraçada àquele pedacinho de gente que era a minha única salvação e crença. Ouvi quando ele perguntou-me, com um traço de irritação na voz:

— Agora é você? Acaba uma, aparece outra. Não vê que está assustando a criança com o seu nervoso?

Há vácuos tão profundos na alma que palavra alguma pode superar. Só o silêncio nos olhos, nos gestos e na língua, devia ficar. E foi o que fiz.

Durante os dias de agonia da velha, eu presenciara as coisas mais dantescas. Na hora da sua morte e na saída do enterro e tudo que se passou no resto do dia, era suficiente para destruir o mais forte ânimo. Meu marido não compreendia o meu agarramento ao corpo do meu filho. Ele não alcançou que a criança era tudo o que eu poderia ainda guardar como base de vida e de esperança. Homem de sensibilidade aguçada, entretanto não percebeu o meu naufrágio. Quem poderia salvar-me, senão o meu filho?

Sobre a casa desceu uma quietude alarmante. Parecia que todos dormiam. O ar tinha um cheiro de cera queimada. Nesse dia só meu marido e eu jantamos e sempre guardados por uma completa mudez. Depois estive ao lado do meu filho muito tempo, vendo-o dormir. E nisso repousei. Fui deitar-me mais cedo e meu marido ficou sentado na sala sem nada fazer. Mais tarde recolheu-se ao quarto.

Deviam ser duas horas da madrugada, quando despertei ouvindo passos, ligeiros mas leves, no corredor. Agucei o ouvido e, sem esperar muito tempo, senti que a mãe do meu marido havia acordado e andava pela casa. Percebi a sua voz perguntando coisas a ninguém. Habituada já àquelas conversas em meio-tom, deduzi que ela falava sozinha, mesmo porque todos dormiam. Tive a certeza que estávamos à beira de renovada crise. Não era essa a primeira a que eu assistira nas madrugadas. Como o dia já fora de tortura, eu calculei que após tantos dilaceramentos, essa noite seria de pausa. Mas eu raciocinava com lógica, e a lógica naquela casa era coisa desconhecida. Levantei-me, abri a porta com cuidado e espiei. Sim, lá estava ela acendendo todas as luzes, arrumando as cadeiras, lavando as mãos e falando em voz baixa. Quando percebeu que eu estava acordada, alteou as palavras e, num crescendo, conseguiu acordar o resto da família, inclusive o meu filho pequenino que chorou assustado. Meu marido, saturado daqueles espetáculos, levantou-se e segurou-a com violência. Disse-lhe alguma coisa mais áspera, e, no intuito de acalmá-la, lhe fez ver que com aquele comportamento ele estaria obrigado a interná-la num sanatório. Isso porém teve um resultado contristador. Revoltada e possuída de uma fúria até aquele momento desconhecida por mim, a mãe do meu marido esbravejava, pedindo que a livrassem de um carrasco, de um filho amaldiçoado que queria levá-la à força para o hospício. Aos poucos toda a vizinhança acendeu as luzes. Era um pandemônio. Gritos da mãe do meu marido, gritos da irmã solteira, o meu filho chorando apavorado e as empregadas, estremunhadas, fazendo um coro de reprovação. Com a alma estraçalhada, com o corpo fatigado, com uma repulsa violenta por tudo e por todos, inclusive pelo meu marido que me havia levado para um aglomerado de pessoas desatinadas, tive vontade de fugir, desaparecer e diluir-me no mundo. Era demasiado para os meus dezessete anos assistir diariamente a essa desagregação. Horrorizei-me com a responsabilidade de ter dado à luz um ser humano para mantê-lo em contato direto com a loucura viva. O desespero era tão fundo que as minhas carnes foram tomadas de dor física. Como e quando eu estaria livre desse ambiente, para viver tranquila com meu marido e meu filho? Sabia que a única coisa que tinha a fazer era esperar. Mas esperar o quê? Tudo estava claro e positivo dentro do inevitável, e aceitar era o impossível para as minhas forças. Eu estava exausta da luta permanente a fim de não me deixar contaminar por aquela realidade funesta. O ambiente trazia-me um cansaço bíblico. Teria eu forças para continuar dentro deste círculo? Continuaria por muito tempo isenta da loucura? O meu ânimo estava enfraquecido e o desejo de querer alguma coisa, anulado. Via-me cercada de muros altíssimos e a vida fustigando-me e ordenando implacavelmente que eu saltasse fora deles! Cresceu um desgosto tão grande na minha alma que eu tive repugnância de mim mesma.

Ímpetos de cuspir-me e detratar-me. Fiz uma reconstituição ligeira da minha existência até aquela data, e o resultado foi de nojo daquela Berenice humilhante. Eu completara dezessete anos e me sentia tão ignóbil, tão precária, tão inferior, tão suja, tão manchada e tão sofrida que tive vergonha do meu filho. Eu vivia na reprodução de angústias e desentendimentos passados.

Mantinha-me apenas esse misterioso instinto de conservação que só tem a finalidade de sustentar a vida das criaturas para marcar novos perigos e cansaços. Todas as alegrias vitais do meu ser fundiam-se num mar de aniquilamento. O meu corpo tinha o peso descomunal das montanhas e eu vivia sob a sensação de resvalar nas trevas dentro de um infinito abismo sem fundo. Enorme esforço de vontade eu empregava, para perder toda a noção do futuro, todo o sentido de recuperação no tempo. Trabalhava o meu pensamento na direção de fechá-lo ao mais simples projeto ou sonho. Forçava minha capacidade no sentido de tornar-me indiferente, de abstrair-me de mim mesma, a fim de dissipar o meu subconsciente. Eu precisava esquecer-me inicialmente para então aceitar os outros e assim viver as suas vidas no sentido que eles desejassem. Mas... o meu filho?

Eu não representava mais uma coisa isolada que livremente se determina ou indetermina. Em consciência havia deixado gerar no meu ventre um ser e não era digno sobrepor-me àquela inocente e desprotegida criança, pelo fato de só encontrar paz na aceitação absoluta das circunstâncias e no ambiente de desequilibrados. O senso de responsabilidade alertou-me. O dever estava não só em relação a mim mesma como, ainda mais forte, em relação ao ser que de mim dependia. Ele correspondia a uma razão de agir na ordem afetiva e moral. E o meu filho tornou-se o meu dever a cumprir.

Capítulo IX

Os anos corriam nesse ambiente estranho. Um clima de fantasmas invadia as minhas horas de vida e, às vezes, eu me detestava como detestava esses loucos. Fazia um esforço descomunal para não perder o mínimo da realidade, mas, afinal, como poderia sinceramente saber onde e quando a realidade começava? A noção disso para mim podia já estar deturpada e eu me encontrar raciocinando num plano contrário, como se nela estivesse. Desde que descobrimos o combate de julgamento, nasce a dúvida para o nosso espírito. Debatemo-nos entre valores considerados positivos e verdadeiros e ao mesmo tempo descobrimos outros valores positivos e verdadeiros com forças paralelas. Há uma intriga interior que desorienta o campo sentimental, intelectual e espiritual das nossas existências. Depois da dúvida vem a renovação da nossa alma. O perigo está em que essa renovação não se propale a nova destruição. Há uma dúvida no nosso espírito que não é propriamente uma incerteza ou descaso pelo que há de belo, mas uma espécie de investigação no que toca à realidade nas suas duplas e perfeitas apresentações. Aquele ambiente e as pessoas que me rodeavam constituíram para mim um problema íntimo de conhecimento. Era um trabalho penoso afastar a dúvida, ou melhor, separar a dúvida da realidade e centrar-me na verdade. A luta para localizar o meu julgamento no lado certo e ficar o mais possível isenta das minhas próprias faculdades de falhar e das possibilidades animais de viver em erro consentido trouxe-me a experiência de dois dias de quase loucura. Lembro-me de uma manhã em que acordei com impressão de que a única coisa da minha forma existente fosse a cabeça. Senti arrepios e mal-estar. A princípio recorri a calmantes e depois, sem resultado, procurei distrair-me com qualquer trabalho material. Mas tudo que utilizava era inútil. Creio que a agonia misteriosa da morte deve trazer a mesma sensação daquela que, durante dois dias, habitou no meu cérebro. Caminhei sem parar durante horas, de um lado para outro no meu quarto, repetindo para mim mesma que eu não podia aumentar aquela procissão de alucinados. Mas o meu raciocínio era uma coisa desobediente ao meu propósito. Ele não funcionava senão de acordo com o desespero, e uma aflição profunda esmagou o meu ser a ponto de me sentir quase irmã daquela gente. O dia, passei-o numa agitação incontrolável dentro do meu quarto. À noite, pedi ao meu marido que saíssemos, a fim de cortar a linha da loucura que eu já sentia tão perto de mim. Lembro-me de que fomos a um cinema assistir a um filme — *O Vampiro de Dusseldorf*. Sentada, eu tinha dois movimentos com os olhos: um, para a tela, outro, para a nesga da porta de saída onde eu via os trilhos do bonde. A angústia crescia a ponto de sentir-me oscilar. Num dado momento, quando no filme o vampiro assobiava, como o sinal máximo da luta contra ele mesmo, como o limite da sua consciência para a inconsciência, num debate espantoso de alma, emaranhado no mais doloroso conflito, eu olhei para os trilhos da rua, fiz um movimento inicial de quem deseja levantar-se para sair e, de golpe, atirar-me contra o primeiro instrumento de morte que me desse repouso. O instinto de conservação dominou-me. Continuei sentada assistindo ao filme que, nesse dia, em vez de distração, foi para mim um motivo cruciante de relação entre o meu estado de espírito e a minha tendência à autodestruição. A meu pedido andei com meu marido, antes de voltar para casa, por muitas ruas e praças. De vez em quando eu sentia uma espécie de febre aumentando ou declinando aquela angústia. Eu estava certa de não amanhecer normal ou viva. Já de madrugada voltamos para casa e meu marido, nessa hora, compreendeu o meu estado de nervos porque foi para comigo de uma terna paciência. Algumas vezes eu apanhei o seu olhar riscado de piedade, de sustos e apreensões. Dois dias eu permaneci nesse combate atroz e dilacerador, empregando todas as forças vivas do meu pensamento a favor da minha existência. Passada essa crise inesquecível, arrolei os elementos que ainda me restavam e procurei encaminhá-los no sentido construtivo. Necessitava acreditar no meu julgamento isento de vaidades e falsas superioridades. Era urgente desprezar-me como testemunha duvidosa. Vivia na sofreguidão pela crença em alguém ou em alguma coisa, mas para isso era imprescindível que eu soubesse onde estava a verdade deles, do meu mundo e a minha própria, em relação a eles e ao ambiente. Desse eixo eu poderia tomar uma orientação segura. Mas os problemas se avolumavam, meu marido deixava-se ficar deprimido e largado dentro de conflitos que ele alimentava para a sua vibração artística. Um *grand-guignol* muitas vezes provocado deliberadamente a fim de mantê-lo no clima de angústia. Trazia à baila conversas estranhas e como, depois da morte da pobre velha, a mãe do meu marido passou a viver quase inteiramente em nossa companhia, a vida tornou-se sufocante. A loucura espocava sob um pretexto sem importância e muitas vezes seguida de uma alegria banal. Agora o objeto de irradiação para os desentendimentos era o meu filho pequenino. Sobre a maneira de educar, de vestir, de cuidar, vinham todas as razões para a onda de confusão. Nessa época o testamento deixado pela senhora falecida veio exacerbar os ânimos. Nunca fui parte de desavenças nesse campo. Não tinha por quê. As brigas e as ofensas se cruzavam entre herdeiros, e assunto de dinheiro foi coisa que jamais perturbou o meu espírito. Dou graças a Deus de jamais constatar em mim mentalidade de herdeiro ou comerciante. Até hoje sou uma completa ignorante sobre o lado material e aquisitivo da vida. Dou e sempre dei um valor excepcional à alma. Sou uma mulher que pensa desde menina com a base no eterno. Tudo que acaba é pouco. Deve ser o sentimento de ambição extraordinariamente desenvolvido que assim me leva a pensar. O meu mundo tem como ponto mais alto o espírito. Ele é a nossa realização, é a soma das nossas propriedades eternas. Dentro dessas medidas, tudo que se movimenta fora dele está sujeito a um fim medíocre e triste. Lutar pelo efêmero é desgastar-se, subtrair-se e diminuir-se em coisas que, após um ligeiro exame, sabemos não conter outro valor senão aquele que emprestamos dentro de um tempo exíguo e fugaz. É a mentira que vestimos e coordenamos para mais tarde, no final da vida, concordarmos que essa mentira não pugnou por nós e sim contra nós. Nesse terreno, eu sempre vivi perfeitamente em paz.

Meu marido pouco saía de casa. Recebia os amigos todas as noites. Vivíamos rodeados de escritores, pintores, músicos e personalidades interessantes. Tínhamos diariamente dez, quinze pessoas variadas e inteligentes em nosso convívio. Eu ocupava-me da casa, dos filhos pequeninos e passava entre eles com simpatia e cordialidade. Muitas vezes deixava-me ficar ouvindo as conversas, as deduções e observando o maior ou menor grau de compreensão e sensibilidade daqueles homens jovens que debatiam vários assuntos sempre com franqueza e convicção. Jamais opinei. Era quase muda. Um padre jesuíta, sábio, com uma personalidade e cultura fascinantes, realizava semanalmente uma conferência só para homens. Meu marido comparecia acompanhado do grupo de amigos. Terminada a conferência às onze horas da noite, vinham todos para a nossa casa e ali ficavam, até madrugada alta, discutindo o tema explanado pelo conferencista. Recordo-me que eu ficava sentada num divã, escutando os comentários sem que a minha presença perturbasse aquele comício. Sempre me encontrei atraída pela inteligência. Essas reuniões significavam para mim um prazer indescritível. Meu marido rebatia as conclusões dos amigos com uma lógica e acuidade acima de toda expectativa. Vê-lo dominando os argumentos dos outros, quase todos com uma cultura cem vezes maior do que a sua, constituía para mim uma vaidade e uma vitória. Eu vibrava em silêncio, com a certeza absoluta de que a sua palavra esclarecedora anularia as outras inteligências. Nunca me decepcionei ou me desencantei com meu marido quando ele revelava inteligência e sensibilidade artística. Centrava o problema com tal clareza que os outros não encontravam argumento para as suas opiniões. Foi-se então construindo ao seu redor uma espécie de respeito à sua palavra e alguns o consideravam mestre. Em consequência dessa homenagem à sua inteligência, o meu marido foi ficando dominado por um narcisismo inconcebível. Passou a viver num plano em que todas as coisas se deviam movimentar e realizar de acordo com a sua pessoa. Eu notava mais esse desconcerto. Ele sentia-se acima de todas as conjunturas da vida. Opinava drasticamente. Lembro-me de um fato importante para mim naquela época. Um dia um amigo nosso, poeta extraordinário, vendo-me e sabendo que eu não tinha convivência de amigas, conhecendo a minha vida entre alucinados, sem distrações normais, perguntou ao meu marido se ele não receava que eu, uma mulher tão jovem, vivendo unicamente entre homens, viesse a ter preferência por um dos seus amigos. Recebeu como resposta: "A minha mulher é como a minha mão. No dia em que ela gangrenar, eu a decepo e continuo a viver com o resto do corpo."

Sim, eu não passava de um detalhe que não fazia grande falta ao todo. Mal sabia ele que o meu mundo era grandioso, o meu mundo estava na sua vida e na sua alma separado por um silêncio que ele mesmo provocara. Muitas vezes comentou para os amigos, na minha frente, que eu "era ótima companheira, mãe cuidadosa, boa dona de casa" mas que era "destituída do mínimo de poesia, de romantismo e de vibração". Sempre fui, como sou até hoje, contra a banal desculpa e ridículo pretexto de incompreendida para colocar-me num plano de destaque e superioridade. Na incompreensão vivemos todos. Desde os analfabetos aos mais sábios. Ser uma mulher incompreendida é um título que nunca aceitei porque, na realidade das minhas análises, não tenho qualidades acima dos cérebros e temperamentos privilegiados, para tomar um título que serviria de desculpa às minhas ações e deficiências. Apenas me esforço para compreender e aceitar tanto os erros alheios quanto os meus. Somos diferentes como indivíduos mas iguais como coletividade. Esforço-me, sim, para dar muito amor e perceber alguma ternura.

Meu marido vivia entre o narcisismo e uma transposição artística, inspirada nos espetáculos dantescos criados por sua mãe. A minha tranquilidade diminuía com o correr dos dias. Nas coisas mais corriqueiras, nas palavras mais comuns, nos gestos mais destituídos de significação, brotava a desarmonia mais aguda e, hora a hora, cada vez mais, o ambiente e a vida tornavam-se aterradores. Como soma, eu apenas encontrava tristezas, desagregações, ruínas de sentimentos e via desaparecerem os simples e naturais interesses pelas coisas mais normais e insignificantes tão necessárias ao ser vivente. Meus filhos eram muito pequeninos para entenderem o inferno movimentado da nossa casa e eu procurava afastá-los sempre das cenas chocantes para que permanecessem como criaturas normais e alegres que eram. Um dia, não pude evitar que o mais velho assistisse a um atrito entre meu marido e sua mãe. Foi a primeira vez que vi o rosto da criança se transformar numa máscara de pavor. Não pelo que ouviu, porque não poderia entender, mas pelo gesto de ameaça e pelos gritos desatinados. Ao cair da noite o meu marido teve, como tantas vezes, uma impaciência com a sua mãe. A coisa chegou a tal ponto que, num momento de privação de sentidos, pegou uma faca e tentou golpear-se. E foi diante desta cena que o meu filho assustou-se. Inúmeros e frequentes foram, durante anos, esses espetáculos. Repetir o ambiente, descrever a confusão, poderia parecer que estou centrando-me como figura de mártir. A verdade é que todos nós vivemos exclusivamente para nós mesmos e a acusação a alguém não passa de uma justificativa que tentamos fazer para diminuir a força dos nossos erros. As criaturas vivem, com raríssimas exceções, na base do impulso animal. Conhecem apenas a diferença na ordem dos irracionais pela forma física. Os seres humanos, como conjunto de povos, vivem em ódio e repugnância mútua. Por isso chegamos a experimentar o estado de arrependimento. Ele é o que concluímos de nós, após atos, palavras e intenções praticados em ódio, contra nossa conservação. Tive sempre muito cuidado e procurei, na medida das minhas possibilidades de discernimento, evitar o encontro com o remorso. Se às vezes fui tomada pelos amigos como abnegada, não se pense que o meu gesto veio das fontes vivas de uma grandeza. Foi pela preferência que tive de escolher o caminho que não me fizesse encontrar com esse tormento. Foi mais por uma questão, vamos dizer, de egoísmo e de preservação. Não há superioridade nas minhas poucas atitudes interpretadas da maneira mais elevada. Há simplesmente uma defesa antecipada.

Nessa época os jornais noticiavam um movimento revolucionário no país. Muitos se interessavam pelo acontecimento como novidade e poucos como necessidade. Uns tomavam o partido do governo, outros pelos revolucionários. Discussões, previsões, apostas, pouco idealismo e bastante oportunismo transpareciam nas conversas. Onde estavam as vantagens e as desvantagens do governo e da revolução para o bem do povo? A necessidade de mudança estava nos homens, nas teorias, nas ideias ou na aplicação? Era cedo para definir o meu julgamento contra ou a favor.

Gritos, urros e manifestações de vitória empurraram-me ao portão da casa.

"Vamos acabar com a opressão. Não aguentamos mais essa vida de escravos."

Haverá outra espécie de opressão e escravidão além daquela que a própria vida nos oferece? — pensei, vendo o movimento das ruas e presenciando uma alegria desenfreada das pessoas que passavam por mim. Formou-se um grupo ao meu lado.

— O senhor está oprimido? É escravo? Quer liberdade?

— Não senhora. Eu até vivo bem. Ninguém me incomoda.

— Então por que pede forca para os carrascos? Quem são?

— Não é por mim. É pelos outros.

— Mas que outros? Esses amigos que estão ao seu lado?

— Não sei. Estes eu não conheço senão de agora. Mas ouvi dizer que estamos oprimidos, sem liberdade, que os algozes estavam dominando e eu estou do lado de todo aquele que precisa de tudo isso. Se a revolução não melhorar nada, pelo menos hoje estou me divertindo.

A minha opressão estava dentro de casa, a minha liberdade de viver normalmente estava retirada há muitos anos, por muitas pessoas, e eu não definia qual era o meu carrasco. Achei tão pueris os argumentos daquele homem da rua, que passei a ver unicamente ridículo naquelas manifestações de entusiasmo coletivo. Daquela liberdade dirigida e especificada eu não era privada, nenhuma figura do governo coagia a minha forma de viver, e nas autoridades eu não distinguia o meu algoz.

Haveria algum sistema de governar que satisfizesse plenamente cada indivíduo e canalizasse a felicidade para o povo? Aquele espetáculo de homens gritando como possessos, com lenços vermelhos ao pescoço, levantando bandeirinhas de papel, deu-me a impressão exata da falta de profundidade dos homens em multidão. Verdadeiramente, aqueles oprimidos não tinham discernimento no que faziam e diziam. A documentação humana é notável. Aquela gente estava participando, sem convicção e sem conhecimento concreto, de um movimento nacional que a história iria gravar com a força da sua verdade.

Entrei em casa, fui para o meu quarto e ouvia na rua as manifestações de regozijo insopitável. Como resolver problemas da multidão, quando os mais próximos e mais incômodos não têm solução? Do meu canto, eu ouvia a mãe do meu marido aproveitando-se da palavra opressão, coação e falta de liberdade para focalizar os seus desencontros e pedir soluções contra a família. Dentro daquela casa pequena, os conflitos não tinham variações, nem ninguém cedia às suas vaidades e ao seu amor-próprio para o outro que pertencia ao mesmo sangue e ao mesmo núcleo. Aquelas quatro pessoas viviam e dirigiam as suas forças, sempre no sentido da destruição e da vingança. Como acreditar que uma revolução oferecesse ao homem a paz e a justiça? Na rua, os bandos continuavam a ulular vitória e a pedir condenações.

Certamente as coisas seriam escritas com a versão de um movimento partido do seio do povo sob um impulso incontido de liberdade. Esse aglomerado de gente opinava, sem a adesão total da vontade e do espírito, sobre uma asserção, considerando-a evidente e comprovada! Perguntasse eu a outros grupos, a dezenas de grupos e a centenas de pessoas e teria certamente mais ou menos as mesmas respostas. Anunciaram que a massa estava oprimida e nem sequer o indivíduo, separadamente, verificou se lhe atingia, ou ao seu vizinho, essa opressão.

O povo aceita em princípio os acontecimentos revolucionários sem análise. O espírito de servo o movimenta para o sacrifício. Só assim se explica por que uma guerra começada contra a vontade do povo, continua e toma vulto, desde o momento em que o sacrifício passa à posição de primeiro plano.

Nas revoluções, as crises que pensamos ter seus fundamentos em motivos removíveis continuam e vão acintosamente engrossando as suas profundidades, apesar da mudança de homens. Aparecem os conflitos e a organização social desequilibra-se com maior fragor. O grupo familiar resseca-se no individualismo, esquece a sua missão e o lar desagrega-se. As classes são "avisadas" de injustiças nunca pressentidas e armam-se em ódios, organizam-se para o extermínio mútuo, traçando os meios de maior decomposição. Surge o mal-estar, a inquietação, a insegurança nascidas da fermentação e do desajustamento. Os deveres e as responsabilidades são relaxados e dão lugar aos falsos direitos amparados na má-fé e nas intenções escusas. Nesse período de caos e indecisões aparece um grupo de homens para substituir o outro grupo já desgastado pelas ambições de poder, pelo desejo irrefreado de prepotência e pela tendência muito humana de sufocar aqueles que alcançaram um metro de terreno nas vantagens. É então deliberado, como medida de "ordem", transferir a massa para a servidão. Surgem homens falando ao povo em liberdade, democracia, igualdade e fraternidade. Dirigem-se às multidões desprevenidas com palavras rebuscadas e retumbantes, proferindo acusações violentas aos dirigentes passados e anunciando uma nova era, uma nova teoria e novos propósitos, esquecendo-se porém de que dentro em pouco não passarão de uma repetição daqueles que foram banidos como incapazes. Todos os recursos são reunidos na propaganda de uma renovação de sistemas diretivos mais perfeitos e mais honestos. Apelam de uma maneira grotesca para a consciência e o civismo do povo. Juram oferecer à coletividade tudo o que lhe traga paz e progresso, mesmo que esse propósito lhes custe "a vida, o sangue e a liberdade". Pontificam na mais bisonha irresponsabilidade, falta de elasticidade e de previsão, que encontradas foram as soluções definitivas deste ou daquele problema de fundo complexo. Desconhecem ou afastam, por comodidade ou falta de raciocínio, todos os dados essenciais que devem estar presentes à visão de um político, e nessa ignorância, consentida ou não, aparecem as consequências imprevisíveis. Com o tempo há um desvio da sinceridade dos seus propósitos e um mergulho no oceano de mesquinharias, atritos e ódios pessoais.

Em escala mais ampla, as nações viram-se diante da assustadora expectativa e do equilíbrio enfraquecido e, na inquietação, chegaram até à desconfiança e ao desentendimento. Propuseram a organização urgente de uma sociedade mundial que congregasse os povos e oferecesse um ritmo de progresso dentro da mais suave paz universal. Infelizmente esse grupo de nações chegou ao mesmo resultado do grupo de escala menor, que é o formado dentro de cada governo, de cada regime, de cada classe e de cada núcleo de família. Os desentendimentos permanecem e cada vez mais se avolumam porque os grupos são formados por seres humanos e não deuses.

Cada homem considera-se em primeiro plano na capacidade de esclarecer e dirigir, considera-se o dono exclusivo das maiores virtudes cívicas e morais, sente-se o predestinado à salvação do seu povo, e nessa triste autossuficiência perde a perspectiva da verdade. Aos poucos deixa-se conduzir para uma acomodação que não prejudique o seu orgulho, a sua vaidade, o seu efêmero prestígio e as suas vantagens pessoais. De tanto se usarem as palavras liberdade e democracia, perdem elas o seu verdadeiro sentido e, como as ideias, as palavras ficam ocas.

Sempre leio com atenção a fala de um governante, um ministro, um diretor de seção, um chefe de departamento, um chefe ou um subchefe de qualquer coisa, logo após ser empossado no cargo. Vou do divertimento à tristeza. Apresentam infalivelmente um programa de reconstrução igual àquele oferecido pelo demissionário. Assistimos a um desmoronamento contínuo, porém ouvimos sempre a afirmativa de construções sólidas e imorredouras sobre as cinzas da intenção passada, mas vivemos sob um ameaçador cortejo de desgraças sem nome e sem medida, à proporção que os anos passam.

O homem, inteiramente destituído da sua verdade, procura refúgio numa falsa solidariedade às classes mais numerosas e menos ambiciosas. Em sã consciência, podemos lutar pelo espírito de classe, se há em nós uma permanente divisibilidade entre os componentes dessa mesma classe? Pode o indivíduo solidarizar-se com a massa sem que seja puramente movido por uma conquista ou uma vantagem pessoal? O caminho que encontra, é juntar-se ao bloco para que esse mesmo bloco lhe traga a satisfação e a vitória que ele isoladamente não conseguiu conquistar. Esse *slogan* — *"um por todos e todos por um"* é uma das frases mais falsas do homem. O *slogan* verdadeiro devia ser: — *"todos por mim e eu por ninguém"*. O ser humano não é passível de modificações apenas com *slogans*. Ninguém faz nada por ninguém, sem o intuito de troca. Nem os pais, nem os amigos e nem os filhos. Até os santos trocam os prazeres do mundo pelas delícias do paraíso.

As revoluções são aprimoramentos de lutas. Deviam servir entretanto para o aperfeiçoamento do sistema de vida dos homens, mas, o que observamos depois da revolução francesa, mostra-nos o contrário, e assim têm continuado e progredido até os nossos dias. Nada contenta nem aquieta o ser humano. Seus conflitos e ambições crescerão dentro de qualquer sistema de governo. É de prever que os problemas serão agravados, sempre que os grupos políticos manejarem com má-fé as várias classes dominadas com astúcia e ambição. À medida que o povo se transformar em mecanismo, a solução para o indivíduo será mais distante e improvável. Até hoje todos os sistemas de acomodação humana foram experimentados pelos povos e de todos eles o homem saiu mais aflito e mais inquieto. O bem-estar da coletividade não depende da mudança de um grupo de homens incompetentes por outro tão deficiente como o que foi alijado. Todos os sistemas serão experimentados mas nenhum dará resultado compensador desde que a pessoa humana não se aprimore na sua estrutura moral. E esse aprimoramento tem que ser conjunto em todas as classes. Não pode haver deslocamento de responsabilidades nem de deveres. O operário terá de cumprir o seu dever de operário como o patrão deverá cumprir o seu. Os afortunados devem restringir a sua liberdade, para que os operários, por sua vez, vivam dentro dos seus direitos. Mas para chegar a essa compreensão, o homem teria que ser varrido da face da terra e novamente ser criado. Vivemos na base do efêmero como se ele e nós fôssemos eternos.

Não tenho propósito deliberado de não acreditar em nada e nem mesmo digo e afirmo que nada é verdadeiro. Sou, por força de razões gerais e observações contínuas, a que duvida de tudo, exceto do fenômeno que é o ser humano. Ele me surpreende, me transporta à dúvida. Tendo como base o homem, e, mais ainda, eu como espelho, como posso confiar num sistema diretivo para a comunhão dos povos se o múltiplo desta unidade se apresenta cada vez mais divergente e mais absorvido pelo sentimento de distância? O ente humano é como processo circular do universo: um movimento de retorno em que ele se repete numa prática do mesmo começo no espaço. A repetição faz supor a apresentação dos mesmos tipos, das mesmas cenas, dentro dos mesmos quadros. Não há, a meu ver, nenhum sistema de governo adequado para os homens, porque eles se repetem dentro dos mais variados sistemas. Qualquer método seria bom se os homens fossem ótimos.

Os festejos com passeatas, foguetes e música duraram três dias. Uma vagabundagem geral, uma despreocupação em massa e a alegria inconsciente de alguns esperando com morbidez a fase das condenações pessoais e das derrubadas políticas. Tive a impressão de que se armassem uma guilhotina em praça pública o povo iria assistir ao espetáculo, porque cada indivíduo desejava ver o seu inimigo pessoal decapitado. Os jornais estampavam os retratos dos vitoriosos com grandes elogios e dos derrotados com frases sarcásticas. Os comentários das pessoas que frequentavam e mantinham relações conosco eram sempre mesquinhos e anti-humanos. Era um ministro antigo que havia negado um pedido, um chefe de seção antipático, um político imprestável ou um conhecido que gozava da atmosfera governamental, que, agora vencido, enchia de alegria e sabor de vingança as palavras daquele que fora prejudicado nas suas pretensões. Não ouvi um comentário a favor ou contra o bem-estar comum. Não discutiam no plano geral da revolução os benefícios que ela poderia trazer ou o desequilíbrio que poderia apresentar ao povo e ao país. Eram sempre opiniões contra ou a favor de alguém.

Entre a expectativa da nova organização do governo e as conhecidas cenas dramáticas da família do meu marido, foi passando o tempo.

O ambiente do país ainda não estava firmado e vários boatos corriam sobre uma contrarrevolução. Lembro-me de que um dia houve uma ligeira escaramuça próximo da casa em que morávamos. Alguma coisa sem importância que a voz de uma metralhadora apagou em duas ou três horas. A tia solteira do meu marido foi nesse dia assaltada de uma crise ridícula de histerismo. Aos brados começou a anunciar que a revolução iria destruir o seu Jesus Crucificado. Tirou da parede a imagem e deitou-a na cama cercada de todos os travesseiros da casa e os cobertores que encontrou. Arrumou cadeiras em volta como fazemos com as crianças pequeninas para evitar um tombo, fechou as janelas do quarto, hermeticamente, e começou a caminhar no corredor sem parar, entre lamentos e previsões. Todas as vezes que um caminhão pesado passava pela rua estremecendo a casa, ela corria ao quarto para ver se tinha atingido o crucifixo. Parecia uma adolescente sob uma crise inopinada de nervos. Todos olhávamos compungidos para aquele alvoroço ridículo. A mãe do meu marido, sentada numa cadeira, a princípio olhava os movimentos da irmã e ouvia aparentemente impassível os seus temores. Mas de repente achou que aquele exagerado cuidado com a imagem era a maneira de irritá-la para ressaltar apenas a preferência que o frade havia manifestado, presenteando a irmã e não ela.

Nesse dia o piano foi aberto para escalas cromáticas e marchas militares.

Depois de esgotarem as resistências da família, a mãe do meu marido saiu para a igreja e a solteira resolveu cortar o silêncio da casa cantando. Mais tarde chegaram algumas amigas para visitá-la. Sentada num canto da sala, ouvi quando ela ofereceu com meiguice um quindim de São José.

— Vocês vão provar esse quindim de São José que ele enviou hoje, naturalmente porque sabia da vinda de vocês ao seu santuário. Ontem recebi uns biscoitos de Santa Teresinha que estavam deliciosos. Deviam ter sido feitos com ingredientes celestes.

Foi procurar uns pratos, garfos e guardanapos e de qualquer maneira serviu às amigas os doces enviados pelos santos.

Para mim era uma nova maneira de oferecer gentilezas às visitas. Fiquei observando a reação das pessoas e não me pareceu terem estranhado aquela maneira de ser amável. Sentaram-se, provaram e opinaram sobre o que comiam, com a maior naturalidade. Apenas a tia do meu marido frisava a procedência dos quindins. Ouvi depois entre as visitantes o comentário: "É uma santa. Está tão desprendida da terra que até o que come é enviado pela vontade dos nossos santos! Que alma admirável! Fossem as criaturas desse mundo parecidas ao menos com essa nossa irmã em Deus, e o Senhor não sofreria tantas lágrimas e dores!"

Eu, que acabara de presenciar as cenas de ódios e vinganças cruéis, olhei a tia do meu marido e fiquei penalizada de ver uma mulher de mais de quarenta anos fazendo gracinhas de uma ingênua e casta menina de dez. Conversaram muito tempo e sempre nessa linguagem. Depois as amigas se retiraram, envolvendo as despedidas com exagerados agradecimentos.

A tia do meu marido tinha hábitos muito estranhos. Deturpava o sentido de utilidade dos objetos mais comuns e usuais. Usava, como golas e peitilhos nos seus vestidos pretos, os panos bordados das bandejas, muito em moda naquela época. Os panos de pratos da copa serviam para enrolar as suas carteiras e bolsas na gaveta do armário. O cômodo onde dormia era a casa de Nosso Senhor, que por deferência especial permitia que ela dormisse num sofá colocado atrás da porta.

Era arrumado como um santuário. No centro do cômodo, um altar coberto de imagens e jarros de flores artificiais. Na frente um genuflexório e sob um dossel de veludo vermelho com franjas douradas o crucifixo grande, recebido de presente e causa de tantas brigas violentas. Nesse santuário havia um menino Jesus, quase do tamanho de uma criança recém-nascida, deitado numa manjedoura de palha. Era muito comum conversar ela com a imagem de madeira, como se fosse um ser vivo. Nos dias mais frios tinha ela uma coleção de pequenos cobertores para agasalhar o seu menino. Nesses momentos podíamos perceber facilmente as suas frustrações de maternidade. Lavava com água-da-colônia feita em casa o corpo da imagem que estava sempre de fraldas. Essas nunca eram mudadas para não permitir um pensamento mau. O menino Jesus tinha brinquedos e doces sempre ao seu lado. Falava com ele de uma forma tão estranha que, apesar de estar eu habituada àquelas anormalidades, ficava espantada.

Nesse santuário, jamais entrou em roupas íntimas. Para não cometer profanação ao ambiente de Deus, despia-se no banheiro e, por cima da camisola de dormir, enfiava uma outra, preta, até os pés, gola alta e mangas compridas. Antes de atravessar a porta do quarto pedia humildemente licença para dormir no sofá de Santa Clara. Esperava uns segundos, benzia-se, fazia uma reverência, entrava, instalava-se no genuflexório e ali passava horas rezando, depois deitava-se no divã colocado atrás da porta.

Tomava banho uma vez na semana coberta com uma vestimenta especial e nada transparente. Dizia que era imoral passar sabonete no corpo diretamente com as mãos. O banho trazia pensamentos criminosos e apelos do demônio.

As amigas enviavam roupas usadas para distribuir com as moças que trabalhavam no comércio e precisavam andar decentemente. Antes da distribuição dos vestidos, chapéus e outras peças, ela escolhia o que lhe convinha e tomava para o seu uso. Tirava dos mais pobres sem o menor escrúpulo de consciência — e com a agravante de ser uma mulher com rendimentos suficientes para vestir-se e viver perfeitamente bem.

Preocupava-se com o gasto das conhecidas e sobretudo com o dinheiro que a mãe do meu marido esbanjava. Era permanente o seu susto e pavor diante da ideia de ficar na miséria. A sua casa era de dois andares e havia um porão habitável como todas as casas antigas. Nesse porão dormia a criada. O resto de espaço livre era alugado por ela, como guarda-móveis. Para aproveitar ainda mais os metros quadrados que lhe rendiam algum dinheiro, resolveu acabar com o banheiro da empregada que não passava de um espaço mínimo para um chuveiro. A empregada passou a lavar-se no tanque do quintal, escondida por um lençol, nas suas horas de asseio.

Eu olhava aquelas loucuras sem limites, onde as coisas tinham outro nome e outra significação. Tudo era sombrio e só a alucinação era persistente. Aquele ambiente para mim era como um círculo que se afrouxava e se apertava, ameaçando fechar-se na minha garganta, definitivamente. Eu vivia com a sensação de despedida do mundo cada dia que atravessava. Não tinha importância que a vida continuasse por séculos afora. Tudo era inexpressivo, a não ser a loucura e os meus pavores. Sentia um dilaceramento surdo, sem lágrimas e sem revoltas. Eu não precisava experimentar para saber que seria impossível caminhar ou orientar-me com segurança na atmosfera daquela família. E esse ambiente me havia desgastado de tal maneira, que mesmo levando o meu pensamento para fora daquele círculo eu tinha a certeza que ele se perderia numa espécie de vácuo e tropeços dolorosos. Os sustos constantes trouxeram aos meus ouvidos um tal aprimoramento para os sons, que eu me comparava aos morcegos. A qualidade dos ruídos era distinguida por mim a distância, e ao início do menor rumor eu já sabia de quem vinha, de onde vinha e o que produziria. Naquelas noites aparentemente silenciosas, quando de repente na madrugada eu ouvia o estalido do comutador da eletricidade... logo depois outro, e a casa aos poucos se iluminando, o meu coração saltava como se tivesse recebido um soco. E eu esperando o arrastar de cadeiras, depois a água escorrendo na pia, os passos ligeiros e leves no corredor, o sussurro como uma oração, depois uma palavra pura sem frase... e a voz crescendo, aumentando, as portas abrindo-se e aparecendo as pessoas da família. Pronto. A loucura acordara, impiedosamente. Eu sabia que o final era o de sempre: o meu marido jurando matar-se, depois de eliminar os filhos e a mim. Porém nunca deixava de encerrar as deliberações declaradas sem bater violentamente com a cabeça nas paredes, socar o peito, esbofetear-se e arranhar-se. Conheci as tristezas mais fundas diante daquelas cenas repetidas. Sofri das angústias mais lentas e agudas, que pareciam devorar e destruir a minha existência. O meu pensamento vivia escorraçado de qualquer equilíbrio, e havia dias em que eu tinha como tantas vezes vontade de fugir, de andar sem rumo pelo infinito adentro, até gastar o meu corpo de encontro às pedras, aos barrancos e no pó das estradas sem nome. Para a minha tristeza, o infinito era o único ponto de relação. No meu passado, recebera faíscas de luz, como relâmpagos. O resto eram tempestades mais brandas ou mais fortes, mas sempre tempestades de torturas complexas onde eu flutuava, como alga morta largada nas correntes, desmanchada na profundidade. Às vezes sentia uma forte saudade de uma infância que não conheci, de uma palavra que se perdera antes de nascer e de uma suavidade que não chegara a mim. Muitas vezes, chorava ouvindo o balbuciar do meu filho pequenino no seu linguajar tatibitate, vendo as suas roupinhas guardadas e limpas, olhando a sua cama e tocando no seu travesseiro macio e cheiroso a pureza. Eu acariciava os objetos do meu filho como se fosse a mim mesma, naquela idade. Olhava o meu corpo sem socorro, sem auxílio, sem determinações nítidas a obedecer e tudo me parecia intransponível e sombrio. Segurava meu pulso e sentia o sangue correr nas veias e alimentar a minha vida tão esgarçada e sem rumo. Quando acontecia rir, logo depois a lembrança do meu riso vinha para ridicularizar-me e pedir explicações. A minha alegria tornou-se um empréstimo, uma esmola e, muitas vezes, uma excrescência.

Era necessário não ter medo de nada, mas eu tinha de tudo.

"... preciso não ter medo de coisa alguma. Preciso atacar com desamor o meu sentimento de conservação. É necessário que eu me atire nos acontecimentos, sem reservas, como um objeto atirado fora por imprestável, que não tenha a menor utilidade, que não sirva a ninguém, e só assim a angústia não terá repercussão nem reflexos, no meu espírito" — pensava eu, com o propósito de influenciar-me até conseguir alguma forma de paz.

Muitas vezes, o torpor era tão grande que eu necessitava ajudar com a mão a levantar o braço caído e insensível ou ensinar as minhas pernas, pesadas como chumbo, a caminhar.

O meu horizonte terminava na alta porta do meu quarto ou no teto de tábuas.

Capítulo X

Chovia uma chuva fina como pó. Anoitecia e as luzes da cidade foram acesas. Tinham a cor semelhante à dos círios. Eu estava inteiramente isolada e não ouvia nenhuma voz senão a do médico, repetindo insistentemente aos meus ouvidos: "A doença é séria e deve tratar-se imediatamente, porque já perdeu muito tempo. Talvez até seja tarde qualquer providência nesse sentido..."

Esta foi a sentença pronunciada ao meu marido, numa tarde. Aquele diagnóstico inexorável, emitido com frieza, ficou rodeando a minha cabeça aterrada. Esperava um outro filho e, nessa hora, senti que todas as minhas resistências se escoavam irremediavelmente. Senti a vida tão concreta na sua crueldade como a umidade esparsa no ar estagnado e denso que cobria as ruas. Assaltou-me um desejo louco de chorar. Acompanhara toda a transformação da fisionomia do meu marido, vi quando desceram sobre o seu rosto sombras inapagáveis e notei quando o grande silêncio interrompeu bruscamente o seu espírito. Fui tomada de uma sufocação incontida e os meus ouvidos zuniam como abelhas furiosas. Não sei precisar bem por que lembrei-me de toda a minha vida passada. Andando ao seu lado, a caminho de casa, recordei o florescimento da minha existência, com o amor de menina por aquele homem, o meu encantamento que surgira como as primeiras claridades do dia. Eu era quase uma criança e o nosso namoro tivera traços ingênuos de puro lirismo. Lembrei-me das suas palavras de carinho e, principalmente, constatei que apesar de tantas amarguras eu ainda estava fixada naquela confiança que suaviza as mais profundas decepções. A minha crença nele, apesar de tantos anos de casada, continuava inabalável e com a mesma força do primeiro dia em que o recebi com amor. Recordei toda a grandeza dos meus sentimentos por aquele que fora para os meus quinze anos o absoluto e a renovação da minha alma. Com doçura extrema reconheci naquelas lembranças a mesma intensidade de grandezas da época em que eu era sua noiva. Amei-o, naquele momento, com a mesma força e pureza da minha adolescência. Senti-me tão impregnada na sua vida, que nem o filho que trazia no meu ventre teve uma significação tão forte. Amei-o, desde o tempo em que ele era uma criança, como se tivesse estado ao seu lado. Amei-o, desde o seu nascimento, como coisa minha e intransferível. Elevei-o mais alto do que os meus sofrimentos e as minhas angústias. Agora eu acompanhava todos os seus gestos, todos os seus passos, como se estivesse recolhendo riquezas. Nessa hora, senti quanto eu não era eu, e sim meu marido. Depois, relembrando a condenação implacável que acabara de ouvir, o meu pensamento revoltou-se desvairado e não quis aceitar a ideia de perdê-lo. Segurei-me ao seu braço como se assim pudesse impedi-lo de afastar-se para todas as distâncias. Sentia o meu filho inquietar-se nas minhas entranhas, como se participasse do meu tenebroso sofrimento. Secretamente, falei com aquele ser que vivia dentro de mim, como se ele me ouvisse: — "Vamos ficar sem ele". Com os olhos vazios de tudo e de todos, eu vivia a intensidade da vida do meu filho virando-se no meu ventre, e a morte que já trouxera as sombras indeléveis sobre o olhar do meu marido. Eu estava como pêndulo entre dois polos definitivos: a vida e a morte.

Esmagada pela aflição, por uma agonia que separava fibra por fibra as minhas carnes, entramos, meu marido e eu, em casa, mantendo um silêncio aparentemente conformado. Dirigiu-se ao quarto, deitou-se e começou a falar pausadamente, como se fizesse um relatório minucioso dos seus ascendentes e descendentes. Fez uma ligação de largas tristezas, apresentando como causa os erros dos seus bisavós e profeciando para os seus descendentes um futuro pesado, equacionado do passado até o presente, e assegurando conflitos em gestação, para os próprios filhos. Às vezes elevava a voz, com palavras de revolta. Rememorou, detalhadamente, a sua infância, descreveu com intensidade as tendências da sua alma e analisou fundamente as criaturas que o cercavam. Eu permanecia dentro daqueles momentos, aterrorizada com a lentidão dos segundos. Ele tinha uma sentença. Eu tinha a dele e várias outras. Ouvi quando falou, de uma forma cruel e nua, sobre os perigos do mundo e afirmou, sem atenuantes, que eu só iria encontrar nas criaturas traições e calúnias. Contou o que era uma prostituta. Detalhou, da maneira mais completa, a desgraça de uma mulher decaída, falou-me de doenças pavorosas e de misérias morais acima das minhas resistências de ouvir. Eu escutava, cambaleando, as suas palavras. De vez em quando perguntava-me: — "Está prestando atenção ao que estou ensinando?" O meu raciocínio perdeu todas as direções e o meu cérebro parecia rodar como um dínamo, provocando uma espécie de quentura nos ossos da minha cabeça. Eu tremia, como se um frio penetrante corresse nas minhas veias. Não discernia se os avisos de perigos futuros eram feitos com a boa intenção de proteger-me, ou se, deliberadamente, ele plantava no meu espírito desconfianças, ódios gratuitos e antecipados contra a humanidade, para depois de morto a minha existência transformar-se em desespero. Notei um sentimento de rancor e de vingança, o intuito de semear, com as suas advertências cruéis, um bárbaro constrangimento da minha parte em continuar a viver. Queria deixar, depois de morto, um traço da sua presença na lembrança através daqueles avisos impiedosos. Não podendo vigiar-me, como faria até o último dia de vida, como proprietário e dono, procurava inocular no meu espírito, com uma descrição lancinante, uma espécie de estigma por qualquer deslize que futuramente eu viesse a cometer. Foi tal a intensidade de cores e choques passados na sua conversa, que eu, por momentos, julguei-me culpada pela desagregação dessas decaídas. Foi a primeira vez, na minha vida, que eu soube precisamente o que era uma prostituta. As palavras tinham o tom de irremediável, caso eu não seguisse o exemplo de sua mãe, conservando a sua viuvez como símbolo de honestidade. Eu me senti entre dois abismos: ou a loucura da mãe do meu marido ou uma vida de podridão. Estou certa de que foi a maneira de guardar-me para si depois de morto. Usou o pavor como elemento infalível. Certifiquei-me disso, quando, na hora da morte, pediu-me que jamais tornasse a casar-me.

Durante toda a noite fui sua ouvinte — a única a recolher os seus desesperos, as suas revoltas, o seu desânimo de condenado, e a única a recolher as suas justificativas e arrependimentos. A conversa oscilava entre o perdão e o remorso, entre a vingança e a blasfêmia, entre o amor e o ódio. A angústia de todas aquelas horas não me permitia as mutações complexas, os coloridos e os semitons normais da sensibilidade. Todas as minhas reações estavam espantosamente simplificadas. Essa noite foi o sinal da partida. No meu ventre o meu filho debatia-se como se estivesse acometido de convulsões. Eu tive medo de que a minha angústia o contaminasse.

Pela janela entreaberta entrava o silêncio da noite e o vento que sobrava dos jardins. Eu só poderia receber o que sobrasse das coisas agonizantes e cansadas. O vento já estava fatigado e sem perfume.

Sentia-me arrastada molemente pelas tristezas, pela inconsciência secular que vinha dos difíceis caminhos sem fim.

O dia surgiu. Mais tarde, a família do meu marido ficou ciente do diagnóstico. Sua mãe desesperou-se com o choque, a tia teve incontidas lágrimas e expansões de tristeza.

No primeiro momento rejeitaram como verdadeira a conclusão médica e várias consultas e perguntas foram feitas a outros profissionais e aos amigos. De uma hora para outra, ternura e solidariedade uniram aquelas criaturas que se digladiavam em ódios sem interrupção durante anos. A ideia da morte em tempo marcado conduzia-as a confissões humildes e manifestações de arrependimento, sem o menor amor-próprio.

As lamentações e os oferecimentos confundiam-se com os impulsos de destruição. A suspeita de que havia um fim, já desenhado no tempo objetivo, envolvia aquelas criaturas numa espécie de desespero de suicida que se arrepende do seu gesto e vai morrendo em cruciante revolta contra si mesmo. O meu marido nada pedia, mas elas desejavam que ele quisesse alguma coisa. Perguntavam insistentemente o que poderiam fazer para agradá-lo. Havia uma solicitude humilhante e dolorosa.

A um canto, eu acompanhava os seus oferecimentos feitos com suavidade. Esperavam a graça da absolvição, por meio de um querer facilitado.

Resolveram proporcionar ao doente todas as possibilidades de cura que delas dependessem. Com o abalo, a mãe do meu marido tornou-se aparentemente calma, cordata e bondosa e o seu rosto, sempre inquieto, agitado, mostrou-se de uma placidez inédita. O sofrimento e a surpresa fizeram nessas criaturas uma transformação indescritível. Eu tive a sensação de que elas haviam desaparecido e outras pessoas inteiramente diferentes haviam tomado os seus lugares. Meu marido tornou-se dolorosamente calmo e falava da sua morte como se lhe restassem apenas horas de vida. Nas suas intermináveis insônias, lentamente e em surdina, desfiava o rosário dos seus erros, das suas vaidades, e citava com uma certeza de profeta a morte de pessoas que desapareceriam após a sua. Estávamos num ambiente de tal tetricidade que não há palavras justas para descrever. Eu cheguei a ter a impressão de ser xifópaga. Parecia que a minha alma tinha inchado de tal maneira que tomara uma forma concreta, colada ao corpo. Entretanto era necessário continuar aparentando uma vida normal. Meu marido precisava que eu fizesse o possível para desviá-lo daquela certeza do definitivo. Do seu clima moral dependia em grande parte a sua saúde. Aparentei não dar muita importância à declaração do médico e procurei provar-lhe que tinha havido exagero, certamente com intuito de assustá-lo e assim obrigá-lo a tratar-se. "Ora, quanta gente eu conheci, que havia estado em piores condições e afinal, com tratamento e repouso, curou-se completamente!" Na verdade eu não conhecia ninguém dentro deste exemplo, mas era imprescindível que inventasse casos piores ainda, para obter o reerguimento do seu ânimo.

Os primeiros dias foram arrasadores. Não só porque meu marido caiu na mais terrível depressão, como, também, pela mudança espantosa na conduta da sua família. Os amigos cercaram-no de toda a assistência moral, mas sem exagerar. Davam assim a impressão de que o seu estado não continha gravidade e que não havia motivo de alarme. Essa atitude fraternal contribuiu enormemente para levantar o espírito do enfermo. De acordo com o médico, a família deliberou sua saída da cidade. Era necessário um clima de montanha, por longo tempo. Dias depois partimos para uma serra. Desorientada de espírito e fatigada fisicamente, eu seguia as deliberações da família sem contradizer um só ponto.

O campo sempre me desagradou. A paisagem simples demais, o mugido de um boi, o sol irritantemente firme e luminoso, os grilos, as borboletas, os pirilampos, o cheiro de cavalos, a cor avermelhada das estradas, o anoitecer rápido, a escuridão que faz o céu do campo muito maior do que o da cidade, as estrelas exageradas, tudo isso trazia-me a noção de um mundo submerso. Afirmo que foi demais para mim assistir aos dias correndo nessa paisagem pálida, plana e, depois, as horas da noite andando na escuridão. Dentro de uma casa simples à beira da estrada, dois corpos tristes e enfermos que em segredo se amparavam mutuamente.

As manhãs eram um espetáculo de fim. Os vizinhos doentes surgiam mansamente das suas casas e apanhavam, como dádiva da natureza, o sol, na esperança de que os seus raios e o seu calor eliminassem definitivamente os mais persistentes micróbios. Deitados em espreguiçadeiras de lona, esquálidos, enrolados em pesados agasalhos, respiravam, mais do que necessitavam, o oxigênio das montanhas. De mãos esqueléticas e transparentes, rostos pálidos, olhos fundos, nucas descarnadas, pescoços finos, com um pomo saltado e silhueta em arco, eram as figuras que faziam a procissão matinal, diante da minha janela. O que mais me afligia era a diversidade de tons de tosse. Uns, parecia que no esforço descolavam o pulmão. Eu ficava apavorada com a ideia de presenciar uma hemoptise. Saía da janela e corria para os fundos da casa. Mas não havia refúgio porque outro vizinho aproveitava o sol do quintal deitado numa espécie de maca. A sua tosse era miúda mas persistente. As conversas não saíam da fronteira do grau de febre, os sintomas de melhora ou piora, do número de hemoptises passadas e presentes, dos detalhes de uma frenicectomia, pneumotórax ou toracoplastia. E o patético, em tudo isso, era verificar que todos tinham um tão largo e agitado programa de vida futura, que para cumpri-lo seriam necessárias dezenas de anos de saúde inquebrantável. Recomendavam uns aos outros remédios infalíveis, e contavam, com uma certa superioridade sobre o ouvinte enfermo mais magro, o que tinham engordado em poucas semanas. Enquanto havia sol, pelas manhãs, todos aqueles enfermos movimentavam-se com lentidão nos jardins, nas varandas e nos poucos metros de estrada, com um lenço ao nariz para evitar a poeira. Cruzavam-se no caminho, como fantasmas, cumprimentando-se amavelmente e sorrindo com dificuldade, mostrando dentes amarelos e lábios desbotados. Não se apertavam as mãos. Acreditavam em perigo de contágio. Pela manhã, passava invariavelmente, às mesmas horas, um enfermeiro que entrava de casa em casa para aplicar injeções. Tinha também aspecto de doente. Creio mesmo que era um dos que preferem morrer num bom clima. Num certo momento, em todas as varandas e em todos os jardins, os enfraquecidos tomavam grandes pratos de mingau e copos de leite, acompanhados de pílulas revigorantes.

Uma atmosfera de choques singulares cerrava-se em torno daqueles corpos infetados. Todos viviam cobertos de uma espécie de resignação e paciência que me repugnava. Essas características conduzem sempre à recuperação de algo perdido e condensam um desmedido egoísmo. Os planos recônditos eram baseados num retorno absurdo à vida sem restrições a aventuras e desmandos. Alguns já permaneciam há anos em convalescença e não desejavam outra coisa senão continuar a viver simplesmente naquela humilhação de enfermos.

Eu, da janela da minha casa, os olhava e nos seus rostos transparentes e febris, orelhas saltadas, ombros caídos, costas abauladas, percebia sobreviventes deles mesmos. Assistindo àquela procissão ao sol, concluí que todas as soluções são iguais. Nenhuma conduz à felicidade nem à paz, nem mesmo a saúde é intermediária desse sonho do homem. Ali estavam à cata de vida, envolvidos em falsa tranquilidade, uma calma acre, sob as quais as ebulições de sofrimentos e morte infiltravam-se na carne doente e miserável.

No ar, as tosses alternadas em tons agudos ou roucos e nas fisionomias os conflitos que a noite de insônia desenhara com maior nitidez. Mais tarde, eu apenas ouvia as tosses habitando as casas, saindo pelo silêncio da noite e confundindo-se com o pio das corujas. De madrugada, o apito do trem começava a avisar ao longe a sua presença numa curva, e eu percebia a luz das casas vizinhas se acenderem. Alguns doentes usavam o sinal da locomotiva como um relógio e levantavam-se para tomar o medicamento a hora certa.

Nesse lugar o céu tinha uma pureza de virgindade inútil. Era profundo, mas vazio, calmo como uma sutil advertência à ilusão exaltada dos pensamentos e dos sentidos trepidantes. Tudo ali era um outro mundo, já que os seus habitantes tinham uma viagem premeditada, porém sempre adiada. As mentalidades variavam entre a realidade do eterno e a inconsciência do passageiro. Muitas vezes, um que programara regressar à cidade na próxima semana, falecia inesperadamente durante a noite. "Estava tão bem... não tossia mais e a febre desaparecera... Não podemos compreender. Deve ter sido o coração!" Eram frases familiares. Quando isso acontecia, grassava um desânimo atroz naquele ambiente e os termômetros marcavam uma inesperada ascensão.

Intenso amargor apertava a minha garganta e o desconsolo mostrava-se de relance. Não era um vago impulso que me impelia a alimentar a esperança, mas uma inflexível necessidade. E a necessidade nunca tem alma nem carinhos. Não havia uma simpatia desinteressada. Era uma ânsia de companheirismo na desgraça que os unia. Havia mesmo uma espécie de competição cínica, entre os que melhoravam no escarro, na ausência da febre, no ganho de peso e nas manchas das radiografias. Eu observava que em geral havia apenas a mudança dos micróbios para outro desprevenido órgão. Saíam do pulmão e instalavam-se nos intestinos. Largavam os intestinos e acoitavam-se nos rins. Deixavam as fístulas e entranhavam-se na laringe. A aparência de cura era o hiato da mudança. Alguns meses depois voltavam ou morriam.

A família do meu marido não nos acompanhou. Estávamos sós. Um dia senti que devia regressar, pois o meu filho estava para nascer e no lugar não havia recursos apropriados. Fiz a viagem num ônibus desconfortável e velho, que percorreu uma estrada imprecisa e esburacada até a estação onde eu tomaria o trem. Alguns dias mais tarde o meu filho nasceu normalmente. Meu marido foi avisado e desceu para visitar-nos na casa de saúde. No dia seguinte voltou ao seu clima de doente. Uma semana depois fui reunir-me a ele. Eram noites frias e a nossa casa, num descampado, era varrida pelo vento gelado. Lembro-me de que, para aquecer as fraldas do meu filho, eu dormia sobre elas para que, ao trocá-las, o pequenino não sentisse o contato desagradável do frio. Finalmente, o meu marido impaciente desejou voltar. Foi feita uma série de novos e rigorosos exames e vimos que o tratamento daquela época, com todos os medicamentos empregados, havia sido inútil.

Diante do fracasso, a sua mãe começou a demonstrar sinais de desespero. Entrou na fase da agitação nervosa e, dessa vez, acompanhei-a na sua angústia e dei-lhe toda a razão. Entretanto, o seu sofrimento tomou um aspecto de reações diferentes. Procurou um motivo para justificar o imponderável e escolheu um que a isentasse de responsabilidade: lançou a culpa ao filho de haver adoecido porque, aos quinze anos, uma noite ou várias, havia chegado tarde em casa e daí, dessas imprudências, tinha surgido a enfermidade. Ainda era uma forma de manifestar-se vítima de um acontecimento em que nem ela nem ele eram culpados. Com esse argumento descabido, compenetrou-se de que da desobediência do menino provinha o mal atual. Em princípio, ele, abatido e impressionado com o seu estado, deixou-se culpar. Mas a acusação constante e ilógica durou tantos dias que finalmente ele reagiu. E a sua reação trazia sempre consequências perigosas e incontroláveis.

Um mês depois, entre a família e os médicos, ficou acertado que ele deveria ser internado num sanatório. Era uma forma de afastá-lo do ambiente de atritos constantes e, ao mesmo tempo, obrigá-lo a um tratamento específico e rigoroso. Eu ficaria com os meus filhos. Eram pequeninos e eu não podia deixá-los. Essa deliberação necessária provocou um forte abalo no seu espírito. Ele adorava os filhos e aquela separação dilacerou a sua alma. Compreendi o seu desespero e a sua nova tristeza. Até ambientar-se no sanatório, esse homem sofreu muito. Creio mesmo que nunca se ambientou. Habituado a passar as noites em conversas agradáveis e interessantes, entre amigos, a gozar de uma liberdade ampla das ruas, de escolher relações, ambientes e distrações de acordo com a sua vontade, ver-se privado de tudo e obrigado a seguir um regime rigoroso foi para ele motivo de naturais revoltas e amarguras.

Eu ia vê-lo dia sim, outro não. Tinha filhos pequeninos e não podia deixá-los entregues às empregadas. Tinha eu nessa época quase vinte e cinco anos. Casara-me aos quinze e tinha a impressão de ser uma mulher castigada com a pena de viver séculos. Viajava no primeiro trem às seis da manhã. Com ele passava o dia inteiro. À noite, caminhava, por deficiência de condução, dois quilômetros por uma estrada escura, cheia de bois soltos que me assustavam. A pé, tropeçando, eu levantava os olhos para o céu escuro às vezes, e, outras, coalhado de estrelas. Nessas caminhadas, eu tinha a impressão do infinito. Um ruído na mata espantava-me, pensando em cobras. Os sapos saltavam diante dos meus pés. Por fim eu já não sentia medo deles. Tinha medo daquilo que vinha de onde eu não sabia nem conhecia. Pensava. Mas eram pensamentos sem coordenação, fora das minhas concretas tristezas. Como eu me sentia desamparada e sofrida!... Verifiquei que me habituara a guardar silêncio nos meus mais fundos pensamentos. E o orgulho de não explicar coisa alguma foi uma força na minha debilidade. Eu estava muito trabalhada pela vida, para pedir ou dar explicações. Havia, pelo sofrimento, superado as palavras, e tudo ia ficando sob os meus passos como coisa que deixamos num caminho que jamais retomamos. Pensava, e as minhas ideias acompanhavam os meus passos, como as perdidas exaltações, que me fizeram morrer aos poucos. Caminhava absorvida por novos pressentimentos e sentia cansaço para continuar até que o destino ultrapassasse a minha própria existência. Até ali eu era um consentimento inerte, sem explicações, onde eu encontrava uma única lógica e um único fio muito frágil, que proporcionava o seguimento dos meus dias e das minhas horas intermináveis.

Medrosa e fatigada, alcançava a estação de acomodações precárias e esperava, sentada num caixão vazio, o trem que me traria de volta aos meus filhos. Em geral chegava em casa quase à uma hora da madrugada. Mas todo esse sacrifício era compensado porque o meu marido melhorava. Como eu vivia grande parte do tempo junto a ele, no sanatório, me foi possível conhecer aquele ambiente tão cheio de conflitos, desesperos e instintos liberados.

Fora do assunto decorrente da enfermidade, havia outros, de grande importância para os doentes: o sentimental e o sexual. Os comentários sobre os encontros escondidos, à noite, as mulheres enfermas mais excitantes, as uniões consentidas, tudo, desde os médicos que olhavam essas manifestações com compreensão e benevolência até os doentes mais graves interessavam-se pelos cochichos, intrigas, e as ciumadas eram motivos para escoar o tempo que parecia redobrar de lentidão. A enfermidade trazia deturpações estranhas que eram imediatamente levadas em conta de coisa normal. Velhos que olhavam sôfregos para as silhuetas finas e pálidas das jovens passeando entre os eucaliptos, moços que procuravam ressaltar a sua aparência de atletas extintos diante de uma mulher silenciosa e solitária, enfim o assunto variava entre hemoptises e mulheres. Os doentes analisavam os visitantes com uma espécie de ânsia animal, e depois das horas de visita ficavam animados nas suas conjeturas e desejos. Raros eram aqueles que guardavam a decência e a dignidade de enfermos. Um mundo estranho e inexplorado onde toda sorte de misérias borbulhava com mais vida do que aqueles corpos alquebrados. Quase sempre, quando chegava ao sanatório, reparava num quarto em trabalhos de desinfecção. "Saiu curado? Voltou para casa?" — perguntava eu. "Faleceu esta noite. Está na capela com a família" — era a resposta da enfermeira. As enfermeiras tinham uma bondade inegável mas nada heroica. Às vezes simpatizavam fortemente por um doente e supriam todas as faltas a um ser em isolamento. O sanatório tinha um ambiente de alegrias forçadas e uma superficialidade transparente. Sob aquela limpeza, claridade, luz e brisa suave, corriam as paixões mais tenebrosas, os desejos mais avassaladores e os pensamentos mais requintados em animalidade.

Meu marido contava-me os fatos passados na minha ausência de vinte e quatro horas e comentava, com tintas artísticas, os desencontros dos seres que o rodeavam. Algum tempo depois os médicos permitiram a sua descida, duas vezes no mês, para ficar com a família algumas horas. O seu aspecto era outro. Homem alto, bem-proporcionado, com um tórax de músculos bem-plantados e uma aparência sumamente simpática, entrava em nossa casa trazendo-me então uma grande alegria. O seu estado de espírito também melhorara. Voltava a ser o homem falante, interessando-se novamente pelas coisas da vida e mostrava-se de ânimo recuperado. Eu estava certa de que a saúde voltando, o ritmo das nossas existências, depois dessa experiência alarmante, tomaria um compasso tranquilo e feliz. O meu erro foi sempre contar com a recuperação das coisas perdidas e a ideia de que, após esgotadas todas as amarguras, o resultado se transmuda em paz. Hoje, aprendi que o resultado de uma situação ou de um acontecimento não varia na sua realidade.

Com o passar do tempo o meu marido saía do sanatório com mais frequência e passava em casa dois ou três dias. Às vezes descia inesperadamente e aparecia altas horas da noite. Aquelas chegadas intempestivas, de madrugada, me intrigavam. Porém, como a sua presença trazia sempre um grande contentamento, eu não procurava aprofundar-me em razões. Preferia pensar que era um sinal evidente de que a sua saúde estava mais consolidada. Do contrário os médicos não o deixariam sair, tão amiudadas vezes, de um clima e um repouso necessário. Mas, nós mulheres sentimos quando alguma coisa se modifica, mesmo quando nos faltam todos os dados e todos os motivos. Criou-se em mim uma coisa estranha, como uma sombra invisível. A minha intuição estremeceu e pôs o meu cérebro a funcionar. Mas era difícil chegar a qualquer conclusão. Eu tinha as mãos vazias para qualquer trabalho concreto. Havia, entretanto, uma vaga suspeita em elementos que não se fixavam ou desapareciam logo às primeiras conjeturas e pesquisas. Não sei por que, instintivamente, fui sentindo um retraimento especial dominar a minha satisfação de vê-lo e uma suspeita de qualquer coisa imponderável começou a rondar o meu pensamento. Quando ele chegava em casa pela madrugada, eu já não o recebia com o sorriso fresco e os meus olhos em festa. Tinha um movimento de reserva, embora não deixasse de ser atenciosa, prestativa e amiga. A princípio, atribuí ao esgotamento de nervos e ao cansaço físico.

Terrível é lutar, ou melhor, defender-se no escuro dos acontecimentos. Sentimos, precisamos que algo de anormal está descendo sobre a nossa cabeça, mas não temos a menor orientação para saber de onde vem, nem como vem. É um susto de alma que a lógica não alcança, por mais que a coloquemos em primeiro plano das nossas cogitações. São duas atmosferas inteiramente diversas do nosso ser. As minhas suspeitas funcionavam independentes de qualquer reflexão. Era como um sentimento desligado da percepção vulgar. Eu tinha receio de acertar com as coincidências, de constatar que a voz imperceptível da minha intuição viesse a contar realidades que estavam ainda além do meu conhecimento. Todas as vezes que meu marido entrava em casa de madrugada, eu me sentia deprimida e sem explicação para esse estado. Apenas sentia que alguma coisa pairava sobre mim e isso era o suficiente para permanecer em sustos e tremores.

Da sua parte, eu apenas notara uma acentuada gentileza. Ele sempre fora um homem educado e carinhoso, mas nessa época levava essas qualidades a um requinte exagerado. Eu tinha a impressão de que desejava apagar qualquer remorso com um redobrado cuidado à minha pessoa. "As esposas devem desconfiar dos maridos que se tornam de repente profundamente atenciosos e amáveis. Seguramente estão na fase de deslizes e procuram contrabalançar os seus erros e as suas indignidades" — dizia ele, nas suas conversas familiares.

Ele estava excessivamente gentil e terno, excessivamente cuidadoso e carinhoso. Mas, afinal, eu não tinha a menor base para pensar nada que me atormentasse daquela forma em que vivia. Um constrangimento pesado se apoderava de mim sempre que ele surgia na minha frente. Eu não sabia explicar aquela falta de controle que anunciava suspeitas sem elementos positivos. Também não sabia que gênero de suspeita me assaltava. Se eu quisesse analisar uma palavra ou gesto seu, a fim de orientar-me, não poderia. Achava, entretanto, descabido que um doente obtivesse licença de sair do sanatório tarde da noite, quando o natural seria pela manhã. Mas a minha confiança nele e as suas explicações juntavam-se, dando-me tranquilidade. Porém, foram tão repetidas as chegadas noturnas, que insensivelmente me tornei esquiva e silenciosa e, apesar da cordialidade mantida, ele notou que se formara em mim um sentimento de insegurança e suspeita. Como era um homem muito inteligente, interpretou no meu silêncio o conhecimento de um fato que eu de todo ignorava. Uma manhã começou a falar sobre diversos assuntos sem importância. Eu ouvia e respondia às suas perguntas quase com naturalidade. Quando ele sentiu que havia rompido as minhas maiores reservas, entrou no assunto que o constrangia:

— Eu quero ter com você uma conversa muito séria. Estou doente, posso ficar bom, mas também posso morrer dentro em pouco. Verdadeiramente não tenho confiança nas minhas melhoras e sei que o meu restabelecimento é aparente. Todo o meu aspecto é enganador e fictício.

Eu pensei que iria ouvir as suas revoltas e clamores de alma que há doze anos vinha escutando.

— Se os médicos dizem, com a prova rigorosa dos exames, que você está quase curado, em período de convalescença, não há motivos para encontrar dúvidas. Há muito tempo não o vejo tão bem disposto e alegre. Esqueça os tormentos que a enfermidade trouxe porque é necessário que você comece uma nova vida — respondi, abraçando-o.

— Mas não é sobre a minha saúde que desejo falar, propriamente. A morte vem para todos. O necessário é estar preparado e sereno, com a consciência tranquila para recebê-la. O que desejo esclarecer é coisa que de forma alguma quero que você venha a saber por outros, caso eu morra.

Eu estava curiosa. Ele aproximou-se de mim, olhou-me de frente, afagou a minha cabeça como se eu fosse uma criança desprotegida, agarrou a minha mão e começou:

— Eu tenho um caso com uma mulher. Nos encontramos, nos correspondemos e diariamente nos falamos pelo telefone.

É fácil imaginar o que se processou na minha alma. Por alguns minutos me senti petrificada e depois, não sei por que razão, nem movida por qual intenção, respondi:

— Eu já sabia.

— Como você sabia? Quem lhe contou?

— Não pergunte detalhes. Nada disso tem importância.

Eu pronunciei essas palavras atordoada e levada por um choque indescritível e, como eu não manifestasse as reações normais que ele esperava, julgou que realmente eu sabia de tudo, e, sendo assim, era melhor estender a confissão minuciosa que traria à sua consciência uma forma de repouso, de alívio e até mesmo um consentimento da minha parte. Revelou então quando e como eram os encontros. Disse-me o nome da criatura, o nome do marido, onde morava e os filhos que tinha. Descreveu o seu físico, o seu caráter, as suas virtudes, a sua inteligência, a sua meiguice e os seus passeios prolongados, quando descia do sanatório pelas manhãs e só aparecia em casa pelas madrugadas. Terminou dizendo:

— Ela parece uma menina. Tem os cabelos caídos pelos ombros e espera-me sempre com uma fita cor-de-rosa guarnecendo a sua cabeleira. Tem olhos de gata, oblíquos e esverdeados. É de uma ternura e uma meiguice impossíveis de serem descritas. É muito infeliz com o marido e não merece esse tratamento porque é uma mulher interessante e boníssima. Falam muito mal da sua conduta, dizem que é mulher largamente experimentada em casos amorosos mas, quando eu pergunto, ela se mantém numa irredutível negativa e não há por que não acreditá-la.

Nesse momento eu tive uma infinita piedade do meu marido. Achei-o tão desprotegido e tão largado do raciocínio e da lógica que desejei ampará-lo nos meus braços, como fazia com os meus filhos pequeninos. Perguntei qual era o sistema que usavam para manter esses encontros sem a desconfiança daquele marido, que ele afirmava ser dominado por um ciúme brutal e selvagem. Ponderei a situação dos dois com família e frisei que essa irresponsabilidade de ambos poderia resultar em coisa muito perigosa. Ele procurou trazer-me calma, descrevendo, detalhadamente, a maneira "prudente" de agir.

Como nessa época eu era muito moça, tinha a meu favor a resistência da própria natureza. Essa resistência de animal pré-histórico que a mocidade nos oferece. Naquele momento meu marido havia retirado toda a minha confiança, todo o encantamento, e a esperança tinha sido escorraçada por ele mesmo do meu coração. Lágrimas eu não tinha para derramar, tão ressecada, tão gretada e tão arrasada eu me sentia. Era como um deserto parado.

Mais tarde ele saiu e só voltou à noite. Eu procurava confundir-me nas ocupações da casa e gastar as minhas horas no cuidado aos meus filhos. Passaram-se os dias. Enquanto eu sofria de todas as tristezas e inseguranças, deu-se com o meu marido uma coisa estranha. Depois que me revelou o seu caso amoroso, embora notasse que a minha confiança tinha desaparecido, ele, ao contrário, sentiu apoio em mim e, daí, passei a ser a sua confidente preferida. Com que naturalidade falava no seu problema sentimental! No meu vício antigo, de procurar nos acontecimentos a verdade dos outros, para encontrar a minha, eu me perguntava aterrada se, em realidade, era confiança ou prazer mórbido em me fazer sofrer. Nunca me foi possível distinguir a sua intenção.

Um dia, passados meses da sua confissão, ele perguntou-me se eu seria capaz de lhe proporcionar um favor. Respondi afirmativamente. O favor era o seguinte: ele precisava mandar um recado à mulher e não podia confiar em ninguém. Só eu, exclusivamente eu, podia transmitir as suas palavras. Olhei-o de frente, procurando ver no fundo dos seus olhos um traço de crueldade ou de pureza. Fazer a mim, sua esposa, um pedido dessa qualidade, era algo de muito forte. Eu necessitava de uma direção que me levasse a pôr em ordem a confusão dos meus processos psíquicos, entrelaçados de mil formas e apresentados ao meu raciocínio como um tecido complexo de acontecimentos turbulentos. Havia urgência em sintetizar as minhas tendências para equilibrar os meus impulsos e reações. Desceu sobre mim uma grande solidão e, porque eu me sentia só, também me sentia forte. Virei-me firme para o meu marido, como se eu fosse enfrentar a maior luta contra mim mesma. Confesso que a minha atitude não foi bem de compreensão, foi de autoagressividade. Foi mais no sentido de perceber até onde a minha resistência chegava. Mais uma vez eu oferecia-me para uma experiência. Indaguei a espécie de recado a ser transmitido. Eu tenho um metro e sessenta e cinco de altura, mas, nesse instante, tive a noção de ter crescido três metros acima daquele ser tão ingênuo, pobre e frágil. O seu pedido me inspirou um sentimento compassivo e ao mesmo tempo repulsivo. Repetiu o recado, modificou intenções e apurou palavras vezes seguidas. Estagnada, eu ouvia cada frase com a mais bárbara retalhação dos meus sentimentos. Cada expressão de carinho do seu rosto, recebi como vergastadas na minha alma. Tenho certeza de que cambaleei enquanto ouvia a sua voz. De repente, lembrei-me de que ele estava atacado de uma enfermidade incurável e era necessário ajudá-lo a viver bem o tempo que lhe restava. Era o meu dever oferecer-lhe alguma compensação. Era urgente esmagar-me para manter um clima de ilusão que o fizesse receber os dias restantes da sua vida com a doce sensação de harmonia. Lembrei-me de que também eu havia usufruído dele compensação imorredoura, através da sua notável inteligência, e havia ainda outra mais forte: filhos.

Meu marido era um homem insatisfeito, decepcionado, que julgava merecer mais do que havia alcançado, quer na ordem prática quer na ordem sentimental, e, nessa derradeira ilusão, eu me sentia no dever de proporcionar-lhe uma escapada à realidade. Pensei na responsabilidade da minha aquiescência. Alimentando essa ilusão, eu poderia contribuir para uma evolução desmedida de um gênero de prazer que poderia levá-lo a perder-se do contato com os deveres morais. Estava ele condenado pela enfermidade, mas, se a surpresa da cura surgisse para contrariar os prognósticos? Qual seria a minha posição? A soma de felicidade e de infelicidade é a mesma, justamente, para cada indivíduo. A complexidade do pedido do meu marido trazia-me a certeza irremovível de que a sua intenção era a de me triturar moralmente. Mas se ele estivesse agindo sob a mais franca simplicidade, eu teria de concordar que havia apenas, em tudo, a revelação quantitativa de fatos estranhos na minha vida. Nunca fui e jamais me esforcei para ser boa. Todo o meu trabalho tem sido para ser compreensiva. O sentimento de bondade da natureza humana, a meu ver, sempre foi uma das deploráveis e sórdidas ilusões com que contamos para enfrentar julgamentos e guarnecer a vida. Em essência, essa ilusão só nos dá prejuízos e danos. É uma manifestação de fundo egoístico. Praticamos a bondade com intenção dirigida, para que mais tarde possamos receber em troca alguma coisa. O céu ou o reconhecimento dos nossos semelhantes. Essa é a razão pela qual os homens fazem tão grande propaganda da sua implantação nos seus hábitos e ações. Não, decididamente eu não sou simpática a essa virtude, e pendo mais para o lado divergente. Prefiro sempre desenvolver o sentimento da compreensão, desligado da bondade. Ela é o conjunto de qualidades, conhecidas ou não, contidas num fato. É a penetração na desgraça alheia, sem entretanto participarmos do estado de infortúnio do outro. Isolamos desta forma a nossa emoção, para usarmos apenas o intelecto. Foi o que se passou comigo depois de ouvir o pedido que o meu marido me fazia, no sentido de levar, a essa mulher, o seu recado. Declaro que não havia nenhuma grandeza de alma nessa minha experiência. A vida apresentou-me um jogo, uma espécie de aventura, onde eu podia manipular pessoas e contingências. Por antecipação, eu já estava vitoriosa. Havia superado aquele ambiente de loucos e finalizava com mais esse aspecto moral do meu marido. A força interior que esse acontecimento deu ao meu espírito valeu o choque na minha natureza e nos meus sentimentos.

Depois de combinar detalhes, saí com ele num táxi em direção à casa da mulher amada. Era uma rua arborizada e pequena. A habitação, de aspecto modesto, tinha um jardim descuidado. Meu marido ficou no automóvel, um pouco afastado da porta de entrada. Eu bati e apareceu uma mulher nova, magra e com aspecto medroso. Imediatamente a reconheci, pela descrição que havia tido dele. "Olhos esverdeados, com desenho oblíquo, cabelos soltos e uma fita enfeitando a sua cabeça." Lentamente, com o intuito de apropriar-me do seu espanto, pronunciei vagarosamente o meu nome. Ela estremeceu e estendeu-me a mão fria. Tinha os dedos gelados. Titubeando, convidou-me a entrar e a sentar-me. Olhei o ambiente. Móveis sem importância, cores disparatadas, retratos em quantidade pendurados nas paredes sem a menor estética. Um piano, muito negro, e flores de papel nos jarros. Na minha frente, sobre uma pequena mesa com inúmeros bibelôs de mau gosto, um vaso com rosas irritantemente artificiais. Pareciam repolhos coloridos. Tive a impressão de que as flores se riam do constrangimento da dona da casa. Uns segundos de silêncio pesado e iniciei a conversa. Repeti o recado e expliquei as razões pelas quais o meu marido se via impossibilitado de comunicar-se ou encontrar-se com ela durante quinze dias. Frisei maldosamente que a ausência dele tinha apenas o sentido de resguardá-la de aborrecimentos e evitar um problema sério com o marido, que era um homem violento e brutal. O momento exigia prudência da parte dela, porque o esposo já estava a par da situação. Desconfiada, a mulher balbuciou palavras de agradecimento e insistiu no que concernia ao amparo, prometido pelo meu marido. Movida, eu, por um certo sarcasmo, prometi que nada lhe faltaria daquilo que o meu marido lhe oferecera, tudo continuaria no mesmo ritmo, apenas a presença dele seria, em proveito dela mesma, interrompida por pouco tempo. Eu mesma me encarregaria de enviar a ajuda que o meu marido lhe vinha dando. Creio que essa minha afirmação lhe trouxe sossego. Levantei-me, e a mulher pediu que agradecesse a meu esposo os perfumes e as flores que havia recebido na véspera. Mostrou-me uma corrente de ouro que trazia como pulseira, presente de bom gosto do meu marido. O assunto chegou a tal ponto que eu fiquei na dúvida se tratava com gente louca ou depravada. Idêntica a um terreno calcinoso e estéril, me foi relativamente fácil superar esses momentos monstruosos. Despedi-me. Ficou na porta, esperando que eu alcançasse a rua. Andei alguns passos e tomei o táxi. Meu marido não perguntou nada quando entrei no automóvel. Passamos cinco minutos no mais profundo silêncio. Eu devia ter os olhos muito brilhantes e as pupilas num movimento agitado. Indaguei a mim mesma o que ainda poderia me acontecer, depois de tudo aquilo. Até esse dia, eu acreditava que os acontecimentos se haviam esgotado no plano das surpresas dolorosas e nenhuma decepção e nenhum desencanto roçariam mais pela minha alma.

Fui eu a primeira a romper o silêncio. Disse-lhe que o seu recado havia sido transmitido, sem a omissão de uma única palavra. Repeti o agradecimento da mulher pelos perfumes e as flores que haviam sido enviadas no dia antecedente, por ele. Procurei ser natural, mas não havia maneira de encontrar naturalidade num assunto tão deprimente. Quis elogiar a pulseira exibida por ela como presente, mas achei que era tripudiar com inferioridade sobre um derrotado. Ele me fez várias perguntas.

Queria saber se ela se havia interessado pela sua saúde, se não havia estranhado a falta das suas chamadas telefônicas. Eu disse que sim, apesar de nada disso ter acontecido. Não propriamente para lhe dar prazer, mas para que mais tarde ele sofresse ao constatar a verdade das intenções daquela mulher. Elogiei fartamente a sua beleza física e fiz restrições sutis a respeito da sua mentalidade. Elogiei o seu cabelo cuidado, mas fiz restrições à falta de limpeza na sua roupa e na sua casa. Sentindo o seu constrangimento e notando a sua vontade de falar nessa mulher, derrubei as minhas fronteiras e abri caminho para o assunto que ele desejava. Orgulhoso então da sua aquisição amorosa, declarou-me com ar fascinado a certeza que possuía do amor daquela mulher e do consolo que ela traria à sua cabeceira, caso a sua moléstia o prendesse ao leito até a morte.

Essa mulher jamais telefonou. Nunca o visitou, como ele esperava, e nunca indagou da sua saúde como ele desejava.

Chegamos em casa amarrados por um constrangimento volumoso. Eu comecei a relembrar as inúmeras noites em que ficava até de madrugada, costurando para fora, a fim de ajudar o gasto dos meus filhos e os meus. A família do meu marido tinha bens. Mas estavam em processo de inventário e tudo permanecia preso e os rendimentos reduzidos. Para que nada lhe faltasse no sanatório, eu havia conseguido, com um amigo, deixá-lo à disposição do gabinete do diretor. O que fosse possível retirar do inventário, junto ao seu ordenado, dava perfeitamente para ele manter-se no sanatório. Enquanto eu trabalhava até altas horas da noite para suprir as minhas despesas e deixar intatos os seus rendimentos em favor da sua saúde, meu marido presenteava com perfumes, flores e enfeites de ouro a sua bem-amada! Devia estar certo! Se ele não me tivesse dado esse desgosto, se não tivesse me decepcionado tão irremediavelmente, se não tivesse dado tanta pancada na minha alma, como iria eu resistir, vendo-o morrer? A vida preparava-me para o ato final. Foi uma preparação penosíssima, mas devo confessar que só atravessei a ideia de perdê-lo na morte porque experimentei o abalo maior de perdê-lo em vida. Morresse ele sem me deixar um desgosto, sem a amarga recordação de uma insopitável tristeza, eu teria sofrido desatinadamente. Em verdade, para mim ele morreu muitos meses antes de o terem sepultado.

A conformidade, em muitos casos, sobretudo nos em que entram os nossos sentimentos e a nobreza das nossas intenções, está em nos fixarmos nas atitudes, nos atos cometidos por aqueles que mistificamos na figura de um deus. A nossa resistência, por contradição, está justamente no mal que recebemos de alguém que considerávamos e vestíamos com a roupagem rica da nossa imaginação e do nosso amor. A vida é sábia, e, se nos rebelamos contra ela, é porque gostaríamos de viver na ilusão, sempre dentro do fictício e do enganoso. No instante em que a realidade se apresenta, nós reagimos, porque a verdade é a coisa mais difícil de ser aceita pela nossa débil humanidade. Temos uma propensão espantosa para acreditar nas coisas falsas e sem densidade. O otimismo não é senão viver unicamente o que desejamos que aconteça de agradável num futuro de dados desconhecidos. Existem pessoas de grande valor intelectual, de rica sensibilidade, de uma longa soma de experiências vividas, que têm verdadeiro pânico da realidade. Refugiam-se no lado menor da vida, na parte mais superficial e cortam o contato com o outro lado, onde, justamente, está concentrada a grandeza da verdade. Vivem a vida como medíocres funcionários públicos, aposentados com todos os vencimentos, e passam a cuidar das roseiras do seu quintal sem perceberem a rosa, a plantar árvores sem adivinhar a frescura da sua sombra. Abençoados aqueles que não tiveram tréguas na alma, porque podem ver as cores das madrugadas, o brilho das estrelas, sentir o calor do sol, receber o pranto das chuvas, colher o perfume das flores, ouvir a canção das águas e compreender a voz dos ventos. Esses, realmente, viveram em unidade, viveram dentro das forças contrárias, e por isso mesmo podem distinguir o valor das lágrimas e das alegrias, do silêncio e das canções e a grandeza do contentamento dos sentidos, largados em plenitude.

Dois dias depois, ele voltou para a montanha e eu fiquei com a minha destruição. Fiz uma análise rigorosa a fim de verificar o que restava no meu espírito e o que eu poderia fazer em meu favor e em favor dele. Os pensamentos iam e vinham. As intenções não chegavam a nenhuma finalidade. A ação surgia de surpresa sem a mínima ligação com a vontade. Tudo era coberto de um mormaço fatigante e doentio, entretanto a vida continuava aparentemente no mesmo compasso. Surgiu uma espécie de adaptação ao acontecimento e o meu marido, livre do seu segredo, sentia-se bem-disposto de espírito. Entretanto, apesar dos exames clínicos que o apresentavam em boas condições, nunca se sentia perfeitamente bem de saúde. Dois meses depois, os médicos declararam a sua cura clínica. Não havia mais necessidade de viver isolado nas montanhas e poderia voltar à família. Fiquei satisfeita com o seu regresso definitivo. Ele havia engordado e, diziam os especialistas, podia realizar uma vida quase normal. Evitasse apenas exageros, para consolidar a cura. Mas neste "quase" estava o ponto vulnerável da sua existência.

Eu mandei, por precaução, os meus filhos para a casa da família do meu marido. Era necessária uma outra direção, em todos os sentidos. Poucos dias mais, ele voltou a receber os amigos e a viver no ambiente de artistas e intelectuais, e a nossa casa retomou o movimento e aquela fascinante fermentação de inteligências. Depois de tão dolorosa prova, na qual tínhamos soletrado a palavra morte, o meu marido adquiriu mais profundidade e uma orientação mais enxuta no seu pensamento. Era atraente ouvi-lo discorrer sobre qualquer assunto com firmeza e com intuição extraordinárias. Pela sua excepcional inteligência, eu chegava a trocar os meus dias de pena e tristeza. Notava que o sentimento de narcisismo aumentava dia a dia e, nessa atuação, ele descuidou-se dos seus deveres de chefe de família e descarregou as suas obrigações sobre mim para viver em maior liberdade e despreocupação. Notei a tendência que manifestou em manter no meu espírito uma atmosfera de tetricidade e responsabilidades exageradas. Creio que a intenção era agrilhoar-me sob os maiores pavores. As conversas com sua mãe variavam entre a beleza da loucura, alucinações e morte. Falava e expunha exemplos fictícios de esposas adúlteras, fazendo-me perceber que as histórias eram um aviso à minha conduta futura, trazendo-me assim sob uma culpa que eu não merecia. Era uma espécie de controle póstumo, onde as suas palavras de abominação deveriam ficar gritantes na minha memória para todo o sempre. E ferreteava-me em todos os planos, impedindo-me a fuga. Eu tinha a impressão de viver num sarcófago, ouvindo fantasmas, rumores subterrâneos e ruflar de asas negras. A sua mãe não perdia o ritmo da loucura ascendente. Falava sempre muito baixo nas fases de calma, empregando diminutivo em todas as palavras e pisando tão leve que só era pressentida quando estava junto de nós. Desde que enviuvara, vestia-se de preto e a sua roupa era uma mistura de hábito religioso e vestido comum. Usava gola alta, um mandrião até os tornozelos, com três pregas na frente e mangas monásticas. Na cintura, um cinto de couro de onde caía um enorme rosário cheio de medalhas e caixinhas com relíquias. No pescoço, um cordão de seda preta sustentando um crucifixo e, nesse cordão, ela havia dado três nós, que simbolizavam, a seu ver, obediência – pobreza – castidade. Usava um chapéu pequeno, coberto por um pano preto, que caía-lhe pelas costas, abaixo da cintura. Tinha o hábito de falar sozinha, e os seus olhos saltados evidenciavam uma grande alteração na tireoide. Meu marido, licenciado do emprego, distraía-se em coisas vagas durante o dia. Às vezes saía e voltava à noite, para o encontro com os amigos.

Um dia amanheci mais criança e, sem explicações para uma alegria, comecei a cantar baixo. A meu lado, o meu marido inspecionou-me por instantes e, depois, com ar de desprezo, falou:

— Como você está ficando banal e comum! Eu pensei que poderia fazer de você uma mulher fora do corriqueiro e encontro-a superficial! Você tem todas as qualidades de uma boa dona de casa e boa mãe, mas não tem um traço de espírito. Tem uma propensão para a vida fútil e destituída de profundidade. A razão está em que lhe falta uma coisa muito importante — poesia. A sua insensibilidade não deixa ver as grandezas da vida. É necessário acabar com o horror que você tem de aceitar a loucura da minha mãe, acabar com essa repulsa às coisas fortes e violentas da existência, essa tendência em diminuir os choques com o argumento de que são passageiros. Isso demonstra a sua qualidade comum de pessoa. Sensibilidade não é coisa que eu possa ensinar ou dar. Inegavelmente, você tem qualidades e virtudes, mas a minha mulher precisa ser violentada por uma sequência de choques, a ponto de tornar-se um ser quase criado à minha semelhança!

O narcisismo tinha chegado ao máximo. Quanta ignorância na boca de um homem notavelmente inteligente, quanto desconhecimento da mulher que há doze anos vivia ao seu lado, transparente, sem escaninhos e sem esconderijos. Isso era de pasmar! Dizer que eu era destituída de romantismo, de poesia e de sensibilidade, era a maior monstruosidade que eu poderia ouvir. Eu, que vivia alimentada do riso dos meus filhos, enlevada com os seus primeiros passos e os seus descobrimentos! Eu que vivia ainda de pé alimentada pela poesia, retirada da tremenda destruição desde a minha infância até aquelas lutas e esfacelamentos diários, eu que caminhava levando às costas com profunda consciência os trucidamentos na minha alma de mulher! Verdadeiramente, a única coisa na qual eu encontrava forças, que me erguia das ruínas, era a poesia que eu sentia ao meu lado, todas as horas do dia e da noite! Eu, que após as decepções recebidas dele ainda sorvia as suas palavras e me encantava com as suas infantilidades, eu que após os seus atos de destruição no meu ser ainda aceitava o inconcebível das suas atitudes e da sua conduta, como indicação poética! Eu, a mulher despida de intensidade de espírito, sem profundidade, mulher sem inteligência, nua de sensibilidade e sem lastro de alma! Seria essa definição uma verdade? Tudo me pareceu sem nexo. Eu acabava de ser descarnada, posta no mesmo nível dos objetos, das coisas e dos seres mais inconsequentes e vazios, quando tinha noção exata de estar vivendo uma existência plasmada em todos os acidentes brutais da vida. Essas referências a mim, ouvi muitas vezes repetidas pelo meu marido aos seus amigos. E como não encontrei consolo na ideia de provar o contrário, fiz silêncio. Esclarecer-me ou defender-me sempre me pareceu ridículo. Há certas coisas que não permitem explicações ou defesas e eu não estava disposta a dizer que o retrato pintado por ele estava com as tintas e o desenho errado. Compenetrei-me de que meu marido tinha o direito de fazer e dizer o que entendesse porque havia um argumento poderoso: era um homem que — embora os médicos tivessem afirmado gozar dali por diante uma saúde perfeita — tinha vida precária. Preferi ficar com mais essa mágoa a sentir mais tarde o nascimento de um arrependimento ou remorso vindos de um atrito ou mal-entendido. Sempre fugi de qualquer ação ou palavra preconcebida, numa reação intempestiva, embora humana, com receio de sofrer mais tarde o arrependimento. Esta liberdade sempre foi imprescindível à minha personalidade.

Capítulo XI

"Clinicamente está curado. Deve ser uma gripe ligeira. Aplique tal injeção e submeta-o a repouso." No fim de vários dias, sem melhoras, ouvi de outro médico: "Nada mais a fazer. É questão de meses. Temos que salvar o que fica. Rigorosa separação das crianças, higiene redobrada."
Tinha eu uma longa e penosíssima vida de vinte e sete anos! Nunca fui posta à margem da realidade. Nessa, eu tinha entrado sem que me empurrassem. Confesso, entretanto, que toda a noção de realidade ainda é teoria, até o momento em que vem acompanhada do irremediável. A própria realidade tem para nós, até certos momentos, vários subterfúgios na leviandade. Eu estava nesse estado de leviandade da esperança. Mas quando vi uma larga e esbranquiçada chaga na laringe do meu marido, a realidade sufocou-me, estremeceu o meu corpo e soprou nos meus ouvidos um ar quente de desespero. Desde aquele momento passei a viver o estraçalhamento de perdê-lo dia a dia, hora a hora. Todos os meus olhares passaram a ser de despedida, e

uma saudade antecipada acompanhava-me a todos os instantes. Apurava a memória dos ouvidos, para guardar a sua voz em todas as modalidades emitidas, para que futuramente nenhuma expressão das palavras perdesse a sua integridade. Segurava nos seus braços, nos seus cabelos, passava as minhas mãos pelas suas costas e os seus ombros, para guardar no meu tato aquelas formas que iam desaparecer. Acompanhava os seus movimentos com uma ternura jamais experimentada e, olhando para os meus filhos, procurava encontrar o mesmo tom de pele, o mesmo desenho de olhos, a mesma maneira de andar do pai. A tristeza trouxe-me um silêncio muito mais profundo e pesado do que todos os já conhecidos. Tinha a impressão de viver sob a ação de entorpecentes. De falar quase nada, a minha língua, repousada, grudava-se aos cantos da minha boca, como coisa dormida. A minha alma sofria e eu tinha vontade de arrancá-la e fazê-la respirar fora do meu corpo. Eu já vivia o fim, antes de ele realizar-se.

A família reuniu-se para discutir e providenciar meios que contornassem o diagnóstico fatal. Opinaram sobre todos os aspectos, todos os ângulos, mas caíam sempre no ponto essencial. Era um condenado. Eu submergia na mais objetiva e minuciosa análise da surpresa e da emoção transparecida na face e no timbre de voz de cada um. Acompanhava as expressões de cruciante tristeza do meu marido, mal disfarçada pela animação das palavras dos amigos. Tudo soava tão falso, desde as afirmações de cura até os programas leves e agradáveis a cumprir... Todos os dias reabria-se para mim um novo ciclo de experiências totalmente diversas. Enojava-me ouvir falar tanto na vida, no futuro, nas determinações pessoais, nas realizações, nos projetos, com uma ignorância e uma leviandade de espantar. "Doença não tem importância. Para isso há médicos e remédios. Eu, por exemplo, não me altero quando estou enfermo. Tenho uma ponte para construir, quero comprar uma casa, um automóvel e daqui a cinco anos estarei rico!" E outro continuava: — "O pior da doença é acreditar nela. Enquanto não ficar instalado com segurança na vida, não permitirei que doença tome conhecimento do meu corpo. E por isso não quero saber de médicos". Eram frases ditas pelos amigos. Eu sentia a inconsciência agressiva daquela gente e envergonhava-me das suas incontinências. Como programar o destino incontrolável? Seria necessário um ritmo perfeito e uma sequência incorruptível de acontecimentos dirigidos pela nossa vontade, para alcançar qualquer desejo. E acontece que nem nós mesmos conseguimos conservar esse ritmo, porque o que desejamos e sentimos amanhã são necessidades e ambições inteiramente opostas às de hoje. Essa afirmação constante e desenfreada de amor à vida, eu não podia compreender. Como, e de que forma amá-la, que não fosse o seu lado atroz e miserável? Mas isso seria morbidez! Amá-la incondicionalmente, submissamente, esperando como uma faminta por um gesto, e recebendo sempre a negação de tudo que ambicionamos dentro dos melhores intuitos e pensamentos? Amá-la porque nos nega tudo? Toda paisagem necessita de perspectiva. Quem está na distância goza da harmonia. Eu não podia amar a vida, porque estava tão unida às suas crueldades e surpresas fatais que a perspectiva não se fazia. Olhava-me a mim mesma, com a lonjura de quem se sentisse já morta e com uma profunda repugnância de toda a revolta da minha carne. Que valiam o meu corpo e a minha mocidade? Sim, amar a vida!... Pelo que nunca me deu! O meu orgulho acre de miseravelmente roubada por ela, não permitia submissão nem amor. Eu vivia em agressivo silêncio. Às vezes os acontecimentos me pareciam uma dança nascida de uma inspiração individual, uma estilização de comoções e choques particulares. E, nessa troca de prazeres dolorosos, eu conseguia fazer um prodígio de arte. Sob a coreografia tenebrosa, a angústia batendo nos meus ossos, o medo das forças misteriosas da surpresa ameaçadora, o pânico do espírito exangue, o terror batia ritmadamente no meu ser. Grandes espetáculos do meu íntimo! Muitas vezes me perguntei por que continuava a viver, se nada me prendia à existência. Depois aquietava-me com a necessidade. Sim, a necessidade de ser o instrumento mais suave na vida dos meus filhos. E seria eu suficiente para desviar das suas almas as tristezas, os desencontros, os conflitos, as frustrações e as lágrimas secas? Se ao fim da vida ficasse demonstrada a minha completa inutilidade nesse sentido, eu estava certa de morrer na mais terrível das trevas de mim mesma. E a vida mostrava-se impiedosa.

A princípio meu marido não se deu conta da extensão da gravidade do seu estado. Já havia passado pelo primeiro e aterrador susto, e a tendência que todos temos para pensar que a morte é sempre para o vizinho deu-lhe uma certa distância da realidade. Aos poucos, ela foi chegando pelas mãos do sofrimento físico que o torturava. Entreguei-me a ele de manhã à noite. Não me afastei um só minuto. Uma chaga fétida e extensa abriu-se sobre o seu peito. Era proveniente dos remédios usados em profusão. Lavava-a várias vezes em vinte e quatro horas e olhava as suas carnes derretendo-se antes do coração estancar. Acamado, emagrecia de hora em hora. Aquele corpo de homem atlético e bem-conformado, de linhas vigorosas, murchava aos meus olhos como planta cansada. Muitas vezes a doença trazia-lhe uma excitação sexual incontrolada. Como um remédio que suavizasse a sua inquietação, eu entregava-me, sentindo nas minhas entranhas a febre escaldante do seu corpo em despedida. Eu era a sua mulher e precisava rodeá-lo de todas as ternuras e suprir todas as necessidades que tivesse. Sentia na minha pele o suor pegajoso, e aquele arfar rouco de quem já está vazio de vida. Atirava-me de encontro aos maiores desesperos e alucinações. Esforçava-me para parecer normal e aceitar os seus desejos sem pensamentos e conclusões. Os seus restos de virilidade derramavam-se nas carnes do meu corpo; eu sentia o seu hálito seco e febril, e o terror me dominava pensando que, pela excitação, o seu coração sofresse um colapso. Tortura indescritível e abençoada.

Nesses instantes a minha lembrança misturava-se com o meu tempo de noivado, quando vi que ia ser mãe, quando recordei que aquele mesmo corpo, diminuído e fanado, muitas vezes fora entregue à outra, que eu conhecera e vira na mais concreta realidade. Agora era necessário não faltar, mesmo que depois a minha alma corresse para o infinito e ficasse eu apenas uma forma ambulante. Quanta beleza e quanta poesia dolorosa, mas violenta e forte, cercou-me nestes agudos momentos!... A vida escrevia em mim gloriosos documentos, e eu não podia fugir a essa preferência.

Meu marido recebia os amigos de sempre, que se revezavam nas visitas, e pude notar as mudanças do seu pensamento para um sentido mais profundo e mais fiel à sua alma. Cobria-se de uma grandiosa humildade, afastando as qualidades que morrem com a carne e elevando as que engrandecem o espírito. Via com mais nitidez os desencontros das suas puerilidades, tornou-se mais compreensivo e mais humano. Acompanhava com um olhar carinhoso e arrependido todos os meus movimentos, atendia sem protestos aos pedidos que eu fazia para aceitar os remédios que sabíamos inúteis. Eu sempre fui magra. Naquela época, as preocupações, os silêncios pesados, os conflitos e os doze anos de loucura da sua família transformaram-me numa coisa esgarçada. Eu estava fisicamente diminuída. A minha aparência não era a de mulher mãe, era a de uma menina na puberdade anêmica. O sofrimento desengonçou-me, tornou-me pálida e com olhar de sonâmbula.

A mãe do meu marido tinha motivos, então, para desesperar-se, e chegou ao auge da sua expansão nervosa. Não queria aceitar, de forma alguma, o acontecimento. Forçava, como autodefesa, a convicção de que o filho não estava perdido como diziam os médicos, e falava, andando noite e dia em redor da sua cama:

— Eu estou calma. Muito calma. Os descontrolados são vocês que estão vendo fantasmas numa gripe sem importância. Façam como eu, que de tão calma e serena os próprios médicos me admiram e me elogiam. — E descobria o filho, mandava que se levantasse, segurava no seu pulso, colocava a mão na sua testa e traçava programas para passeios. Elogiava-se da sua força moral e contava com riqueza de detalhes o bem que havia espalhado durante a sua vida, entre os seus semelhantes. Irritava-se porque o filho ficava imóvel e culpava-o da própria enfermidade, invocando coisas sem nexo num tempo desconhecido. Relembrava os conselhos sábios que sempre havia dado como mãe extraordinária que fora e repetia num tom de mártir todas as cenas a que eu há quase treze anos vinha assistindo sem interrupção. Colocava-se como juiz supremo do filho, condenando-o e culpando a irmã solteira das mais graves faltas, chegando mesmo a deblaterar contra a sua própria mãe falecida, qualificando-a de pusilânime, e parte culposa na doença atual do filho.

Quando chegavam os amigos do meu marido, ficava ela a contar para cada um as suas histórias, as suas penas e as suas revoltas, e a frisar que a doença do filho era preguiça e falta de força de vontade. Pedia que o obrigassem a levantar-se. Enchia o quarto do doente de imagens, flores, terços, crucifixos, e volta e meia obrigava os presentes a se ajoelharem para rezar a oração dos moribundos. Trouxe um hábito de São Francisco, escovou-o, remendou algum estrago e pendurou-o no armário, já pronto para vesti-lo quando o filho morresse. Fotografias de parentes falecidos foram espalhadas entre os vidros de remédios. Movimentava-se entre a vontade de se convencer de que o filho não estava enfermo e a convicção da sua morte imediata. Eram contradições espantosas e alucinantes. Eu flutuava naquela loucura sem paralelos, e largava-me na ideia de haver perdido toda a sensibilidade.

Meu marido sofria dores atrozes e lhe foi ministrado um entorpecente como medida de caridade. Passou ele, então, a esperar a morte e a aplicação do medicamento que o aliviava. Um dia a mãe do meu marido achou que era uma imprudência continuar a acalmá-lo com tais remédios e proibiu que eu os aplicasse. Depois de certificar-me com os médicos, mais uma vez, de que tudo estava perdido e que poucos dias lhe restavam de vida, eu mesma apliquei a injeção. Recebi o seu olhar agradecido. A sua mãe porém achou que, em vez de amenizar as suas dores bárbaras, devia eu aplicar-lhe óleo canforado. Não tive receio de nenhum julgamento, de nenhuma condenação. Não lhe dei fortificantes para manter, penosamente, aquele fio de vida. Suspendi, por minha alta deliberação, todos os medicamentos e aplicava-lhe unicamente o sedativo. Eu precisava ser humana, já que não podia tornar-me um deus e devolver-lhe a saúde. A responsabilidade nesta hora avolumou-se de uma forma tenebrosa, mas eu já suportara outros pesos — e este me parecia leve e benéfico.

Dias havia em que a loucura da sua mãe tomava outro rumo. Creio que ficava possuída de uma espécie de excitação sexual, porque as suas conversas se fixavam no seu tempo de casada, com estranhos detalhes. Falava com o filho, como se estivesse falando com o marido falecido há muitos anos. Tratava-o como a um esposo. Descrevia com requintes a sua beleza na noite de núpcias, nas fascinações que aquele homem tinha demonstrado por ela, nas delicadezas íntimas que recebera, e estendia-se com apuro sobre os seus gostos e preferências.

Depois derivava a conversa para ela mesma. Descobria os braços e lamentava que sendo eles tão belos, alvos e torneados, estivessem escondidos sob mangas compridas e ásperas, e assim ninguém podia apreciá-los devidamente. E os seus cabelos? Achava-os lindos, brilhantes, ondulados e fartos. E com ar desconsolado revoltava-se por tê-los escondidos e repuxados sob um véu preto. Seus pés eram como "duas pombas". Leves, finos, macios e flexíveis, e também era obrigada a prendê-los, em sapatos grosseiros. E nesse relatório da sua beleza física acrescentava as suas virtudes morais. "Eu sou como uma esmeralda sem jaça" — dizia. Aclamava o seu desprendimento das coisas do mundo, porém, escondida, usava cosméticos e tratava do seu corpo como qualquer mulher apegada às mínimas vaidades. Apanhada às vezes, de surpresa, usando um creme ou um pó cheiroso, explicava que o experimentava para certificar-se de que não faria mal à pele de uma menina pobre que lhe pedira para comprar esse ou aquele creme. Nós já conhecíamos as explicações. Foi a criatura que mais vi se amar. Era muito comum estar a mãe de meu marido falando de si mesma e, inesperadamente, tombar num acesso de loucura. Bastava que o filho risse da sua vaidade ou que a repreendesse delicadamente sobre um assunto que ela comentava com inconsciência.

Com a sua doença, os motivos de alucinação da mãe do meu marido foram ampliados. Se por acaso sobrevinha um acesso de tosse, ela se enfurecia. Culpava-o de tossir pelo prazer de agoniá-la. Afirmava que só havia intenção de trazê-la aflita, e à medida que a tosse crescia ela se desarvorava, praticando cenas dramáticas. Nem sempre os acessos amainavam com remédios ministrados, e chamava então o filho de nervoso, histérico e perverso, pelo simples fato de não conter a manifestação da sua enfermidade.

— Era isso mesmo. Habituou-se a não me obedecer, acostumou-se a contrariar-me nas menores coisas. Isso é obra daquela malvada — referia-se à irmã — que nunca teve outro intuito senão o de me perseguir. Fez dos meus filhos instrumentos das suas perversidades, insinuando-lhes a desobediência.

Meu marido estava já muito mal, quando um dia, por um motivo imperceptível, a sua mãe cometeu a maior impiedade, sem noção do que fazia. No auge de uma briga, na qual o meu marido quase não tinha forças para responder, ela ficou de pé à beira da sua cama e começou a justificar a sua doença como castigo e como vingança de Deus àquele "filho ingrato e criminoso".

— Por que você imagina que está doente de uma peste? Sabe por que vai morrer? Sabe por que vai deixar os seus filhinhos na orfandade? Sabe por que está sofrendo de dores que não há remédio que melhore? Não sabe? Pois vou dizer. É porque praga de mãe vinga. Deus trouxe o castigo que desejei. Quando eu sofria com a sua ingratidão e com as suas injustiças, defendendo outras pessoas contra mim, pedi a Ele que lhe desse sofrimentos, doenças, desgraças e ruínas. Pedi vingança divina sobre você, sobre os seus filhos, sobre a sua mulher e os seus amigos. Você já imaginou morrer e deixar a sua mulher moça entre esses... amigos? Já calculou o que ela fará, "coitadinha", inexperiente, cercada de homens que não vêm à sua casa pelas suas lindas palavras, mas porque a sua mulher é moça e em pouco tempo estará livre? Eu não me engano. Vejo tudo. Agora, experimente morrer tranquilo!

Procurei, com as minhas forças quebradas, tirá-la do quarto. Ouvi a sua voz do outro lado, forçando as paredes. Olhei para o meu marido arquejando de pavor e não encontrei uma única palavra que interrompesse a sua aflição. Lembro-me de que ele cerrou os olhos, contraiu a fronte e, com dificuldade, entrelaçou as mãos, apertando-as num sinal de desespero. Vi quando as lágrimas brotaram entre as suas pestanas, quando os seus lábios tremeram e quando um soluço fundo rebentou no seu peito. Momentos depois entreabriu os olhos, fitou-me numa interrogação muda, onde adivinhei a cruel dúvida lançada, e com voz arquejante falou:

— Eu sempre disse que não podia viver sem a loucura da minha mãe, porém essa mesma loucura é que me está levando à sepultura. Se eu pudesse controlar os seus acessos até o limite em que esses espetáculos não me destroem, eu poderia ter assistido a cenas de grande beleza. Mas... transbordou e me atingiu a alma. Você acredita que ela tenha dito todas essas coisas, sabendo o que disse? Você observou, durante todo o tempo em que os nossos amigos frequentaram a nossa casa, se algum deles demonstrou que a minha mãe está com a razão?

Eu me sentia sonâmbula. O meu corpo dormente não tinha reação. Com esforço procurei distraí-lo daquelas palavras tão cruéis. Meu marido sempre havia sido um filho bom, cordato, extremamente paciente e delicado. Se alguma vez manifestou irritação, foi em consequência do ambiente saturado de brigas pela madrugada adentro. No fundo ele sofria brutalmente com esse drama de família, e estou certa de que sempre desejou gozar de uma harmonia doméstica acentuadamente burguesa, onde não houvesse grandes problemas nem conflitos sem solução. Talvez a atração que dizia ter pela loucura da sua gente não passasse mesmo de uma frase. Era um homem muito inteligente, com sensibilidade e imaginação, e o seu potencial artístico não necessitava daqueles espetáculos impiedosos para maior desenvolvimento.

Passada uma hora, quando a sua emoção havia enfraquecido, a sua mãe apareceu no quarto. Trazia suco de frutas para ele. A princípio rejeitou, porém temeroso de que ela interpretasse mal a sua recusa, acedeu em tomar o líquido. Mas, ao primeiro gole, uma dor cruciante o prostrou. Eu expliquei a impossibilidade que ele tinha de engolir. O meio era alimentá-lo por gotas. Embebi uma gaze no suco de frutas e, gotejando na sua língua, consegui que tomasse a medida que cabe numa pequena colher. A mãe irritou-se com aquele sistema de alimentação e julgou que dependia apenas de força de vontade do doente, para vencer a dor provocada pela chaga da sua laringe. — "Esqueça o nervoso e faça um esforço, porque tudo isso é impressão. Não está assim tão doente que não possa tomar um líquido". E repetia continuamente, andando de um lado para o outro: "Faça como eu, que não sei o que é nervoso. Os médicos se admiram da minha serenidade, é através dela que eu ainda estou viva. Se você seguisse o meu exemplo, não estaria na cama. Se não fossem os meus nervos perfeitos, eu já teria morrido de sofrimento pelas perseguições cruéis da minha própria família. Até mesmo a sua injustiça já provocou no meu coração três falsos colapsos, entretanto eu perdoo tudo porque você é nervoso e não sabe o que faz."

Eu tive vontade de abrir a boca e gritar. Que coisa espantosa movimentava aquele ser! Que mundos inversos trazia à visão! Que realidades desconexas envolve um cérebro doente! A conversa dessa mulher, diante do seu filho quase moribundo, dissolveu por completo o meu raciocínio. Senti que não havia nenhuma forma de fazê-la vir à tona dos acontecimentos. Ela vivia outra vida, ouvia outras vozes, via outras formas, misturava o tempo, valorizava desmedidamente as coisas sem valor e aumentava, em dimensões incalculáveis, outras, sem importância. A sua personalidade estilhaçava as emoções alheias e desviava para o abismo os sentimentos e as convicções, manchava a pureza e negava tudo o que nascesse do seu cérebro alterado. Eu assistia paralisada àqueles fatos, procurando na minha percepção um ponto de base. Desejava penetrar, pela intensidade do espírito, na representação daquilo que já estava na consciência como dados reais, para dela servir-me na elaboração e distensão do conhecimento. Diante das cenas eu tive longas e demoradas reflexões. Assimilara experiências da infância, da puberdade; e agora essas todas, ligadas a contínuas surpresas e espantos, deveriam fatalmente provocar em mim um processo de transformação do obscuro em claro. Eu recolhia os elementos exteriores que me rodeavam para esculpir as minhas sensações. Sentia um apelo incontido por alguma coisa que estava além do constatado. No fundo do meu pensamento, eu pressentia que algo mais do que a correspondência ligada aos objetos e às pessoas, permanecia. Aquele contínuo ambiente de loucuras diversas e complexas atiçava na minha personalidade uma espécie de curiosidade de explorador que se arrisca a todos os perigos.

Desejava investigar as minhas profundidades para chegar a tocar no conhecimento de regiões ignoradas, para dominar esse próprio conhecimento. Toda aquela variedade de experiências maciças, a multiplicidade de reações da loucura, os desesperos e sofrimentos, serviam apenas como dados elementares ao problema da minha essência. Observei que a única coisa realmente viva que eu possuía era a percepção imediata à consciência do meu eu como força e movimento livre no espaço e no tempo. Coloquei-me ereta diante da realidade minha e dos outros. Flagelei as minhas vaidades, esbati as cores vivas das ações que julguei trazerem alguma soma a meu favor, analisei duramente o tabu da minha maternidade, esquartejei o meu caráter, os meus impulsos, desmascarei as minhas virtudes e reduzi tudo apenas a hábitos adquiridos por ensinamentos e circunstâncias. Quis ver de perto se na verdade eu era uma causa própria e consciente ou imanente que girava nesse todo como acessório. A maternidade não era coisa dependente nem exclusiva de mim. Os meus filhos estavam num plano de valor muito acima desse fato biológico. A eles eu devia todas as obrigações e atenções. Meu pensamento vivia de indagação a indagação, e eu tinha receio e até uma certa vergonha de aceitar um autojulgamento que me facilitasse reconhecer qualidades de caráter, de espírito, de inteligência ou a de ressalvar virtudes naturais.

Detinha-me na dúvida de algum dia olhar a vida com simpatia e agrado. De que me valeriam as alegrias ou os improváveis encantamentos do futuro, se eu já me sentia uma coisa apodrecida? Tinha filhos, é verdade, e neles deveria concentrar o único estímulo. Mas era preciso não esquecer que nunca fui mulher de derivativos. Era humilhante, para eles, transportar todos os meus fracassos, a minha ruína interior, o meu desgaste de crenças, as minhas frustrações para as suas existências. Seria alimentar uma vida inútil e desprezível à custa das deles, como uma repugnante parasita. Seria como quem sofre um completo fracasso e se dedica a uma obra de caridade. Não, as deformidades, os aleijões devem ser eliminados para que os sadios e os perfeitos vivam num mundo calmo e tranquilo. Só podemos fazer o bem quando a alma é feliz, participa e funciona num ritmo de harmonia com os gestos exteriores. Derivar o meu sofrimento e decepções para eles seria subjugá-los a tábuas de sobrevivência. A maternidade para mim tinha um sentido mais alto de dever, continha um sentimento de humildade e não de recuperação nem obrigações da parte deles. A maternidade não era uma resposta clara às minhas aflições.

À medida que o meu marido piorava, a nossa casa transformava-se num contínuo *grand-guignol*. Quando sua mãe não discutia, falava sozinha pelos cantos, com várias e diferentes vozes. Quem estivesse ao longe podia afirmar ouvir quatro ou cinco pessoas em confabulação. Frases, risadinhas, cochichos, arrumação de cadeiras e móveis e às vezes gargalhadas entremeadas de gritos de reprovação. No ar, um cheiro de éter, remédios, tosse fraca, tudo congregando-se para aumentar a pressão descomunal sobre o meu ser. Passei a viver com a alma acuada num canto, como um animal apedrejado.

Aproximei-me de um grupo de amigos e do médico.

"É horrível. Não há resistência possível. Mas é necessário que a vejam como ela é. Uma louca desvairada" — diziam.

Tremendo como uma condenada, pedi auxílio para a minha exaustão.

"Paciência é a única forma de auxílio que podemos mostrar. É tão estranha essa figura, que há dias entrou no meu consultório levando um vidro, acusando-a de envenenar o seu marido com o conteúdo daquele recipiente. Alarmado com a declaração, levei o material para o laboratório e constatei que era... terra. Depois, pelas contradições e pela história fantástica narrada com detalhes imprecisos, reconheci que estava diante de uma doente mental. Nesses dias de maior convivência, neste ambiente, posso dizer que não me enganei."

O médico falava como se eu conhecesse esse fato. Cada palavra proferida levantava no meu ser uma revolta inenarrável. Como? Eu, acusada de envenenar aquele que representava toda a minha vida, toda a única beleza da minha existência!... Nos primeiros momentos fiquei surda, depois senti que ainda havia sangue no meu corpo. Se a montanha ao lado da minha casa tivesse desabado e aberto o solo de alto a baixo, eu não teria sentido abalo maior do que aquela revelação. Tive um ódio que me deu a medida de que estava ainda viva. O meu desejo foi apertar a garganta da mãe do meu marido até vê-la caída. Tive ímpetos de sair e andar até gastar o meu corpo numa caminhada ao infinito. Corri ao quarto do meu marido e parei diante da sua cama. Frente àquela fisionomia que eu respeitara e amara, agora eu via um inimigo cruel que me obrigava, conscientemente, a viver no estraçalhamento dia a dia, e estranha perturbação se apoderou de mim. Com o olhar fixo naquele corpo indefeso, eu não disse uma palavra. O meu silêncio foi mais duro do que todas as queixas e todas as recriminações que eu pudesse ter feito. Olhei para os seus pés descarnados e transparentes, para as suas mãos lívidas com a aliança frouxa no seu dedo, para a gaze que cobria a grande chaga do seu peito e pensei: "Egoísta. Vai deixar-me nessa tortura sem limites, esperando que eu faça o quê da vida?" Com dificuldade, ele virou o seu olhar amassado pelas insônias como se me dissesse — "Não sabia que chegaria a tanto!" Depois vi que não tinha apertado o pescoço da mãe do meu marido e continuava ao seu lado, sem caminhar na estrada do infinito. Toda trêmula, oscilei como árvore espancada, suspendi os braços e abracei-me como naquela noite em que minha mãe teve o seu último filho, quando eu me senti tão completamente só que precisei apertar o meu próprio corpo para acreditar que ele existia. Muda, olhei para todos, olhei para os móveis, para o chão, olhei para uma rosa que alguém havia trazido e eu colocara num copo, e depois olhei novamente para o rosto do meu marido. Confusa, como se compreendesse de um arranco que tudo se fizera e tudo já fora dito, saí para o quarto ao lado e sentei-me numa cadeira sozinha. Eu não tinha nesse momento repulsa por ninguém. As queixas se desmancharam subitamente. Eu tinha um olhar de desprezo, de ódio, de nojo contra a única mais forte do que eu: a vida.

Em frente da janela eu via que a tarde caía. Várias tonalidades cobriam o morro fronteiro. A brisa varria com doçura os tufos de capim e os pequenos arbustos que brotavam, teimosos, sobre a pedra. Tudo brotava e vivia, até mesmo o capim era verde e viçoso. A própria pedra deixava-se cobrir pelo musgo úmido. A brisa passava e não entrou no quarto em que eu estava sentada, olhando para aquele mundo de vidas e de harmonias.

Os acontecimentos continuavam transpondo os obstáculos da minha vontade, dos meus desejos e das minhas aflições. Eles estavam resolvendo e solucionando os meus problemas, sem a minha interferência direta.

Oito dias antes da morte do meu marido, notei que a sua mãe andava muito atarefada e saía o dia inteiro. Eu desconhecia a sua ocupação. Andava com ar apressado de quem necessita, num tempo curto, resolver alguma coisa importante. Lia papéis, amontoava outros, e reparei a sua fisionomia inquieta, onde, às vezes, um traço de alegria se revelava no brilho estranho dos seus olhos.

Na semana em que o meu marido morreu, ele chamou-me quando os seus amigos estavam reunidos junto dele. — "Sempre afirmei que a minha mulher não tinha conteúdo poético, nem possuía qualidades de sensibilidade capazes de satisfazer a um homem como eu. Várias vezes disse que lhe faltava romantismo, sem negar entretanto que era uma boa mãe e ótima companheira. Estava enganado. Nesses últimos meses eu a conheci. Verifiquei que ela possui tudo que eu negava. As suas falhas são naturais na sua idade, e até o seu gênio impulsivo e o seu orgulho são qualidades imprescindíveis à sua personalidade e à própria defesa da vida".

Não sei se realmente ele viu essas qualidades ou se foi uma forma de se desculpar diante da morte e dos amigos, pelas injustiças e pelos desajustamentos que tinha levantado e cultivado na minha personalidade durante os anos de convivência. Aceitei a explicação do seu engano quase com naturalidade e até mesmo com um pouco de humilhação. Preferia que ele tivesse morrido sem reconhecer intimamente ou de público as minhas forças. Elas eram minhas e não iriam ser aumentadas por uma declaração de moribundo. Talvez fosse a maneira de apagar da memória dos amigos uma espécie de depreciação a um objeto a que ele toda a vida negara um valor intrínseco. Eu via naquilo uma recuperação de proprietário, uma vaidade de quem possuía uma coisa e deseja declarar que aquela coisa valia mais do que outras. Eu sabia que não era nada especial como pessoa humana. Entretanto, a afirmação, durante anos seguidos, da minha falta de sensibilidade para a vida, falta de sentimento poético, sempre me deu uma profunda mágoa. Explicar não é bem do meu temperamento. Talvez seja a volúpia de ver as pessoas errarem e se diminuírem aos meus olhos. Só me disponho a esclarecer quando da minha explicação advém a tranquilidade para o coração de alguém. E assim mesmo, quando esse alguém merece os meus cuidados. Até aquela data, todas as pessoas que viveram na minha casa e tiveram uma convivência diária comigo, nunca notaram que eu possuía a única coisa realmente verdadeira e incontida: o sentimento poético. Não possuía virtudes. Possuía um dom. O meu marido achou melhor justificar o seu engano a meu respeito, fazendo-me culpada de não haver há mais tempo esclarecido a minha personalidade. Queixou-se de me haver guardado em mistério para ele, de jamais ter tido uma conversa mais profunda que denunciasse o grau da minha inteligência e da minha compreensão. Eu era a culpada do seu erro. Silenciosa e exausta, permanecia sentada ao seu lado, olhando para o chão manchado de remédios e desinfetantes. Tinha uma certa vergonha da nudez das suas palavras. Preferia que nunca tivesse dito que não percebera o que estava tão dentro dele durante treze anos! Levantei-me, estendi a minha mão aberta sobre o seu rosto, bem junto dos olhos.

— Vê a minha mão?

— Sinto, mas não vejo. Está muito próximo.

Afastei-a dois palmos.

— E agora?

— Agora sim. Vejo-a perfeitamente.

— Eu estava tão junto a você que não permitia a perspectiva. Com a distância, você percebe os detalhes mais imperceptíveis.

Ele abriu os olhos, fitou-me e ensaiou um sorriso de quem aceitava a explicação.

Esses momentos me pareceram longos e violentaram o silêncio que eu já me habituara a amar como consolo. Não reparei no rosto dos seus amigos, nem sei se tiveram alguma palavra a meu favor ou a favor dele.

Seu estado foi se agravando, e numa noite deu o primeiro passo para a sua tremenda agonia. Eu vi a luta espantosa do deslocamento da alma do seu corpo. Pensei em tudo que o afligia naquele momento. Recordei as palavras de dúvida que a sua mãe havia implantado no seu espírito dias antes. Calculei a sua aflição pelo que me havia feito passar quando se distanciou dos meus mais grandiosos sentimentos. Segurei nos seus pés e senti quando começaram a esfriar, vi quando o suor grosso e pegajoso brotou dos seus poros, a lágrima volumosa e parada no canto dos seus olhos. Assisti ao nascimento do ronco das sombras eternas subindo no seu peito como um gargarejo tétrico. Percorri com as mãos aquele corpo definhado que começava a esfriar. Acompanhei o ritmo impressionante dos arrancos do seu espírito, quando, em certo momento, a sua respiração fazia-se mais profunda como se fosse o último conteúdo de ar que lhe atravessava os pulmões. Observei a passividade gradativa do seu olhar. Eu passava a mão pela sua testa e sentia o suor como visgo e o seu hálito impregnava o ambiente de um odor de terra apodrecida. A noite terminou e a sua agonia perdurava. Os amigos e eu permanecemos todo o tempo ao seu lado. Sua mãe rezava, com voz dolorosa e pausada, uma ladainha interminável. Antes da metade do dia, aquele homem admirável, de inteligência rara, de talento surpreendente, de qualidades incomuns, aquele homem tão amado por mim, a quem eu havia dado toda a frescura e beleza do meu primeiro amor, partia, desatando a vida dos sofrimentos físicos e morais. Lembro-me de que encostei a cabeça na parede e deixei-me escorregar, lentamente, até ficar de joelhos ao seu lado. Ele levava a parte mais bela, mais intensa e mais pura de toda a minha existência. Restavam-me os sentimentos manchados, enfraquecidos pela premeditação e completados pela desconfiança e suspeita.

É terrível assistir aos movimentos lentos que a morte faz sobre um corpo, quando esse corpo faz parte da nossa própria existência. A forma se relaxa e parece uma coisa largada e sem ossos, os vestígios da vida saem bruscamente do olhar, os coloridos da pele dão lugar a um tom esverdeado, os cabelos pastosos vergam-se murchos como a relva sem água e, depois, num soluço de dor da alma, uma existência para. O vácuo só tem realidade concreta no segundo que precede à morte. Comecei a sentir um forte cheiro de mofo e alguém livrou o seu corpo dos lençóis. Despiram-no. Senti uma dor fina e aguda penetrar nos meus olhos quando reparei nas suas formas consumidas. Tinha o aspecto de um menino antes da puberdade. Tudo era tão manso naquelas formas que até o seu sexo era puro e inocente. Quantos pensamentos de harmonia e grandeza invadiram o meu ser! Eu também era pura. Lembrei-me dos meus filhos e lembrei-me da minha infância, quando eu desejei ser árvore, lembrei-me quando o amei e, nesse dia, evitei esmagar as formigas sob os meus pés, lembrei-me da sensação estranha que tive quando o primeiro filho fez o primeiro movimento no meu ventre, lembrei-me do meu susto quando adoeceu, lembrei-me da mágoa que guardava porque ele jamais me vira com forças poéticas, lembrei-me do dia em que fui à casa da criatura que ele amava, para levar-lhe um recado que só eu, a sua esposa, podia transmitir, e lembrei-me da escuridão tenebrosa que me rodeava na vida.

Eu não ouvia nada. Nem mesmo a batida do sangue em minhas veias. O mundo desfalecera de cansaço, levando-me arrastada. Depois, aproximei-me da cama onde ele estava para verificar se era mesmo verdade que nada mais havia naquele lugar, se não fora um pesadelo, e passei novamente, com os olhos fechados, as mãos sobre o que ali estava. Não encontrei obstáculos para a verdade.

Onde eu estava exatamente naquele momento? Para onde iria? Procurei uma cama para deitar-me, um canto para chorar e gemer. Chorar baixo e medrosamente, como uma criança órfã, abandonada e miserável, a quem não dão o direito de chorar. E chorei com humildade. Horas passei atirada contra mim mesma, e depois pensei que era necessário reunir todos os restos das minhas forças e recolher os meus sentidos desarvorados e esparsos que ameaçavam fugir-me.

O dia estava claro, um sol límpido e quente, as cigarras cantavam em competições enervantes, o azul do céu era demasiadamente azul e nítido para os meus olhos. Ao longe eu ouvia vozes de crianças brincando e uma lavadeira cantando para amenizar o seu trabalho. Tudo continuava perfeitamente bem, e a vizinha chamava insistentemente os filhos, repisando que estavam atrasados para a escola. A única interrupção tinha-se dado comigo.

As minhas mãos guardavam aquele frio pegajoso da testa do meu marido. Quis experimentar o meu tato e apertei o braço da cadeira ao meu lado e os meus dedos reconheceram os seus contornos. Eu não sabia como terminaria aquela espera angustiosa que me jogava em outra realidade. Em redor dos meus ouvidos, volteando como em círculo, eu ouvia o ronco inumano que brotara do seu peito na agonia da morte. Parecia-me vir de outros mundos. Alucinada, levantei-me precipitadamente e comecei a andar de um lado para outro no exíguo espaço do quarto. Parecia que o chão ia mudar sob o meu corpo, e o próprio chão revelou-me insegurança. Vencida, abandonada dos meus sentidos, eu era um amontoado de traços mortos, gestos sem reflexos, num desenho esquálido e balbuciante diante de mim mesma, guarnecida de sombras impenetráveis.

Olhei a mãe do meu marido que sofria terrivelmente naquela manhã e tive por ela uma sincera e profunda piedade. Estava sendo golpeada pela segunda vez em seu coração materno. Abracei-a com ternura e beijei a sua testa.

Uma hora depois, o meu marido estava arrumado e vestido pelos amigos, e vi quando pela minha casa entrou um suntuoso caixão funerário. Soube então que na semana antecedente à sua morte, quando a minha atenção foi despertada para as saídas frequentes e demoradas da mãe dele, preocupada com papéis e notas, andava realizando um trabalho macabro. Com antecedência de dias, ela providenciara a abertura da sepultura da família e havia ordenado que a terra fosse peneirada para que os ossos do outro filho não se misturassem com as carnes daquele que ainda vivia! Soube que tinha arrumado caprichosamente o fundo da sepultura com flores, fitas azuis e pequenas imagens de santos. Havia escolhido o caixão com minúcias. Madeira de lei para o tempo não destruir com facilidade, forrado de seda brocada com motivos de hera — simbolizava amor eterno; as alças de prata, para mais tarde serem guardadas como lembrança. Enfim, uma ocupação dantesca. Ficamos ouvindo aterrorizados aquela narrativa. A irmã solteira escutava tudo aquilo com ar de fingida admiração pela coragem "só igualada à de Santa Rita de Cássia". Enalteceu aquele exemplo de submissão à vontade divina e não viu naquele preparo cuidadoso e mórbido senão motivos de santidade edificante. "Vocês se impacientam quando ela se descontrola nos nervos, mas devem convir que não existe uma alma tão preparada no sofrimento e tão digna de subir as escadas e alcançar o céu quanto a dela." Senti uma sutil recriminação a mim, pelas vezes que reagi às loucuras daquela criatura.

Concordei que o seu sofrimento fosse enorme, concordei com o descontrole dos seus nervos, não concordei, entretanto, que ela se tivesse servido da vida do filho e de outras pessoas como escada para o céu.

Normal seria que uma mulher, na expectativa de perder o seu segundo filho, encontrasse nisso motivos suficientes para desesperar-se e imobilizar-se na dor. Mas o trabalho feito oito dias antes da morte do meu marido, a preocupação na escolha do caixão, o detalhe do forro de seda, a qualidade da madeira, o requinte de peneirar a terra da sepultura... isso me pareceu completamente desvairado. Forjar durante toda a vida um ambiente de desespero e alucinação, provocar sofrimentos com o intuito de ganhar o céu, à custa da existência de outros, também me pareceu uma espécie de chantagem.

Como eu estava exausta, retirei-me para o quarto dos meus filhos, em companhia de dois amigos que permaneciam em nossa casa nas últimas quarenta e oito horas. Mais tarde, durante o velório, chegou um fotógrafo encomendado pela mãe do meu marido e assistimos a uma cena penosa.

Ela comandava o profissional e escolhia os ângulos artísticos, como dizia, para fotografar o filho morto. Virava o caixão para a esquerda, para a direita, fazia o homem subir num tamborete para focalizá-lo de um plano mais alto e, com movimentos excitados, transformou aquele ambiente de tristezas em coisa um tanto festiva. Esse trabalho prolongava-se por quase uma hora.

Uma densa escuridão cobriu a minha alma e um temor estranho infiltrava-se nas minhas carnes machucadas e percorria todo o meu ser, criando um torpor que acovardava. Procurei um desafogo que fizesse desaparecer aquele constrangimento, doloroso e ridículo ao mesmo tempo, que me prendia, impossibilitando uma reação de lágrimas. Sentia um abandono de largos desertos. Meus olhos estavam secos e ardiam com o ar que parecia de fogo. Não encontrava no meu coração nada que explicasse a necessidade de abandonar-me num pranto violento. Tudo estava morto em mim. As sensações estavam apartadas das reações naturais.

— É bom terminar. Estamos ao lado de um morto.

Foi a única manifestação de desagrado que consegui coordenar.

Ela fitou-me com revolta e resmungou palavras que não entendi. Penteou o filho de diversas maneiras, como se o fizesse com uma criança ou um boneco.

Era preciso reunir as lembranças de um passado disperso em mil fragmentos e construir algum elemento com sequência real, para dar a mim mesma uma noção definida.

Alguém colocou o caixão mortuário no lugar e cobriu novamente o corpo com as flores. Sentada, eu acompanhava os movimentos dos vivos e tive a impressão de que eu também pertencia à atmosfera dos semimortos. O meu rosto estava seco, enxuto, e tive a impressão de ouvir estalidos na minha face, como se fosse a terra gretando-se no cansaço de esperar chuvas que não caíam.

Deram-me um remédio para dormir, mas o meu estado físico estava de tal maneira aniquilado, que não consegui repousar. De olhos cerrados, eu ouvia a voz longínqua da mãe do meu marido contando histórias e rezando a ladainha dos moribundos. Uma vez por outra fazia perguntas ao filho, a que ela mesma respondia. Mandava recados para os mortos da família e ria baixinho de alguma coisa que pensava escutar.

A monotonia lancinante daquela voz em surdina fazia-me desejar fugas desesperadas. Horas depois, o enterro saiu e eu não fui ao cemitério levar o meu marido.

Fui para o meu quarto. Olhei a cama onde ele havia estado muitos meses e onde se tinha livrado da vida. Os lençóis amassados, manchados de medicamentos, o cheiro de suor, os vidros de remédios e o repugnante odor de água-de-colônia que haviam esfregado no seu corpo. Abri o seu armário de roupas. Os seus ternos, as suas gravatas e as suas camisas deram-me o consentimento para um carinho com intimidade. Esfreguei as mãos nas suas costas, nos seus braços, e agarrei-me ao seu pescoço. Senti o seu corpo dentro daquelas roupas, e ao abraçar-me com as suas camisas foi como se me apoiasse ao seu peito, como um refúgio. E então senti as lágrimas correndo aos borbotões e espantei-me de conter tantas ainda no meu ser.

Deitei-me na sua cama e, olhando para o teto, comecei a pensar e a esperar. Agora, era esperar dentro da vida que, apesar de continuar com sol, chuva, noites, dias, alegrias e surpresas, para mim era igual, sem decomposição de tempo, de luz e de sensações. Tudo era uma massa escura e densa. Não haveria modificações dentro das lágrimas e preocupações. Perguntei-me a mim mesma: "Já sabes o que vais fazer? Agora será diferente. Como vais viver?" Não me respondi. Eu não sabia. Que espécie de conduta eu poderia tomar, se a conduta é uma soma de ações que não são exclusivamente determinadas por nós, mas pelas circunstâncias e necessidades?... Como poderia eu resolver um movimento que não me pertencia? Se eu pudesse nesse conjunto mudar o aspecto da minha vida e a estrutura do meu ser, muito bem, poderia fazer uma rota. Mas eu dependia da ação de muitos, de quase todos que me cercavam para saber, ou melhor, receber o sinal da conduta a seguir. E não poderia esquecer que à conduta deles eu teria que unir a soma de estragos que a vida tinha acumulado à minha sensibilidade. A minha vida até aquele momento havia sido apenas uma ação transitiva. Uma espécie de mudança contínua à procura da essência real. Sempre havia estado num conflito íntimo, procurando saber como verdadeiramente eu era, para tomar um rumo dentro da ação que independia de mim. Eu que possuía um grau agudo dos movimentos convulsos do meu mundo, que percebia e distinguia as coisas invisíveis, nos detalhes da minha sensibilidade, que vivia sob a impressão da intensidade e da qualidade como espécie e forma, eu que caminhava entre a variedade de emoções, não tinha alcançado o meu próprio conhecimento, nem percebido a minha própria conduta!... Cada pessoa guarda do impulso total da vida uma certa força e procura utilizá-la em seu próprio proveito. Mas essa reserva natural eu não sabia se existia. Se existisse, como deveria ser aplicada? Se existisse devia ser encaminhada no sentido de adaptação. Faltavam-me, entretanto, as bases do meu próprio entendimento. Eu possuía o dos outros, mas o essencial, que era o meu próprio, desse eu não podia traçar o mais vago croqui. Na arrumação do meu espírito era necessário antes de mais nada uma adaptação dos meus pensamentos.

Habituara-me a ver esfacelar-se nas minhas mãos todos os meus planos e sentia em tudo um secreto desapontamento e lassidão. Lembrei-me da mulher estranha que aos meus sete anos havia profetizado sofrimentos atrozes sem que eu os tivesse provocado. Nesse momento, senti o choque de várias almas querendo tomar de assalto o meu corpo. Vi quando a menina sorriu dentro de mim e só desejou ser boa e alegre, quando a outra quis apenas amar com pureza e encantamento; vi quando a alma lírica e romântica explicou as suas razões de permanência no meu corpo, quando a revoltada silenciou e olhou com desprezo as minhas formas abatidas. Quando a outra, miserável e sofrida, apenas chorou sobre o meu rosto. E, quando a minha própria alma encolheu-se, assustada, no canto mais escuro do meu corpo.

Eu necessitava coordenar-me e não tinha possibilidade dessa coordenação. De repente, surgiu-me uma indagação: Quem sabe seria eu uma pobre de espírito com mania de ter visto, ouvido e assistido a coisas inexistentes? Afinal todos somos atores e espectadores da vida. Quem sabe fui atriz desconcertante sem me dar conta? Em que classificação estava eu? Na de assistente? Na de atriz? E teria representado realmente um papel de valor? Quem sabe estaria eu procurando e enganando-me a representar um papel inexistente? Era necessário esmiuçar se eu estava em grande engano entre os milhares de erros a meu respeito. Era imprescindível chegar a uma equação de mim mesma, em primeiro lugar, para depois colocar-me em equação às coisas, às pessoas, aos acontecimentos e tomar então direções firmes. E encontrei-me na situação de quem deseja resolver um complicado problema sem saber somar.

A missa de sétimo dia foi providenciada pela mãe. Eu esperava uma coisa simples, como convinha. Quando cheguei no dia marcado, espantei-me vendo a igreja iluminada de alto a baixo e os altares todos cobertos de crepe. No primeiro momento, acreditei estar enganada. Não. A missa pelo meu marido era naquele lugar mesmo. No centro da nave haviam armado, com uma imponência digna de chefe de Estado, uma essa monumental. Um coro composto de religiosos entoava músicas fúnebres. Reparei no vulto da mãe do meu marido riscando apressado, de um altar para outro, e acendendo altos círios. Lá fora havia um sol festivo, e o pedaço de céu que eu percebia por uma fresta da porta principal tinha um azul intenso de paisagem límpida e tranquila. Os contrastes sempre calcando-me para a confusão e o desespero! A missa prolongou-se desmedidamente. Creio que havia muita gente. A mãe do meu marido havia anunciado em todos os jornais e, temerosa da pouca frequência, havia convidado pessoalmente muita gente da sua amizade ou não. Eu havia demonstrado o desejo de que meus filhos pequeninos não assistissem a essa função religiosa e não se vestissem de luto. Mas lá estavam vestidos de negro, sentados ao meu lado. Ela não podia prescindir deles para completar o espetáculo que organizara. Penso que não ficou muito contente com a afluência das pessoas para a missa do filho e achou mesmo que não tinha feito suficiente publicidade porque, chegando em casa, manifestou o desejo de repetir a missa de mês com a mesma imponência, e, dessa vez, pedindo um fotógrafo de jornal para comparecer. Não sei se o seu desejo foi realizado. Eu não compareci a essa segunda exibição de loucura.

Depois daquele espetáculo o meu corpo estava sem alma.

Quando cheguei em casa, no dia da missa, algumas pessoas amigas fizeram-me companhia por algumas horas. Deram-me conselhos e várias orientações. Eu me sentia oca. Não só pelo seu desaparecimento. A morte daquele homem, propriamente, não contava como coisa de primeiro plano. Ele tinha ido. Mas havia deixado sobre o meu corpo todos os desabamentos, todas as ruínas, todos os desesperos e todos os desencantos. Era um amontoado de misérias e desgostos difíceis de serem superados pela minha idade. Lembro-me que muitas vezes fiz um gesto de quem agarra inesperadamente uma coisa que está fugindo de si própria. Às vezes, me colocava diante de uma luz, a fim de verificar se a realidade se coadunava com a impressão de ser eu um corpo sem sombra, despido de todas as companhias, inclusive da sua própria escuridão. Eu sentia uma dor seca e constante repuxando os músculos da minha face. Sim, a alma de alguma mulher muito vivida, muito machucada e batida estava morando no meu rosto. O meu olhar não era de quem esperava alguma alegria, longínqua que fosse, mas de quem já experimentou todas as aflições e angústias, e só deseja relaxar-se dentro do nada até consumir as suas carnes.

Quando estava nessa modorra de morte, ouvi a voz da mãe do meu marido falando algo com referência ao seu passado. Os meus músculos se retesaram arrepiados e lembrei-me unicamente de uma coisa: livrar-me o mais depressa possível daquela mulher. Se não tomasse essa deliberação, não podia respirar mais um dia. Olhei para os meus filhos pequeninos, olhei o horizonte pela janela aberta, percorri com os olhos as paredes e o teto da minha casa, parei o olhar nos móveis e, nesse momento, resolvi abandonar tudo. A mãe do meu marido e a sua irmã solteira ficaram aturdidas. Eu não tinha nada. Ficara afastada da minha família durante os treze anos de casada. Pela minha falta de recursos e de amparo moral, contavam que eu me submetesse aos domínios deles. Faziam um cálculo com bases certas. Meu marido era um homem displicente. Nunca pensara que constituir família incluía deveres e cuidados. Era uma criatura sem a menor ponderação para o futuro. Num dia, tínhamos dinheiro e viajávamos pela Europa. Em outros, nada tínhamos e eu via-me na situação de fazer todo o serviço de casa e trabalhar para fora a fim de regularizar os gastos. Eu também era boêmia nesse sentido e contava com o tempo e as oportunidades a nosso favor. Em princípio eu dava a meu marido todos os direitos e compreendia os seus descuidos, porque uma inteligência extraordinária como a sua não suportaria fixar-se em detalhes comuns.

E nessa convicção da minha prisão financeira a elas, o meu rasgo de independência foi uma surpresa. De repente se viram despojadas dos elementos para manipularem desgraças e aflições. Ofereceram-me ajuda financeira, propuseram-me facilidades. Eu estava tomada do destemor e da coragem de quem nada possui senão a solidão e a amargura. Rejeitei com firmeza todas as propostas. Saí de casa e fui para um hotel modesto com os meus filhos. Lá passei uma semana. Desajustada, infeliz, miserável de ânimo e de crenças, passava os dias olhando para os meus filhos e pensando coisas sem coordenação. A minha angústia era tão concreta que eu apertava pedaços do meu corpo e sentia que em todos ela se alojara com raízes profundas. O mundo me parecia vazio e sem ruídos. Sentia-me desaparecer como viera: sem razões. Pensei que um dia a minha cabeça estivera cheia de sonhos e de límpidas intenções, e verificava o desmentido doloroso de toda a minha ingenuidade. O que eu sentia era mais do que sofrimento. Era uma vibração aguda, prolongada e lenta que destruía uma a uma as moléculas da minha alma e do meu espírito. O meu pensamento era partido, assim como todas as minhas emoções. Tudo perdia o sentido de pressentido e anotado, para transfigurar-se em coisa abstrata. Eu agarrava nas minhas mãos a dor como se ela fosse um objeto reconhecido pelo meu tato. Ela trazia claramente o aumento e a diminuição da minha atividade animal. Era alguma coisa maior do que comportava o meu corpo. Nessa hora, lembrei-me do estraçalhamento minuciosamente narrado por meu marido sobre a vida de uma prostituta. Desejei ter a mesma liberdade para atirar o meu corpo e a minha alma nas mais podres sarjetas. Para que conservar um elemento ridículo à força de enganos e crenças medíocres, que era a minha vida? Para viver num plano de importância apagada, comportada e levando dentro dela mundos de pesadas amarguras e aflições? Desejei a liberdade de uma prostituta que já não se ama nem ama coisa alguma. Aspirei o deboche absoluto contra mim mesma, a ponto de o desprezo dominar o meu pensamento. Mais tarde, veio o estado anímico nos meus sentidos, distanciados porém do repouso do sono.

Consegui assim separar-me por instantes dos fantasmas impiedosos e irônicos que me interrogavam constantemente.

O tempo era um só. As noites e os dias fundiam-se.

Capítulo XII

Perdida em imperceptíveis conjeturas, rodeada de sustos, bafio de mortes e de distâncias, dispersa e percebendo a minha iniquidade, atordoada, invadida pela vaga suspeita de que minha vida, em meio da aparente confusão, já se tinha organizado por ela mesma na lógica seca dos acontecimentos, as iniciativas surgiam aos meus olhos, sem ligações e sem coerência. Era como uma antiga e secreta vingança, uma constante maldição, sempre atenta e lúcida, vinda de fora para dentro da minha alma. Cheia de censuras, mas dividida e submetida a um sistema de escalas e etapas sucessivas, conjugadas por forças coexistentes e poderosas que me levavam de roldão, como se eu fosse o elemento mais insignificante para esse conjugamento.

Uma tarde, meu pai levou-me para a sua casa. Durante treze anos estivera afastada da sua convivência por incompreensões advindas do gênio impulsivo e rancoroso da minha madrasta. Já então nada mais tinha importância primordial. As convulsões na minha vida tinham sido tão violentas, que tudo se diluía como futilidade. Desde o meu casamento, no qual pessoa alguma da minha família tinha comparecido, ficara eu afastada dos meus. Havia entrado, aos quinze anos, para outro ambiente, inteiramente desguarnecida de amparo moral. Sempre considerei muito impiedosa e errada essa atitude de meu pai situando-me como enjeitada, largada e condenada por ele próprio. Isso, além da humilhação, trouxera-me um desgosto profundo e irremediável. Muita coisa poderia ser evitada, se ele não me tivesse negado ao menos o seu olhar e a sua mão sobre minha cabeça. Eu nada havia feito para não merecer o cumprimento dos seus deveres e a sua solidariedade humana. Mas se assim agiu, foi porque encontrou razões para tal.

Agora os desajustamentos, examinados com espírito sereno, não davam mais motivos para ressentimentos. Os últimos tempos apagaram os tremendos conflitos da minha adolescência. Na sua casa fui recebida com cordialidade. A minha madrasta, mais vivida, tendo já passado amarguras que o tempo é pródigo em oferecer, tornara-se mais compreensiva, menos autoritária e de gênio mais atenuado. Minhas irmãs eram moças. Apesar de ser bem tratada, sentia-me deslocada nesse ambiente que por várias razões eu não conhecia ou, por outra, me era então estranho.

Comecei a traçar um programa de vida, dentro das possibilidades das minhas condições morais. Entretanto, a mãe do meu marido, inconformada com a minha fuga inesperada da sua atmosfera de loucura e revoltada com o gesto do meu pai levando-me para a sua casa e privando-a, assim, do contato diário comigo e os netos, resolveu romper o cerco que se erguera contra os seus projetos. Começou a forçar a intimidade com visitas que a princípio eram espaçadas e depois frequentes e prolongadas.

Desfiava com voz mansa o seu passado, contava as perseguições, fazia pequenas intrigas, lançava suspeitas leves, entre uma e outra palavra de carinho. E assim começou a semear a desconfiança entre todos que a ouviam. No fim de pouco tempo, meu pai se viu diante de problemas e inquietações surgidos sem uma razão concreta. Havia um mal-estar geral, sem que soubéssemos de onde surgira nem como aparecera. E aquele ambiente pesado, torturado e assustado, dominou o lugar onde eu acreditei encontrar um pouco de repouso.

A mãe do meu marido chegava pela manhã cedinho sempre trazendo para as minhas irmãs ou para os netos, e muitas vezes para mim mesma, uma lembrança, uma flor ou um agrado. E no meio daquele falar manso e suave lançava, lentamente, a desagregação. Tinha hábito de envenenar os espíritos, com aparência de doçura.

— Elazinha é muito menina ainda e, coitadinha, não sabe cuidar como deve dos filhinhos. Tão mocinha, é natural que se divirta um pouquinho com os seus amiguinhos... Deve mesmo ir a um cineminha ou a uma festinha. Elazinha não faz por mal, quando sai na companhia dos conhecidozinhos para dar um passeinho...

Com os diminutivos, suavemente ia alastrando a suspeita sobre a minha conduta e distorcia as minhas intenções mais simples. Meu pai, como era natural, preocupava-se quando eu recebia um dos antigos amigos ou saía com um deles para visitar um outro. Começaram as restrições, as desconfianças, os constrangimentos. A mãe do meu marido sabia o efeito que as suas conversas traziam ao ambiente da casa do meu pai e aproveitava-se para aprofundar mágoas e reavivar queixas. Depois encontrou vantagens em jogar uns contra os outros. Havendo inquietação e desarmonia, seria mais fácil a sua ação. Enquanto desagregava o ambiente, não perdia de vista o meu filho mais velho e, imperceptivelmente, começou a incutir no espírito da criança suspeitas e cuidados. Convenceu o menino de vigiar-me. Atiçou e desenvolveu o ciúme no seu coração e, em certos momentos, me vi impossibilitada das mais insignificantes manifestações de vida e tolhida, mesmo, na minha forma de sorrir, porque o meu filho, na sua inocência, interpretava nas minhas atitudes, normais, um desvio das minhas obrigações de mãe. Ela ocupava-se então em criar na alma da criança fantasmas e sentimentos tenebrosos para atormentá-la sem descanso. Os conflitos entre mim e o meu filho tomaram um vulto maior do que eu esperava, e resolvi tomar uma atitude enérgica a fim de desviar mais uma vez aquela sombra maléfica da minha vida, que já estava ensombrecendo o espírito do meu filho. Encontrei-me diante da necessidade de fazer um grande esforço de renovação dos meus pensamentos, dispersos pela análise e descrenças, e livrar o meu filho de torturas que — eu sabia — uma vez dentro do seu coração, dificilmente seriam apagadas. Eu não podia perder tempo.

Deliberei ser drástica e proibi a sua entrada na casa do meu pai. Não era possível deixar o meu filho entregue a contínuas destruições, a acusações descabidas, blasfêmias e revoltas, sem que ele não sofresse distorções na sua personalidade. A tia solteira visitava-nos espaçadamente. Estava muito preocupada e vivendo o medo da miséria. Guardava tudo. Como andava de cabeça baixa, encontrava nas calçadas, nos bondes e nos cantos das ruas, botões, alfinetes, broches de fantasia quebrados, chaves e outras coisas sem valor que guardava com a explicação de que poderia, um dia, precisar de uma coisa daquelas. Vivia sob fantasmas de privações materiais. De um egoísmo elevado ao mais alto grau, manifestou-se nela uma avareza doentia e perigosa. Entretanto, como a sua frequência era espaçada pelo receio de gastar em demasia dinheiro na condução, eu não tive muito trabalho em afastá-la.

Com a mãe do meu marido a luta era encarniçada. Eu passava todo o tempo adivinhando como defender-me das suas loucuras e desmandos. Eu tinha a impressão de que o desespero havia apenas mudado de bairro e de casa. Tudo encaminhava-se para repetir a atmosfera antiga, de torturas e maldições. Quando se viu privada da intimidade da nossa casa, iniciou uma campanha difamatória contra o meu pai e os seus. Todo o seu tempo era gasto nessa fixação.

Eu me encontrava tão exausta que várias vezes pensei que apenas estava agindo ingenuamente, querendo defender-me, e aos meus filhos, das garras de uma coisa indestrutível — a loucura.

Tomei um ar de ausência e meio sono, de raro em raro interrompido por um grito de vida e de animação, que talvez provocasse naqueles que me olhavam uma estranha piedade. Muitas vezes, deitava-me na cama do meu quarto, sozinha, trançava os braços como asas sobre a testa e fitava um ponto nu da parede, até cansar as minhas pupilas. O amanhã, para mim, apresentava-se tenebroso e traiçoeiro. De vez em quando ouvia, nas tardes, as cigarras cantando como puas na minha alma. Era sempre o contraste. Verão, vida, sol, claridade, alegria, fazendo ressaltar ainda mais a minha escuridão. Olhava para o meu corpo e perguntava-me enojada por que o conservava com cuidados e precauções!? Que morbidez atroz, pressentir que outras vidas, mais intensas talvez, ainda o ferissem; não ter ilusões sobre as chicotadas futuras e... conservá-lo à espera de pancadas e lágrimas!... Comecei a odiar-me como inimiga consciente. Nesse momento ouvia a voz do meu filho e despertava do meu ódio e do meu asco.

Ia à sua procura e encontrava-o afastado e retraído. Tinha uma sombra nos olhos e uma tristeza doída na boca.

Soube que a mãe do meu marido, não podendo destruir o meu filho dentro da minha casa, procurava-o na porta do colégio. Levava brinquedos, dinheiro e doces.

Captava a sua confiança e afirmava calúnias sobre a minha conduta. O cérebro da criança, atormentado, ficava entre acreditar nas denúncias e aceitar a minha vida normal de mulher moça que não se vestia de preto e não deixava de se arrumar.

Eu tinha contra mim várias coisas. Era jovem, viúva e não me trajava como uma enclausurada. Em compensação, a mãe do meu marido vestia-se com uma roupa preta até os pés, trazia um crucifixo enorme sobre o peito, cobria a cabeça com um véu espesso e falava baixinho e manso. Chorava com facilidade, e os seus olhos tireóideos emprestavam à sua figura um ar de dor e de martírio. Falando em diminutivos, conseguia, com a sua indumentária, transformar qualquer julgamento a meu respeito. Era muito compreensível que as criaturas, diante daquele aspecto de mártir sacrificada e o meu, vestida como qualquer ser normal, pendessem para a mãe do meu marido. Ela sabia tirar proveito da sua exteriorização, e vencia. Empenhava-se em esclarecer as minhas perseguições e fazia um certo mistério dos atos praticados por mim, que em nome da caridade ela não podia relatar. Anunciava que fora privada de ver os netos por crueldade gratuita da minha parte, e em pouco tempo fui julgada como mulher sem entranhas e com dureza de pedra. A sua ação de louca estendeu-se num círculo desmedido. Tornou a minha existência insuportável desde a casa do meu pai à vida dos meus filhos e ao ambiente dos conhecidos e amigos. Eu sentia o cerco apertando-se gradativamente à medida que o tempo corria. Passava alguns dias sem procurar o meu filho na porta do colégio, depois retomava essa ocupação tenebrosa. Eu sentia quando ela havia tomado contato com o menino. Destruía o espírito da criança pela manhã e, quando o meu filho entrava em aula, já estava transformado. Os seus estudos estavam relaxando-se, e, em casa, o seu ar triste e retraído, escondido pelos cantos, demonstrava claramente o drama interior que atravessava a sua alma. Quando sentia que o menino ficara saturado das suas palavras, desaparecia, para que o efeito se mostrasse comigo. Voltava dias depois com brinquedos, dinheiro e manifestações de agrado e, novamente, toldava o seu espírito das mais duras suspeitas e rancores. Eu notava no meu filho um ressentimento gradativo, uma falta de naturalidade invencível e uma tristeza de homem arrasado, e muitas vezes adivinhei no seu olhar lampejos de ódio contra mim. Meu filho tinha rompantes de desprezo e de revolta diante das minhas simples conversas, e quando algum amigo chamava-me pelo telefone, ele apressava-se a ouvir as minhas palavras atrás de uma porta ou pelo outro aparelho. Vigiava os meus gestos em angústia desmedida.

Esse dilaceramento foi para mim uma forma nova de tortura. A minha conduta não alterava o drama do meu filho e eu não tinha outros argumentos para trazer a paz ao seu coração infantil. Caí em depressão. Se eu pudesse afundar-me no seu íntimo, e saber como livrá-lo daquela garra no coração, teria também conseguido a minha paz. A minha emoção diante dele era indestrutível e, se houvesse razões, eu me humilharia aos seus pés e pediria de volta a sua alegria. Mas faltavam-me todos os elementos para trazê-lo à minha verdade. Não podia apresentar nenhum esclarecimento porque seria inútil, tão inútil quanto a estéril agitação dos conflitos que me fizeram desanimar.

As minhas explicações sinceras e leais estavam diante dos seus olhos. Mas os seus olhos eram outros que não aqueles límpidos e inocentes.

Os dias passavam e a angústia tomava lugar como um visitante antigo que encontra novamente as acomodações que perdera. Eu trazia a mesma face, mas acrescida de uma sombra diferente, e não compreendera bem por que mais esse conflito viera para o meu íntimo, sem que dele eu necessitasse para aumentar a minha personalidade esquartejada. O terror que me espreitava em todos os passos, os pressentimentos sem linhas definidas que impediam a retomada do meu pensamento, as vozes que vinham do vazio, tudo crescia e esmagava-me impiedosamente sem deixar espaço à menor defesa.

Plasmando no meu filho pequeno ideias de rancores e distâncias, a mãe do meu marido encontrou um terreno livre para agir e, movida pela ideia de justiça, procurou uma forma legal de apossar-se dos meus filhos. Procurava juízes, advogados e pedia orientação. Nunca, porém, perdendo de vista o estado emocional do meu filho. Tinha nele a sua força e a sua vitória. Passou a esperá-lo à entrada e à saída da escola. Cercou-o de todos os artifícios. Eu não tinha como desviar a criança da sua influência, nem como captar forças para resistir à sua capacidade de destruir.

Sentindo que a minha volta à casa do meu pai lhe havia trazido problemas inesperados, resolvi trabalhar. Não era normal que eu o sobrecarregasse com outra família, acrescentando preocupações e alimentando por minha causa desavenças na sua família.

Violentando o meu temperamento, tornei-me funcionária de um ministério e mudei-me com os meus filhos. Apesar disso, o menino continuava triste e desinteressado dos seus deveres escolares e vim a saber que por vários dias tinha faltado à escola e ficado em companhia da avó. Resolvi interná-lo num colégio. Talvez mais guardado, ficasse ele isento daquela presença tenebrosa e maléfica. Sofri por ele o mesmo que havia sofrido quando fui internada, aos oito anos. Toda a nostalgia dolorosa que atravessou a minha alma voltou ao meu espírito. Mas não havia alternativa para salvá-lo.

Alguns dias mais e comecei a receber pela manhã, muito cedo, a visita de um oficial de justiça com uma intimação, que eu rasgava sem ler. Até hoje não sei o que continha. Disse-me numa das vezes o homem que era ordem para entregar os meus filhos. Olhei-o silenciosa e pensei que não haveria forças humanas que me obrigassem a entregar o que era intrinsecamente meu para lançar no abismo da loucura e da destruição. E nessa convicção fixei-me em não arredar um centímetro dos meus direitos. Mas passei a viver sob o maior dos terrores e sobressaltos. E por que a vida se apegava a mim?

Que forças sobre-humanas eu possuía para enfrentar as lutas mais desmedidas? Eu não era uma mulher forte, como poderiam pensar. Eu me sentia frágil e impotente, exausta e miserável. A minha única ousadia foi desejar, alguma vez, permanecer sobre a face da terra com uma tranquilidade comum e sem alardes. Em troca dos choques da minha existência, eu não pedia glórias nem vantagens. Eu nada pedia senão o mínimo que todo ser humano deve receber. Amar com mansidão todas as coisas de Deus e festejar-me com as alegrias sem grande profundidade. O meu sonho sempre fora humilde e fácil.

O oficial de justiça, não obtendo resultados na minha casa, pensou que mais eficiente seria procurar-me no lugar onde eu trabalhava. A minha atitude era a mesma. Recebia o papel e na sua frente o rasgava. Eu desejava mesmo que esse gesto provocasse na pessoa que subscrevera tal documento irritações na sua autoridade. Seria a forma de ouvir-me, uma vez que fosse. Até aquela data, nunca um juiz desejara ver-me e ouvir-me. Tudo era feito e orientado através da mãe do meu marido, acobertada pelo seu trajar de falsa freira e a sua voz sofrida e mansa. No conceito de muitos, fui colocada como uma mulher dura, sem sentimentos e despótica. Era pouco, era quase um elogio para quem como eu já havia atravessado títulos e classificações piores.

Entretanto, meus pensamentos eram opacos. Uma espécie de neblina interior condensava-se, privando-me de todas as esperanças de paz. Se não tivesse eu de defender os meus filhos da loucura transbordante da avó, eu teria outros horizontes diante dos meus olhos. Mas eu estava em segundo plano na vida. Todos os acontecimentos dolorosos da minha existência tomavam distância e arregimentavam-se para que os meus filhos não fossem atingidos pela inconsciência da mãe do meu marido.

Um dia a minha angústia foi tão violenta que eu, num movimento de amparo às minhas carnes, apertei com as mãos o meu peito para ajudá-lo a respirar e não deixar que se abrisse como uma coisa apodrecida e lassa. A sensação constante, persistente, de uma sombra ameaçadora, de olhos invisíveis vigiando os meus passos, a infatigável agitação de dedos tateando o meu pensamento e rasgando os meus sentidos, era uma companheira insistente a todas as horas do dia e da noite. Lamentavelmente fatigada, deixava-me entregue à inação e parecia desfazer-me no ar com uma morte antecipada. O desespero não agitava mais os meus impulsos. Manobrava a inércia em todos os recantos do meu corpo. O meu raciocínio não tinha função.

Meu filho estava interno num colégio quando fui avisada do seu desaparecimento. Imediatamente pensei nas piores consequências. Procurei-o por toda parte, e, vendo a inutilidade da minha busca, pedi auxílio numa delegacia. Muitas perguntas, pedidos de indagações, anotações em grandes livros e saí despida de qualquer consolo. A minha imaginação cresceu. Senti uma saudade funda do meu filho. Como se não o visse há muitos anos. Com doçura na memória, recordei-me dos seus cabelos, dos seus olhos, da sua figura esguia. Parecia que recordava uma coisa muito distante e nunca mais olhada. A minha imaginação acompanhou os seus pés por caminhos que eu não conhecia, assistiu à sua queda rolando, precipitando-se em abismos escuros, chamando por mim, sem nenhum amparo, como objeto atirado com descuido e ódio, batendo nas pedras e despedaçando-se. Vi a cor do seu sangue correndo, e gelada, com todos os músculos contraídos, senti que o espaço do mundo estava restringido aos poucos metros do meu quarto. Entreguei-me às formas do acontecimento como uma invertebrada.

— Mamãe — ouvi a sua voz. Como a sua presença foi grandiosa e doce. Sem alarde, procurando encontrar naturalidade na sua fuga, perguntei-lhe muitas coisas sem ligação com o fato, procurei reconquistar a sua confiança e verifiquei que a mãe do meu marido o convencera a desaparecer para assustar-me. Insuflou no seu espírito que eu o segregara num colégio para viver em maior liberdade. Alucinado e oprimido com essa ideia, aceitou o seu oferecimento de refugiar-se com ela. Havia sido largado na minha porta pela própria avó. Tive uma enorme piedade da sua alma pelas torturas que lhe haviam infligido. Chorei muito, depois, e compensada do desespero fiquei, ao receber do meu filho o seu beijo e as suas palavras de carinho.

Sentindo frustradas as minhas intenções de afastá-lo do domínio da mãe do meu marido, encontrei razões mais seguras para levá-lo a outro colégio, fora da cidade.

Cercado de todo o meu carinho e paciência, compreendendo a tragédia interior que a criança atravessava, redobrei em assistência e visitas ao novo internato. Tudo parecia caminhar normalmente. O meu filho tinha um aspecto mais alegre e mais livre das suas suspeitas.

Entretanto a mãe do meu marido continuava impondo a sua loucura com resultados satisfatórios.

Um dia, indo buscar o meu filho, apresentaram-me um grande livro com uma ordem do juiz pregada na primeira página, onde estava escrito que eu deveria entregar, em determinados dias, sob várias penas de que não me recordo, aos cuidados da louca, o meu filho. Cresceu um ódio monumental no meu ser. Olhei para o diretor, arranquei a página e rasguei a palavra da lei. Creio que jamais alguém cometeu igual profanação. Ficaram todos mudos em princípio e depois pintaram com cores negras os resultados do meu gesto.

Eu era uma mulher livre e acima das leis, na defesa do que me pertencia. Nada porém surgiu daquilo que esperavam, mas a mãe do meu marido continuou na sua tarefa tétrica de arruinar a alma da criança.

Todo o meu ser dissolvia-se numa completa impotência e numa amarga esterilidade sem fronteiras.

Passei dias largada, e uma noite assaltou-me a perseguição da análise. Estaria eu agindo com nobreza? Seria realmente a intenção de defender os meus filhos que me empurrava para esses choques tremendos? Depois de longa meditação confiei na minha conduta.

No meu abatimento, procurei relembrar um instante da minha vida, capaz de reconfortar-me, e apenas encontrei um com forças suficientes para fazer sorrir a minha alma: o amor. Essa lembrança limpou todas as tristezas e amarguras. Era a única e verdadeira grandeza da minha existência. E recordei a minha adolescência imantada por esse sagrado sentimento que nos leva a todas as lágrimas e a todas as felicidades.

Vivia eu no medo e nos pressentimentos. Ameaçada de ser expropriada dos meus filhos, com a vontade lassa e sem direção.

Desde menina, sinto quando a vida inicia os seus passos contra mim. Quando isso acontece, procuro verificar se há uma razão objetiva para esse temor. Analiso as minhas palavras, as minhas ações que possam redundar num efeito. E quando não encontro motivos, sei que fatalmente alguma coisa de muito grande vai esmagar a minha alma. Às vezes me esforço para não fixar o meu pensamento e não ficar submetida a uma impressão descabida. Mas, apesar de toda a minha boa vontade, jamais fui desmentida nos meus pressentimentos. Poderia enumerar vários que se processaram, infalivelmente, contra pessoas, fatos e acontecimentos. Não só comigo como com as criaturas das minhas relações de amizade. É como uma espécie de visão antecipada. Muitas vezes é tão clara que chego a pensar que sonhei.

Nessa época uma estranha advertência rondava o meu coração e procurava com perseverança colocar-me dentro de uma realidade que eu ainda não distinguia.

Eu não sabia nitidamente os detalhes daquele pressentimento esmagador. Sabia sem a menor dúvida que devia preparar-me para um acontecimento muito forte. Que poderia ser? Depois de toda a minha vida, só havia uma coisa realmente tenebrosa. A morte de um filho. Porém a morte nunca a tomei como fato capaz de aniquilar-me. Vejo nela um prêmio e uma fuga altiva.

Uma tarde fui avisada que a mãe do meu marido instalara um processo tenebroso contra mim. Deram-me os detalhes. Segurei a cabeça com as mãos e deixei o meu corpo vergar-se contra si mesmo. As razões eram tão espantosas que não acreditei houvesse alguém escrito ou lido tal acusação. Quando o choque moral é muito grande, ficamos paralisados dentro dos nossos ruídos. Eu só sentia o correr do sangue nas minhas veias e o bater espavorido do meu coração. "Não, não pode ser — dizia uma vez atrás de outra. — Deve haver engano. Ela não chegaria a tal ponto de loucura e de calúnia!" Passados os primeiros instantes do abalo, sentei-me numa cadeira e tive a impressão de que a notícia me tornara paralítica. O meu corpo estava derrubado, sem ação. Os meus braços estavam mortos e as minhas pernas não se moviam. A minha cabeça pendeu para a frente e deixou-se ficar até encostar-se nos meus joelhos. Eu era uma massa sem vida. Senti os meus pensamentos escoando-se, e nenhuma ligação havia com as vozes que estavam ao meu lado. Os meus olhos apagaram-se numa neblina escura e os contornos eram imprecisos e irreconhecíveis. Cobriu-me um desinteresse absoluto, e o meu desespero era tão intenso que eu não pensei na morte. Senti-me tão afastada de tudo e de todos como uma leprosa. Nem os treze anos de angústias constantes, nem a alucinação diária daqueles anos, nem a doença do meu marido, nem a sua morte, nem a saudade cruciante, tudo junto, desde a minha infância até aquela hora, não teve a força de me arrasar com tanta violência quanto a notícia que me havia chegado naquela tarde morna de verão, cheia de alegrias e risos, cheia de vida e de promessas!...

Até hoje, ao pensar nesse acontecimento, a minha alma treme convulsa como no instante em que ele chegou ao meu conhecimento. E por que tudo isso? Nunca desejei ser uma mulher forte. Aspirei sempre possuir a fragilidade. A luta com a vida, que a tantos engrandece e qualifica num plano de privilégio, nunca foi o meu sonho nem a estrutura da minha vaidade. A minha única aspiração, o meu único desejo, a minha única forma de perfeição sempre foi e será o amor. É a única força que move o meu ser, a única força que me transfigura para melhor. Só com ele a minha alma poderá ganhar qualidades e resistências. Nada mais. Não me sinto com tendências para vitórias, nem almejo conquistas. Não espero glórias nem riquezas, fora do amor. Hoje, quando verifico tudo que passei e que nem a todos é dado atravessar, não me sinto valorizada nem me julgo possuidora de força. Se não tive a independência de sair da vida pelas minhas próprias mãos, também não foi porque amasse a vida com todas as suas incoerências e pesares. Foi apenas porque dia a dia esperei desenvolver-me, ampliar-me, elevar-me e purificar-me no amor. Tudo o mais não tem a menor importância. A minha eternidade está nele.

Longos dias fiquei amortecida no choque da notícia. Creio que em toda a história do mundo aquela acusação foi a segunda.

Amigos meus tomaram conhecimento e o processo foi arquivado. Sempre fui tida, desde criança e mesmo depois, como pessoa de imaginação sem freios. Não discuto a interpretação alheia. Nesse fato não aumentei nem diminuí a intensidade da verdade. Mesmo porque a imaginação da vida está além da imaginação humana. Pela minha sensibilidade, pela ânsia de espaço ilimitado dos meus sentidos, pela força poética que sempre me dirigiu, é natural que em várias ocasiões e em diversas experiências eu tenha usado a ficção como complemento para desenvolver o meu conteúdo. Nunca, porém, me servi unicamente da ficção, porque a realidade é farta e pujante em elementos. Sempre usei partículas vivas da verdade.

Aos vinte e oito anos eu era uma mulher carregando múltiplas vidas fundamente cumpridas. Que elementos estavam ainda disponíveis e intatos para que eu pudesse continuar a caminhada de longos anos? No balanço das minhas forças havia apenas danos, desilusões, frustrações, lágrimas, tédios e desalentos. Teria eu o direito ou a inocência de esperar uma claridade, se a minha alma era apenas uma substância escura e esmagada? Esperar o quê? Tudo seria dali por diante uma repetição penosa, e todas as experiências arrecadadas ficariam inúteis para qualquer aproveitamento. As coisas, os fatos e as pessoas se repetiriam com as mesmas notas agudas de desespero, e na certa eu me emprestaria ridiculamente a essa repetição, sabendo de véspera as consequências e os resultados. Muitas vezes procurei convencer-me de que, como eu, milhares de criaturas estavam vivendo, tinham vivido ou iriam viver cercadas dos maiores conflitos e sofrimentos. Colocava-me num ponto perdido, dentro de todas as relações e conexões. Nos primeiros momentos, encontrava apoio para descentralizar-me das minhas arrasadoras tristezas. Mas cada um de nós vive o seu mundo de acordo com a sua sensibilidade, e nele ganhamos ou perdemos. A experiência me traria no futuro apenas o descontentamento de errar. Era a sua única finalidade. Eu erraria muitas vezes ainda, no campo emocional e sentimental, mas acompanhada da sombra que antecederia o prazer.

Entretanto era necessário acreditar em alguma coisa, em alguém ou em mim mesma, para esquecer e renovar a confiança e isolar-me da lembrança amarga que fazia parte do meu pensamento. Mas a crença necessita de afirmação, deriva da adesão ao afirmativo, e eu só tinha somas negativas contra mim e contra a vida.

O primeiro movimento do amor trouxe-me a crença vívida no universo e na humanidade, depois de uma infância batida e uma adolescência intranquila. O amor afirmou e fixou-se harmoniosamente com propósitos elevados, sem submissões a críticas e análises na minha alma. Com ele refloresci. Encontrei a razão justa da vida e acreditei espontaneamente em tudo. Não necessitei usar a vontade para afirmar valores, porque ele trouxe uma capacidade intensa de assimilação imediata e me transfigurei, movida por esse maravilhoso sentimento. Fui grandiosa, resplandeci, fui corajosa e nobre, o meu ser foi desenvolvido e ampliado em escalas imprevistas. Eu fui pura crença sem nenhuma redução da sua essência. Não era movida por nenhum sentimento dirigido, e onde ele surgia modificava a natureza da coisa apresentada e transpunha para um plano ilimitado de beleza todos os elementos compostos da vida. Dia a dia, eu era tomada de maior convicção e segurança na certeza da coisa firmada. O amor foi a única necessidade da minha alma, e a minha natureza revelou-me a mim mesma o ponto essencial de toda a minha existência. As minhas tristezas de criança nasceram por falta de amor, as minhas inquietações de adolescente surgiram por falta de amor, as minhas decepções de mulher apareceram por falta de amor, as lutas da minha viuvez foram agigantadas por falta de amor. Todos os meus atos futuros foram decorrentes dessa procura desenfreada da minha alma. É possível que eu morra sem recebê-lo, mas continuarei a procurá-lo na sua fonte poderosa, nas coisas simples, no céu profundo das noites escuras, nos mares agitados e até nas minhas lágrimas. Só ele poderá salvar a minha essência e levá-la às mãos do Criador. Só ele poderá elevar-me e só ele poderá dignificar-me para a morte. Coisa nenhuma — nenhum fato da minha vida, alegria ou tristeza — desviou essa procura desatinada da minha natureza. Em tudo que fiz, implantei conscientemente a sua força eterna, embora tenha sempre encontrado o vazio acompanhado das lágrimas. Mas tudo era amor.

Lembro-me de que, ao nascer o meu primeiro filho, esperava transportar-me para ele como sempre ouvi dizer que acontecia com todas as mulheres. Confesso entretanto que esperei em vão essa mudança. A maternidade jamais conseguiu anular ou confundir a minha sede de mulher amante. Eram dois campos distintos. Fui mãe consciente e fascinada pelos filhos. Dei a eles todo o meu cuidado, o meu carinho, a minha abnegação, os meus sacrifícios e os meus sofrimentos, mas sempre achando que cumpria o meu dever. Cumpri com meus filhos todos os meus deveres, até com humildade. Nunca, porém, transferi para eles os meus fracassos, nem derivei neles essa minha incontida sede de amar com amor de mulher. Seria deprimente que eu os colocasse como tábua de salvação nas minhas frustrações amorosas. Seria diminuir os seus valores intrínsecos e magníficos. O meu amor de mãe desenvolveu-se e continua sempre presente, sem misturar-se com o outro apelo da minha natureza. Conservo pelos meus filhos uma espécie de emoção agradecida às suas existências, e considero-me para com eles sempre em deveres. Eles nada me devem. Ao contrário, só eu tenho dívidas sem fim, as quais me sinto incapacitada de pagar.

Berenice continua à procura daquela alegria pânica, daquela fusão cósmica, daquele ímpeto de anulação absoluta da sua vontade e da sua personalidade, continua necessitando viver da alma de outro ser, dessa força imponderável que nos leva ao absoluto, nos destrói, nos pulveriza e nos engrandece com luminosidades eternas. Continua à procura dessa unidade divina com o grande e profundo amor que não troca nem espera reciprocidades e no qual encontramos a verdadeira paz. Apesar de todas as provas contrárias, por mais excessivas que se mostrem, ainda é o amor, com os seus conflitos, as suas angústias, os seus esfacelamentos e desesperos, que permanece como força essencial na vida humana. Continuo até hoje uma mulher irrealizada. Todas as qualidades ou glórias que me possam generosamente atribuir, caem diante do meu sincero julgamento. Levanto os olhos da minha alma e espero vislumbrar nas minhas angústias mortais um movimento de beleza e de força que reduzam a minha existência a um gesto de amor lançado nos ventos perdidos. Nada, até hoje, apesar de haver recebido gratuitamente da vida vários benefícios que possam dar a impressão aos meus amigos de que sou uma mulher privilegiada, nada me convence a receber o título.

Tenho um largo cansaço de mim. A sensibilidade obrigou-me a compreender as falhas e fraquezas alheias, frente às minhas próprias falhas e debilidades. Talvez por orgulho, como afirmou um amigo, eu goste de solidão. É possível que ele esteja com a verdade. Sou uma mulher com horror às medidas medíocres. Não podendo alcançar a perfeição, forço-me às mais completas imperfeições, não podendo ter tudo de maior e de mais belo, prefiro ficar reduzida à miséria, não podendo conseguir o maior e mais absoluto amor, retiro-me para a solidão, já que não me construí porque a vida tirou-me os elementos necessários e, constantemente, lembra-me a mediocridade em que me atirou. Rebato-a, destruindo-me como acérrima inimiga. Ninguém consegue julgar-me com aquiescência do meu júri interior, porque só eu mesma sei onde me cabe um julgamento certo. Nunca procuro fugir à análise crua. Ela certamente me levará a um ponto mais firme e seguro. Urge que eu me determine, como qualidade de coisa, é preciso que eu desbaste hora a hora a fraqueza humana que veio comigo do ventre materno e que eu me despreze, como poderia desprezar qualquer ser medíocre, em bondade ou em maldade. É necessário que eu derrube as falsas verdades e as convicções débeis sobre mim mesma, que viveram penduradas na minha vida precária. Quem sabe, atrás do fenômeno, que às vezes me considero, não esteja uma coisa vulgar, pronta a desaparecer alguns dias depois da minha morte? O certo é que não tenho crença em mim e, sem isso, a consternação lenta é a minha aura. Daí a onda de angústia constante invadindo e estilhaçando as alegrias que às vezes aparecem medrosas atrás de um pensamento. Sinto-me refletida por todos os movimentos do universo, mas de mim não partiu nenhum reflexo indelével. Não sou portadora de nenhum sinal de beleza eterna. Sou uma anulada, desperdiçada ou confundida no infinito dos números.

Quem tomará em si, nos tempos deitados no espaço, conhecimento de mim? Quem sabe, gastei e intimidei o meu coração, a procurar e a sondar com imprudência tudo que se faz sob o céu? Certamente isso é uma ocupação penosa que o Senhor me conferiu para atordoar-me. Vivi procurando razões demais, e o Eclesiastes aconselha: "Não sejas demasiadamente verídica e não reflitas em excesso."

Mas eu não posso fugir de investigar-me e de refletir. Sou por demais verídica para merecer a paz dos simples e a alegria dos puros.

Capítulo XIII

O dia está amanhecendo. Cortei a noite de extremo a extremo com os meus cismares, as minhas recordações e as lembranças do que vi e do que pressenti. O meu corpo está exausto. Estou vazia daquele pressentimento delicioso que um dia se tornará o meu grande acontecimento — a morte.

Sinto medo. Não da morte, mas da vida. As provações violentas por que passei, encorajam-na a provar-me com fatos mais rudes, no prazer de arrastar a minha boca ao pó do chão. E a ideia de repetir emoções, amarguras e choques me faz tremer como uma criança.

Entretanto a onda de vozes, o cochicho das sombras me autorizam a esse temor. Haverá ainda alguma faceta do meu ser inexplorada e incólume? Quem espancará novamente a minha alma? Serei eu mesma? Seria terrível que eu recomeçasse um outro ciclo de angústias, tédios e lágrimas. Creio que me faltariam resistências para vestir os acontecimentos de beleza e tirar das repetições a poesia que me tem sustentado durante todo este correr de anos. Estou desagregada. Nem aquele pensamento amigo, único repousante que ainda conservava como esperança — a morte — está ao meu lado. Quem sabe, o sol da manhã secará as minhas angústias? Mas passado o dia com as suas luminosidades e o seu colorido, novamente virá a noite. A noite que é a minha verdade, a nitidez do meu vazio, o pranto dos meus fracassos e as lamentações agudas do meu pensamento exilado e miserável!

Há qualquer coisa imprecisa avisando os meus sentidos que se preparem para um novo dilúvio. Se eu pudesse vislumbrar o sinal, uma orientação de onde partem essas vozes que segredam frases partidas, se eu pudesse perceber de onde saem essas formas parciais do todo, que dançam em redor do meu espírito, possivelmente os gestos da vida não me encontrariam tão indefesa. Mas há uma espécie de vácuo no meu pensamento, um desfalecimento da minha acuidade a ponto de negar-me a mim mesma. Faço o possível para recompor as minhas atitudes, as minhas palavras e as minhas intenções desde a infância até agora. Procuro perceber se o ponto verdadeiro da minha angústia está em mim ou se apenas servi como elemento de pouso. Uma dedução recusa outra. Onde estou errada? Onde está o engano? Traço as figuras, recomponho os ambientes, repito as minhas frases e, num esforço inaudito, consigo apenas obter fragmentos de cenas e restos de sons. Dúvidas cruciantes invadem o meu espírito. Uma oscilação mental proíbe o meu raciocínio de se determinar sobre a nitidez de uma asserção. Um emaranhado de conflitos íntimos e longos, nos quais me debato entre valores verdadeiros e conhecidos e valores novos, tenta apagar a orientação sentimental e intelectual da minha vida. Sinto-me submersa dentro do vozerio do nada. Tenho experimentado todas as formas e todos os caminhos que poderiam levar-me a uma conclusão, tenho inclinado o meu raciocínio do princípio às consequências. Porém observo a insegurança de chegar à dedução, diante do conteúdo de ilusões que acompanham o desenrolar dos fatos. Quem sabe, teria a minha consciência cognoscente criado objetos e causas, à medida das necessidades da minha vida interior? Quem sabe, tudo foi erguido com as sensações que me foram apresentadas no tempo e no espaço e ligadas mediante convenções prementes? Teria sido eu apenas um ato praticado por outros? Então por que preocupar-me com a culpabilidade ou vestir-me com benemerências alheias? Às vezes, penso que se tivesse assassinado alguém e me visse condenada a uma longa pena de prisão estaria mais aquietada. Teria uma razão definida para amargar um crime objetivo. Uma razão, mesmo contra nós, ainda é uma explicação para diminuir a angústia e o desespero. Mas, baldear anos seguidos de uma confusão para outra, caminhar léguas de tempo, viver séculos no espaço e retroceder ao ponto negativo, é por demais cruel para um frágil ser humano vestido apenas de uma espantosa e amaldiçoada sensibilidade. Os contrastes valem tanto para as minhas sensações como para os meus sentimentos. Não há conciliação possível entre eles, porque os meus impulsos não transformam ou fazem desaparecer a oposição sistemática que existe em ambos os lados.

Fosse eu menos abalada, não vivesse continuamente sob o cáustico das descrenças e análises, não estivesse eu convicta da falta de importância da minha vida, tentaria iniciar a minha biografia. Não para mostrar o valor individual, mas para contar o que a vida produz e a sensibilidade recolhe. A pessoa é apenas um número no infinito. Vale pelo que a vida constrói e nunca pelo que construiu na vida.

Não estou certa de possuir ainda forças e merecimentos, se tiver que enfrentar o que vem. Sim, porque qualquer coisa sobre a minha cabeça sussurra que fatos e experiências ainda partirão o meu ser de alto a baixo. Independente de mim há uma força humilhante que não é coragem. É a resistência animal que todos nós possuímos de viver, viver e viver; a esperança de melhorar os nossos últimos dias. É essa ambição, é essa vaidade ridícula e mesquinha que nos fazem esperar por esse amanhã que se repete indefinidamente no hoje.

Sou um bloco de camadas e camadas de acontecimentos superpostos, aumentando dia a dia de peso para o meu frágil corpo.

Há dias, começo a pressentir que novas camadas de acontecimentos imprevistos e cruéis serão colocadas sobre a minha alma. E já me falta o ar!

Pensamentos de beleza aparecem nas minhas trevas e compensam por instantes as prováveis retalhações que as sombras farão cair sobre a minha cabeça medrosa.

Tenho a sensação de que irão arrastar-me noites seguidas pelo universo afora, onde comandarei castigos e dilacerações a mim mesma. É um terror que me atira abaixo de todas as recordações antigas, quando eu ainda não existia e era depositária de nostalgias, largadas nos ventos atados, unindo-se para a formação da minha personalidade, primitiva e complexa. O medo me faz falar um idioma estranho e desconhecido, como se ele se houvesse corporificado. Tudo é escuridão e dúvidas diante de mim. Penso no amor que não obtive e no que está comprimido nas minhas carnes e na minha alma. O amor intocável que me identificaria com o cosmo, que subjugaria a grandeza do universo às ações humanas, fossem elas plenas de bondade ou pejadas de impiedade. Fosse pelas desintegrações ou pelo processo que leva à unidade.

Invade-me um sentimento de agressividade, colocando-me entre duas escolhas: a solidão ou a morte!

Qualquer uma das duas contém um potencial poético. Há uma grandeza divina na derrota coberta de solidão, quanto no amor e na morte.

A solidão eu conheço em toda a sua força magnífica. A morte eu espero ansiosa, com toda a sua ternura.

Adalgisa Nery:
Vampirismo masculino ou a denúncia do Pigmalião[1]

É muito estranho que as histórias da literatura brasileira não façam qualquer menção a Adalgisa Nery (1905-1980). Nem como poetisa nem como ficcionista. No entanto, ela deixou seis livros de poemas, dois de contos e dois romances: *Neblina* (1972) e *A imaginária* (1959) — este, um texto relevante para se estudar a constituição do narrador feminino em nossa moderna literatura.

Hoje, quando há um sem-número de pesquisadores reavaliando a produção feminina em nossa cultura, torna-se inadiável a releitura de Adalgisa. Ela não apenas produziu aqueles livros, mas teve uma presença atuante na literatura e na política. Foi casada com Ismael Nery,

---

[1] Escrito em 1988, este ensaio foi primeiramente publicado em 1993 em "Tropical paths-essays on modern Brazilian Literature", editado por Randal Johnson, pela Garland Publishing In, NY/Londres. Em 1999, Ana Arruda Callado publicou na série "Perfis do Rio" o volume *Adalgisa Nery – Muito amada e muito só*. (Ed. Relume Dumará/Secretaria de Cultura do Rio de Janeiro), o qual vem a ser o primeiro grande estudo biográfico e literário sobre Adalgisa. Posteriormente, Malu de Martino fez o filme "Ismael e Adalgisa", estrelado por Christiane Torloni.

umas das figuras mitológicas da poesia e da pintura modernista, e por causa disto teve oportunidade de conviver com um grupo de intelectuais que se reunia em sua casa, o qual incluía Murilo Mendes, Leonel Franca, Jorge de Lima e outros. Após a morte de Ismael em 1934, casa-se, em 1940, com Lourival Fontes, que no primeiro governo Vargas dirigiu o DIP (Departamento de Imprensa e Propaganda). Em suas viagens ao exterior conheceu Rivera e Orozco (que a retrataram), Siqueiros, Chagall e outros. Representou o Brasil diplomaticamente em várias solenidades no exterior e, a partir dos anos 50, tornou-se comentarista política, tendo sido eleita deputada estadual pelo Rio, por três vezes, pelos Partido Socialista Brasileiro, Partido Trabalhista Brasileiro e Movimento Democrático Brasileiro.

Por que *A imaginária* é importante?

Eu indicaria vários aspectos. Falei anteriormente da constituição da narradora na moderna literatura brasileira. E isso pede desdobramentos e acréscimos.

A imaginária é um romance bem escrito, densamente psicológico e insere-se entre a biografia e a ficção. Conta a estória de uma mulher e o drama de seu primeiro casamento. Os capítulos introdutórios (diria os seis primeiros) dão conta de sua formação. Menina, ela é tida como "menina imaginativa" e "menina imprudente". Mas sua vida é corriqueira. Uma passagem pelo internato de um colégio, o falecimento da mãe, a relação difícil com a madrasta. Suas leituras juvenis revelam já seu percurso futuro: "Eu era uma menina que se interessava pelas leituras das histórias de *Arco da Velha*, pelas *Travessuras de Sofia*. Adorava ouvir lendas fantásticas. As sobrinhas de minha madrasta tinham a mesma idade que eu, mas as suas leituras eram diferentes."

São muitos os pontos de contato entre o personagem Berenice e Adalgisa. Na ficção da personagem casa-se aos 15 anos; na realidade, a autora casa-se aos 16. Por outro lado, a cena familiar original é também semelhante: a relação difícil com a madrasta. No mais, a descrição da vida conjugal de Berenice reproduz o universo da convivência conjugal com Ismael Nery. O fascínio pela inteligência do marido que, no entanto, era um ser que a oprimia e a humilhava e que, enfim, morre tuberculoso. O romance se fecha com a morte do marido, do "meu marido" como é chamado o tempo todo, como se fosse uma entidade, como entidades aparecem "a mãe de meu marido", "a irmã de meu marido", "a minha família", em que as pessoas não têm necessariamente nomes, mas funções dramáticas.

Muito já se escreveu sobre o fato de as mulheres adotarem o diário como forma de confissão e de produzirem uma literatura mais confessional que os homens. Muito já se falou que o romance a partir do século XIX teve também como função ser uma válvula de escape numa sociedade machista, em que para a mulher sobrava apenas o espaço da imaginação. Talvez nisto haja uma relação com aquela palavra no título do livro de Adalgisa Nery — a "imaginária". E aqui se poderia aplicar definições até de fundo psicanalítico para ver na personagem "imaginária" aquela que procura se fundar como sujeito através da constituição de sua própria linguagem simbólica.

Não pretendo fazer uma análise exaustiva deste texto como tentei fazer em outras oportunidades, por exemplo, em *Análise estrutural de romances brasileiros* (ed. Ática). Estou apenas indicando alguns caminhos, fazendo um rascunho daquilo que alguém poderá desenvolver com mais afinco.

A mim me interessaria ver desdobrados a partir deste texto dois temas que na verdade se confundem. O primeiro está nomeado diretamente no romance: diz respeito ao vampirismo e, com efeito, há aí uma ilustrativa referência ao filme *O vampiro de Düsseldorf*.

Num trecho da estória, narrando o clima de loucura em que viviam, pois o casal coabitava também com uma irmã e com a mãe louca do marido, que realizava cenas escabrosas, que lembram um teatro expressionista, a narradora diz:

> À noite, pedi ao meu marido que saíssemos, a fim de cortar a linha da loucura que eu já sentia tão perto de mim. Lembro-me de que fomos a um cinema assistir a um filme — *O vampiro de Dusseldorf*. Sentada, eu tinha dois movimentos com os olhos: um, para a tela, outro, para a nesga da porta de saída onde eu via os trilhos do bonde. A angústia crescia a ponto de sentir-me oscilar. Num dado momento, quando no filme o vampiro assobiava, como o sinal máximo da

luta contra ele mesmo, como o limite da sua consciência para a inconsciência, num debate espantoso de alma, emaranhado no mais doloroso conflito, eu olhei para os trilhos da rua, fiz um movimento inicial de quem deseja levantar-se para sair e, de golpe atirar-me contra o primeiro instrumento de morte que me desse repouso.

Embora a autora não trabalhe a metáfora, é de vampirismo masculino sobre a alma feminina que se trata esse romance. O vampirismo que os homens têm realizado através dos séculos com naturalidade, como se toda mulher fosse uma planta ou seiva que o homem devesse sorver naturalmente.

Neste sentido, *A imaginária* é um romance de formação. Uma estória que ilustra como a sociedade e os homens imprimem na mulher as marcas da dominação e da repressão. E é, por outro lado, a narrativa de como a mulher faz seu doloroso percurso de liberação desse massacre. Extraio do texto essa passagem para que nos entendamos melhor sobre o que estou falando:

> Meu marido pouco saía de casa. Recebia os amigos todas as noites. Vivíamos rodeados de escritores, pintores, músicos e personalidades interessantes. Tínhamos diariamente dez, quinze pessoas variadas e inteligentes em nosso convívio. Eu ocupava-me da casa, dos filhos pequeninos e passava entre eles com simpatia e cordialidade. Muitas vezes deixava-me ficar ouvindo

as conversas, as deduções e observando o maior ou menor grau de compreensão e sensibilidade daqueles homens jovens que debatiam vários assuntos sempre com franqueza e convicção. Jamais opinei. Era quase muda. Um padre jesuíta, sábio, com uma personalidade e cultura fascinantes, realizava semanalmente uma conferência só para homens. Meu marido comparecia acompanhado do grupo de amigos. Terminada a conferência às onze horas da noite, vinham todos para a nossa casa e ali ficavam, até madrugada alta, discutindo o tema explanado pelo conferencista. Recordo-me que eu ficava sentada num divã, escutando os comentários sem que a minha presença perturbasse aquele comício. Sempre me encontrei atraída pela inteligência. Essas reuniões significavam para mim um prazer indescritível. Meu marido rebatia as conclusões dos amigos com uma lógica e acuidade acima de toda expectativa. Vê-lo dominando os argumentos dos outros, quase todos com uma cultura cem vezes maior do que a sua, constituía para mim uma vaidade e uma vitória. Eu vibrava em silêncio, com a certeza absoluta de que a sua palavra esclarecedora anularia as outras inteligências. Nunca me decepcionei ou me desencantei com meu marido quando ele revelava inteligência e sensibilidade artística. Centrava o problema com tal clareza que os ouros não encontravam argumento para as suas opiniões. Foi-se então construindo ao seu redor uma espécie de respeito à sua palavra e alguns o consideravam mestre. Em consequência dessa homenagem à sua inteligência, o meu marido foi ficando dominado por um narcisismo inconcebível. Passou a viver num plano em que todas as coisas se deviam movimentar e realizar de acordo com a sua pessoa. Eu notava mais esse desconcerto. Ele sentia-se acima de todas as conjunturas da vida. Opinava drasticamente. Lembro-me de um fato importante para mim naquela época. Um dia um amigo nosso, poeta extraordinário, vendo-me e sabendo que eu não tinha convivência de amigas, conhecendo a minha vida entre alucinados, sem distrações normais, perguntou ao meu marido se ele não receava que eu, uma mulher tão jovem, vivendo unicamente entre homens, viesse a ter preferência por um dos seus amigos. Recebeu como resposta: "A minha mulher é como a minha mão. No dia em que ela gangrenar, eu a decepo e continuo a viver com o resto do corpo."

"Sim, eu não passava de um detalhe que não fazia grande falta ao todo. Mal sabia ele que o meu mundo era grandioso, o meu mundo estava na sua vida e na sua alma separado por um silêncio que ele mesmo provocara. Muitas vezes comentou para os amigos, na minha frente, que eu "era ótima companheira, mãe cuidadosa, boa dona de casa" mas que era "destituída do mínimo de poesia, de romantismo e de vibração".

Falei de vampirismo. Mas poderia associar a isto uma outra metáfora explorada mítica e psicologicamente na literatura: a relação entre Pigmalião e sua criatura. Estou me referindo ao mito segundo o qual Pigmalião, rei de Chipre, se apaixonou e se casou com uma estátua, que ele mesmo esculpiu. Também estou me referindo à utilização arquetípica do mito como foi feita por Bernard Shaw na peça *Pigmalion*, em que o homem é o artífice e escultor da alma da mulher que ele escolhe.

Lido dentro do quadro moderno das ponderações feministas, o mito de Pigmalião se converte numa síndrome machista de fazer da mulher um objeto à sua imagem e semelhança.

Na estória de Berenice/Adalgisa exemplifica-se o antiquíssimo comportamento masculino, hoje observável porque o olho crítico tornou-se mais apurado em detectar os preconceitos sociais. Neste sentido é que Pigmalião/marido se converte numa pessoa tão dominadora, que o próprio fato de a mulher começar a cantar sem sua autorização soa como uma ameaça.

> Um dia amanheci mais criança e, sem explicações para uma alegria, comecei a cantar baixinho. A meu lado, o meu marido inspecionou-me por instantes e, depois, com ar de desprezo, falou:
> — Como você está ficando banal e comum! Eu pensei que poderia fazer de você uma mulher fora do corriqueiro e encontro-a superficial! Você tem todas as qualidades de uma boa dona de casa e boa mãe, mas não tem um traço de espírito. Tem uma propensão para a vida fútil e destituída de profundidade. A razão está em que lhe falta uma coisa muito importante — poesia. A sua insensibilidade não deixa ver as grandezas da vida. É necessário acabar

com o horror que você tem de aceitar a loucura da minha mãe, acabar com essa repulsa às coisas fortes e violentas da existência, essa tendência em diminuir os choques com o argumento de que são passageiros. Isso demonstra a sua qualidade comum de pessoa. Sensibilidade não é coisa que eu possa ensinar ou dar. Inegavelmente, você tem qualidades e virtudes, mas a minha mulher precisa ser violentada por uma sequência de choques, a ponto de tornar-se um ser quase criado à minha semelhança!

A essa observação a narradora acrescenta o seu raciocínio denunciador da operação massacre desencadeada por Pigmalião:

O narcisismo tinha chegado ao máximo. Quanta ignorância na boca de um homem notavelmente inteligente, quanto desconhecimento da mulher que há doze anos vivia ao seu lado, transparente, sem escaninhos e sem esconderijos. Isso era de pasmar! Dizer que eu era destituída de romantismo, de poesia e de sensibilidade, era a maior monstruosidade que eu poderia ouvir.

Com efeito, Adalgisa, respondendo às acusações à sua personagem de que ela não tinha sensibilidade poética, escreveria após a morte de Ismael Nery seis livros de poesia. O trabalho de esmagamento do outro havia revertido e a escritora havia se constituído em autora de si mesma e de seu destino.

Aquelas palavras do marido a respeito da nulidade que era a sua mulher a não ser nas lides domésticas, diz a narradora, várias vezes foram pronunciadas na frente dos amigos. Era evidentemente uma fórmula de expressar uma condenação social e buscar o aval da sociedade dos homens para delimitar o espaço feminino.

O processo de contenção e destruição do ego da mulher casada nesta estória passa por diversas etapas. As cenas finais do romance narram uma relação triangular: marido/mulher/amante, que bem ilustra isto.

Indivíduo realmente insólito, o marido já tuberculoso e internado num hospital arranja uma amante a quem visita quando tem oportunidade de sair do hospital para visitar também a família. O caso, no entanto, tem requintes de perversidade afetiva. Um dia o marido revela à esposa que tinha um caso: "Eu tenho um caso com uma mulher. Nos encontramos, nos correspondemos e diariamente nos falamos por telefone."

Contudo, o que poderia ser uma conversa sadia sobre algo que ocorre na vida dos casais vai se convertendo num exercício de sadismo, pois o marido, pensando exercer a sinceridade, mas talvez como forma de punir a mulher e autopunir-se, revelou então como e quando eram os encontros. Disse-me o nome da criatura, o nome do marido, onde morava e os filhos que tinha. Descreveu o seu físico, o seu caráter, as suas virtudes, a sua inteligência, a sua meiguice e os passeios prolongados, quando descia do sanatório pelas manhãs e só aparecia em casa pelas madrugadas. Terminou dizendo:

— Ela parece uma menina. Tem os cabelos caídos pelos ombros e espera-me sempre com uma fita cor-de-rosa guarnecendo a sua cabeleira. Tem olhos de gata, oblíquos e esverdeados. É de uma ternura e uma meiguice impossíveis de serem descritas. É muito infeliz com o marido, e não merece porque é uma mulher interessante e boníssima. Falam muito mal da sua conduta, dizem que é mulher largamente experimentada em casos amorosos mas, quando eu pergunto, ela se mantém numa irredutível negativa e não há por que não acreditá-la.

Neste momento eu tive uma infinita piedade do meu marido.

É importante recordar, a propósito da cena em que o marido revela com sinceridade o seu caso de amor extraconjugal, que isto seria louvável sobretudo posto assim em termos aparentemente tão simples, não houvesse ele, em passagem já transcrita neste ensaio, reagido violentamente à hipótese de que sua mulher também se interessasse por outro. Naquela cena, lembre-se, ele consideraria a mulher como um ser gangrenado que deveria ser extirpado.

De qualquer forma, a jovem esposa entra na humilhação embora sentisse que seu amor pelo marido estava se exaurindo. E, talvez, até aceitasse a humilhação como forma de apressar a destruição interna do amor pelo marido. Por isto, ela se dispõe a levar um recado do marido enfermo à amante. É uma cena de psicologia feminina extraordinária. As duas mulheres face a face se estudando e se falando numa esgrima digna, com palavras cuidadosas e anotações que demonstravam de lado a lado uma superioridade de espírito em relação aos seus machos. Berenice saltando de um táxi, em que o marido a aguardaria com notícias da outra, indo à casa da rival, vendo "seus olhos esverdeados, com desenho oblíquo, cabelos soltos e uma fita enfeitando a sua cabeça" como descrevera o marido. A seguir, a irônica análise dos móveis da casa da outra, "inúmeros bibelôs de mau gosto, um vaso com rosas irritantemente artificiais. Pareciam repolhos coloridos". Segue-se uma conversa com "o intuito de ser cruel em cada palavra, em cada vírgula". A amante mostra à esposa a corrente de ouro que ganhara do marido. A esposa, por sua vez, promete passar à outra a ajuda financeira que o marido lhe prometera, humilhando-a suavemente com sua generosidade. Tudo encaminhado com elegância, sem que o marido da amante, que já desconfiava de tudo, soubesse. E, depois, a volta de Berenice ao táxi em que o marido a aguardava, e ela de novo perfeita e detalhista, elogiando o cabelo da rival, mas fazendo restrições à limpeza da casa.

O requinte da maldade continua, pois o marido "queria saber se ela se havia interessado pela sua saúde, se não havia estranhado a falta das suas chamadas telefônicas. Eu disse que sim, apesar de nada disso ter acontecido. Não propriamente para lhe dar prazer, mas para que mais tarde ele sofresse ao constatar a verdade das intenções daquela mulher".

Com efeito, embora o marido estivesse certo de que aquela amante estaria com ele também no leito de morte, depois da conversa dela com a esposa, ela jamais telefonou nem voltou a vê-lo.

O romance ainda entrelaça outros fatos. Morto o marido, a sogra louca tenta roubar à mãe a criança. Mas, ao final, a mulher desvencilha-se da família do marido: "Uma tarde, meu pai levou-me para a sua casa. Durante treze anos estivera afastada da sua convivência..."

O final marca um périplo denunciador. A volta ao espaço masculino, ao espaço da dependência do pai. A mulher está com 28 anos e viveu um dramático ciclo de transformações. Tudo indica que teria terminado um período de purgação e aprendizagem existencial. O fato de a narrativa descrever através da consciência crítica o périplo por que teve que passar a personagem mostra que ela se diferenciou, avançou, metamorfoseou-se durante o trajeto.

Neste sentido, o texto é um percurso. Percurso metafórico da sensibilidade feminina buscando sua identidade nesse confronto com o eu vampiresco ou falsamente construtor dos pigmaliões que aprisionam a mente feminina no imaginário masculino. Reconstruir o próprio imaginário, por exemplo, através da escrita, é uma das formas de reachar a identidade tanto na ficção quanto na realidade.

Affonso Romano de Sant'Anna

SOBRE A AUTORA

Adalgisa Nery foi poeta, romancista, contista e jornalista. Filha de Gualter Ferreira e de Rosa Cancela Ferreira — ele mato-grossense e ela portuguesa e neta de francesa —, Adalgisa Maria Feliciana Noel Cancela Ferreira nasceu no dia 29 de outubro de 1905, no bairro de Laranjeiras, no Rio de Janeiro.

Órfã de mãe aos 8 anos, Adalgisa Nery desde a infância demonstrou forte sensibilidade poética. Em 1922, aos 16 anos, casou-se com o artista Ismael Nery (1900-1934), com quem teve sete filhos, todos homens, mas somente o mais velho, Ivan (1922-2003), e o caçula, Emmanuel (1931-2003), sobreviveram.

O primeiro casamento lhe proporcionou convívio com intelectuais como Álvaro Moreyra (1888-1964), Aníbal Machado (1894-1964), Antônio Bento (1902-1988), Graça Aranha (1868-1931), Jorge de Lima

(1893-1953), Manuel Bandeira (1886-1968), Mario Pedrosa (1900-1981), Murilo Mendes (1901-1975) e Pedro Nava (1903-1984). Entre 1927 e 1929, Adalgisa e Ismael viveram na Europa e conheceram artistas de vanguarda como Villa-Lobos (1887-1959), Tomas Terán (1896-1964), Marc Chagall (1887-1985) e Juan Miró (1893-1983). Viúva em 1934, aos 29 anos, trabalhou na Caixa Econômica e depois no Conselho de Comércio Exterior do Itamaraty.

Incentivada por amigos como o poeta Murilo Mendes, publicou seu livro de estreia, *Poemas*, em 1937, com o editor Ruggero Pongetti (1900-1963). Colaborou com diversos jornais e revistas do Chile, Peru, Uruguai e Brasil — entre os periódicos brasileiros, destacam-se *Lanterna Verde*, *Diretrizes*, *Correio da Manhã*, *O Jornal* e *O Cruzeiro*, *Dom Casmurro* e *Revista Acadêmica* — onde publicou seu primeiro poema "Eu em ti".

Em 1940, casou-se com Lourival Fontes (1899-1967), então diretor do DIP (Departamento de Imprensa e Propaganda) da ditadura de Getúlio Vargas (1882-1954), desempenhando um papel crucial nas relações entre o Estado Novo e os intelectuais. Com o segundo marido, viajou para o exterior em missão diplomática no Canadá e nos Estados Unidos, residindo em Nova York. Em seguida, mudou-se para o México, onde Fontes se tornou embaixador.

Tornou-se personalidade conhecida no México, onde fez amizade com os artistas David Siqueiros (1896-1974) e Rufino Tamayo (1899-1991), Frida Kahlo (1907-1954), Diego Rivera (1886-1957) e José Clemente Orozco (1883-1949) — os dois últimos a retrataram. Em 1952, foi a primeira mulher a ser condecorada com a Orden del Águila Azteca, concedida pelo governo mexicano, por suas conferências sobre a poeta Juana Inés de la Cruz (1648-1695).

Em 1953, o editor francês Pierre Seghers (1906-1987) publicou *Au-delà de toi*, coletânea de poemas de Adalgisa Nery, com tradução de Francette Rio Branco. No mesmo ano, terminou o casamento de 13 anos com Lourival Fontes.

Cercada de inimizades, como o então governador Carlos Lacerda (1914-1977), e herdeira política de Getúlio Vargas (1882-1954), passou a dedicar-se à carreira de jornalista, assinando a coluna diária sobre políticas nacional e internacional, Retrato sem retoque, no jornal *Última Hora* de Samuel Wainer (1910-1980).

Em 1960, foi eleita deputada, com 8.900 votos, pelo Partido Socialista Brasileiro, então Estado da Guanabara. Sendo reeleita em 1962, desta vez pelo Partido Trabalhista Brasileiro, com mais de 9.000 votos. Em 1965, quando os partidos são dissolvidos e unificados, para o MDB, se reelegendo em 1966 com 15.800 votos — até ter sua coluna no jornal censurada e seus direitos políticos cassados pelo golpe militar, em 1969.

Durante o período em que esteve envolvida com a política, Adalgisa Nery escreveu seu romance autobiográfico *A imaginária*, documento existencial no qual tratou dos anos normativos, marcada com ênfase pelo primeiro casamento.

Sem recursos próprios, Adalgisa morou na casa do filho mais novo, o artista plástico Emmanuel Nery, e também na casa do jornalista e apresentador de TV Flavio Cavalcanti (1923-1983). Em 1976, internou-se por espontânea vontade na clínica geriátrica Estância São José, em Jacarepaguá, no Rio de Janeiro. Após sofrer um acidente vascular cerebral, que lhe deixou afásica e hemiplégica, Adalgisa Nery faleceu no dia 7 de junho de 1980, aos 74 anos.

Sua obra é composta pelos livros: *A mulher ausente* (poemas, 1940); *Og* (contos, 1943); *Ar do deserto* (poemas, 1943); *Cantos de angústia* (poemas, 1948); *As fronteiras da quarta dimensão* (poemas, 1952); *A imaginária* (romance, 1959); *Mundos oscilantes* (coletânea de poemas, 1962); *Retrato sem retoque* (crônicas, 1966); *22 menos 1* (contos, 1972); *Neblina* (romance, 1972); e *Erosão* (poemas, 1973).

O Arquivo Adalgisa Nery, doado pela escritora Ana Arruda Callado em 1996, encontra-se no Arquivo-

-Museu de Literatura Brasileira da Fundação Casa de Rui Barbosa.

Após 35 anos de seu falecimento, a obra de Adalgisa Nery é republicada pela editora José Olympio, com curadoria e organização do poeta escritor e jornalista Ramon Nunes Mello.

CRONOLOGIA*

1905 — no dia 29 de outubro, nasce Adalgisa Maria Feliciana Noel Cancela Ferreira, no Rio de Janeiro.

1912 — muda-se com a família para Vassouras, RJ, ingressando no Colégio Santos Anjos.

1922 — casa-se, em março, com Ismael Nery, pintor, poeta, bailarino e pensador. Nasce o primogênito, Ivan. Em sua casa são frequentes reuniões com Manuel Bandeira, Murilo Mendes e Antônio Bento.

1927 — viaja com o marido para a Europa, lá permanecendo dois anos. Neste período conhecem o compositor brasileiro Heitor Villa-Lobos, o pianista espanhol Tomas Terán e os pintores Marc Chagall e Juan Miró.

1929 — viaja com o marido para Montevidéu e Buenos Aires.

1931 — nasce o filho caçula, Emmanuel.

1934 — morre Ismael Nery, dia 6 de abril, deixando-a viúva com dois filhos, Ivan e Emmanuel.

---
* A partir de pesquisa de Ana Arruda Callado.

1937 — publica seu primeiro poema, "Eu em ti", na *Revista Acadêmica*, e seu primeiro livro, *Poemas*.

1938 — colabora com a revista *Diretrizes*, fundada por Samuel Wainer e Azevedo Amaral, publicação que reuniu intelectuais como Aldous Huxley, Aníbal Machado, Carlos Lacerda, Cecília Meireles, Ernest Hemingway, Joel Silveira, Jorge Amado, José Lins do Rego, Manuel Bandeira, Marques Rebelo, Oswald de Andrade, Rachel de Queiroz, Raymundo Magalhães Júnior, Rubem Braga e Vinicius de Moraes.

1940 — casa-se, no dia 21 de maio, com Lourival Fontes, chefe do Departamento de Imprensa e Propaganda (DIP), tendo como padrinho Osvaldo Aranha, ministro das Relações Exteriores do Governo Vargas; publica o livro de poemas *A mulher ausente*.

Acompanhada de Lourival Fontes, entre 1940 e 1945, viaja em missão diplomática para o Canadá e para os Estados Unidos, residindo em Nova York.

1943 — publica o livro de contos *Og* e o de poesia *Ar do deserto*.

1948 — publica *Cantos de angústia*.

1952 — viaja para o México, para a posse do presidente Adolfo Ruiz Cortines, como embaixadora plenipotenciária do Brasil.

Convive com artistas mexicanos como os pintores Diego Rivera e José Orozco, pelos quais é retratada.

Torna-se a primeira mulher a receber a Orden del Águila Azteca, concedida pelo governo mexicano, por suas conferências sobre a poeta Juana Inés de la Cruz (1648-1695). Publica o livro de poemas *As fronteiras da quarta dimensão*. Viaja para Paris; publicada antologia de poemas de sua autoria, *Au-delà de toi*, editada por Pierre Seghers e traduzida por Francette Rio Branco.

1953 — separa-se de Lourival Fontes.

1954 — começa a publicar uma coluna diária sobre políticas nacional e internacional no vespertino *Última Hora*.

1959 — publica o romance autobiográfico *A imaginária*.

1960 — é eleita deputada à Assembleia Constituinte do estado da Guanabara, pelo Partido Socialista Brasileiro (PSB).

1962 — é eleita deputada estadual, agora pelo Partido Trabalhista Brasileiro (PTB). Publica o livro de poemas *Mundos oscilantes*.

1963 — publica *Retrato sem retoque*, coletânea de artigos políticos publicados diariamente no *Última Hora*.

1966 — reelege-se, desta vez pelo Movimento Democrático Brasileiro (MDB), onde ingressa com a implantação do bipartidarismo. Deixa o *Última Hora*.

1967 — grava depoimento no estúdio do Museu da Imagem e do Som, no Rio de Janeiro, no dia 27 de junho, sendo entrevistada por Carlos Drummond de Andrade, Paulo Silveira e Peregrino Júnior.

1969 — é cassada em seu mandato e em seus direitos políticos.

1971 — concede entrevista a *O Pasquim* (edição número 88), tendo Fausto Wolff, Paulo Francis e Sérgio Cabral como interlocutores.

1972 — publica os livros *22 menos 1* (contos) e *Neblina* (romance).

1973 — publica *Erosão*, com suas últimas poesias.

1974 — o romance *A imaginária* é editado na Coleção Literatura Brasileira Contemporânea.

1976 — interna-se, no dia 21 de maio, na Estância São José, uma clínica geriátrica em Jacarepaguá, no Rio de Janeiro.

1977 — sofre, no dia 24 de julho, um acidente vascular cerebral que a deixa hemiplégica, com o lado direito do corpo paralisado e sem voz – assim como a narradora-personagem de seu último romance, *Neblina*.

1980 — morre, no dia 7 de junho, na mesma clínica onde se internara em 1976.

OBRAS

Poesias

Poemas. [livro de estreia], 1ª ed., Rio de Janeiro: Pongetti, 1937.

A mulher ausente. [capa de Santa Rosa e seis ilustrações de Cândido Portinari], 1ª ed., Rio de Janeiro: Livraria José Olympio Editora, 1946.

Ar do deserto. [capa de Santa Rosa], 1ª ed., Rio de Janeiro: Livraria José Olympio Editora, 1948.

Cantos de angústia. [capa de Santa Rosa], 1ª ed., Rio de Janeiro: Livraria José Olympio Editora, 1948.

As fronteiras da quarta dimensão. 1ª ed., [capa de Santa Rosa], Rio de Janeiro: Livraria José Olympio Editora, 1952.

Mundos oscilantes. [poesias completas, texto de orelha de Geir Campos e reprodução de retrato de Adalgisa Nery por Cândido Portinari], 1ª ed., Rio de Janeiro: Livraria José Olympio Editora, 1962.

Erosão. [Ilustrações de Ryne], 1ª ed., Rio de Janeiro: Livraria José Olympio Editora, 1973.

Romances

A imaginária. 1ª ed., [capa de Cândido Portinari], Rio de Janeiro: Livraria José Olympio Editora, 1959.

Neblina. 1ª ed., [capa de Eugênio Hirsch sobre desenho de Ryne e texto de orelha de Jorge Amado], Rio de Janeiro: Livraria José Olympio Editora, 1972.

Contos

Og. 1ª ed., [capa de Santa Rosa], Rio de Janeiro: Livraria José Olympio Editora, 1943.

22 menos 1. 1ª ed., Rio de Janeiro: Editora Expressão e Cultura, 1972.

Crônicas

Retrato sem retoque. 1ª ed., [capa de Eugênio Hirsch e texto de orelha de Ênio Silveira], Rio de Janeiro: Civilização Brasileira, 1966.

Antologias

Antologia da nova poesia brasileira — Os melhores poemas selecionados pelos próprios autores. Organização de J. G. de Araújo Jorge. [poemas de Adalgisa Nery, Afonso Félix de Souza, Alphonsus de Guimarães Filho, Antônio Olinto, Carlos Drummond de Andrade, Carlos Heitor Cony, Hélio Pelegrino, Lêdo Ivo, Lúcio Cardoso, Mário Quintana, Vinicius de Moraes, entre outros.] Poemas da autora: "Poesia marítima", "A um homem" e "Estigma". Rio de Janeiro: Vecchi Editora, 1948.

Poesía Brasileña Contemporánea: crítica y antología. Gaston Figueira. Montevideo: Instituto de Cultura Uruguayo-Brasileño, 1947.

Au-delà de toi (coletânea), de Adalgisa Nery. [traduzido por Francette Rio Branco e editado por Pierre Seghers] Poemas da autora: "Au-delà de toi", "Message d'amour", "Poème de l'amante", "Noveau message d'amour", "La présence de l'aimé", "Repos, Prière", "Apprition", "Lettre d'amour", "La femme et la mort", "Poème" e "Ebauche". Paris: Éditions Seghers, 1952.

Antologia nacionalista — Brasileiros contra o Brasil — Volume 1 [prefácio de Gabriel Passos e textos sobre nacionalismo de Adalgisa Nery, Caio Prado Júnior, Elias Chaves Neto, Gondin da Fonseca, Osny Duarte Pereira, Paulo F. Alves Pinto e Pompeu Accioly Borges], Rio de Janeiro: Fulgor, 1958.

Panorama do conto brasileiro. Organização de Raimundo Magalhães Júnior [1 — O conto feminino; 2 — O conto fantástico; 3 — O conto paulista; 4 — O conto mineiro; 5 — O conto do Norte; 6 — O conto do Norte; 7 — O conto do Rio de Janeiro.], Rio de Janeiro: Civilização Brasileira, 1959.

Antologia nacionalista — Sopram os ventos da liberdade — Volume 2 [prefácio de Oswaldo Costa e textos sobre nacionalismo de Adalgisa Nery, Américo Barbosa de Oliveira, Gabriel Passos, Gondin da Fonseca, Osny Duarte Pereira, Paulo F. Alves Pinto e Sergio Magalhães], Rio de Janeiro: Fulgor, 1959.

Escritores brasileiros contemporâneos — 2ª série. Organização: Renard Perez (biografias e antologias) [textos de Adalgisa Nery, Álvaro Lins, Carlos Heitor Cony, Cecília Meireles,

Clarice Lispector, Cornélio Pena, Cyro dos Anjos, Dalcídio Jurandir, Gilberto Freyre, Guilherme Figueiredo, Herberto Sales, Joaquim Cardoso, Lúcio Cardoso, Lygia Fagundes Telles, M. Cavalcanti Proença, Mauro Mota, Murilo Mendes, Otto Lara Resende, Otto Maria Carpeaux, Paulo Mendes Campos, R. Magalhães Júnior e Valdemar Cavalcanti]. Textos da autora: fragmento de *A imaginária* e os poemas "A mulher triste", "Presença da morte", "Repouso" e "Indagação". Rio de Janeiro: Civilização Brasileira, 1971.

One hundred years after — Brazilian woman fiction in the 20 th, Org. Darlene J. Sadlier [textos de Adalgisa Nery, Clarice Lispector, Julia Lopes de Almeida, Marina Colasanti, entre outras], EUA: Indiana University Press, 1992.

Traduções

O jardim das carícias. [título original: *The Garden of Caresses*], de Franz Toussaint. (tradução de Adalgisa Nery), Rio de Janeiro: Livraria José Olympio Editora, 1938.

O trono do Amazonas — a História dos Bragança no Brasil. [título original: *Amazon thorne*], de Bertita Harding (tradução Adalgisa Nery), Rio de Janeiro: Livraria José Olympio Editora, 1944.

Encontro de amor. [título original: *Grand Canary*], de A. J. Cronin (tradução de Adalgisa Nery), Rio de Janeiro: Coleção Sabedoria e Pensamento, 1954.

Em busca do amor (A vida de George Sand). [título original: *George Sand — The search of love*], de Marie Jenney Howe (tradução de Adalgisa Nery), Rio de Janeiro: Livraria José Olympio Editora, 1956.

LP

Disco com poemas de Cassiano Ricardo (Lado A, com 5 poemas) e Adalgisa Nery (Lado B, com 8 poemas), leitura realizada pelos próprios poetas [capa de Aldary Toledo, direção de Irineu Garcia e Carlos Ribeiro e texto de Valdemar Cavalcanti]. Poemas de autora: "A consentida", "Ensinamentos", "Poema da Amante", "Carta de Amor", "Eu te amo", "Repouso", "A mulher triste" e "Força".

Biografia

Adalgisa Nery — muito amada e muito só, de Ana Arruda Callado, Rio de Janeiro: Relume Dumará — Coleção Perfis do Rio, 1999.

Cinema

Ismael e Adalgisa. Direção: Malu de Martino. Produção: Clélia Bessa. Intérpretes: Christiane Torloni, Murilo Rosa, Bruno Garcia, Marília Medina, Samantha Nery. Roteiro: Pedro Rosa. Produção: Ricardo Gringo Machado. Produção executiva: Clélia Bessa. Direção de fotografia: Renato Padovani. Trilha sonora: André Moraes. Rio de Janeiro, Raccord Produções, 2001, docudrama em média-metragem, 35mm, 34m.

Teatro

Nu Nery, dramaturgia de Carlos Correia Santos, com Grupo de Teatro Palha, dirigido por Paulo Santana. No elenco: Nelson Borges (Ismael), Arnaldo Abreu Pereira (Murilo) e Abigail Alves (Adalgisa). A primeira montagem (vencedora dos prêmios IAP de Literatura, Funarte Petrobras de Fomento ao Teatro) teve sua estreia em maio de 2006. A trama, levada para o palco pelo grupo paraense, retratava as relações afetivas e intelectuais que o artista estabeleceu com sua esposa, Adalgisa Nery, e com o amigo Murilo Mendes.

Dança

Eu em ti. Dança contemporânea. Inspirada em fragmentos poéticos de Adalgisa Nery e na obra de Ismael Nery. Cia. Carne Agonizante (2011). Concepção, direção e coreografias de Sandro Bore. Elenco: Alex Merino, Danilo Firmo, Felipe Guédes, Maíra Barbosa, Mariana Gomes e Mariana Molinos. Estreou no dia 9 de setembro de 2011, com temporada no Kasulo — Espaço de Cultura e Arte. "Eu em ti" é o título do primeiro poema de Adalgisa Nery. O trabalho faz uma alusão ao corpo erótico e santificado, despojado de vida no tempo e no espaço, em busca da preservação dos elementos essenciais à existência, concebendo o ser humano de forma espiritual.

Entrevistas

Entrevista com Adalgisa Nery. Museu da Imagem e do Som, Rio de Janeiro. Interlocutores: Carlos Drummond de Andrade e Paulo Silveira e Peregrino Júnior, 27 de junho de 1967.

Entrevista com Adalgisa Nery. *O Pasquim* (edição número 88), Rio de Janeiro. Interlocutores: Fausto Wolff, Paulo Francis e Sérgio Cabral. p. 14-15, 11 a 17 mar. 1971.

Musa, poetisa, feminista e política: A desencantada Adalgisa Nery. *Jornal da Tarde*. Interlocutor: Claudio Lacerda, 13 de agosto de 1980.

Curiosidades

Adalgisa Nery é tia e madrinha da Miss Brasil 1958, Adalgisa Colombo, filha de sua irmã Percília.

Diversos artistas plásticos, poetas, escritores, entre eles Carlos Drummond de Andrade, Mário de Andrade, Manuel Bandeira, Jorge de Lima, Diego Rivera, Cândido Portinari, José Orozco e Ismael Nery, retrataram diferentes faces de Adalgisa Nery em poemas, crônicas e telas.

Frida Kahlo dedica uma página de seu diário a Adalgisa Nery, onde escreve bem grande o nome da poeta, seguido por palavras iniciadas com a letra "a" (*augurio, aliento, aroma, amor, antena, ave, abismo, altura, amiga, azul, arena, alumbre, antigua, astro, axila, abierta, amarillo, alegria, almircle, alucema, armonia, América, amada, agua, ahora, aire, artista, acacia, ayer, áurea, aviso, ágata, alta, apóstol, arbol, acierto, arca, arma, amargura*) e embaixo de um desenho em amarelo, com retrato de Adalgisa encoberto. Publicado no Brasil pela José Olympio com o título *Diário de Frida — um autorretrato íntimo* (1994).

Homenagens

Rua Adalgisa Nery, na Taquara, Jacarepaguá, Rio de Janeiro.

Escola Municipal Adalgisa Nery, na rua Professor Eduardo de Aguiar Filho, s/nº, em Santa Cruz, Rio de Janeiro.

FORTUNA CRÍTICA

ABREU, Alzira Alves de. (org.) *A imprensa em transição: o jornalismo brasileiro nos anos 50*. Rio de Janeiro: Editora Fundação Getulio Vargas, 1996.

ANDRADE, Carlos Drummond de. *Adalgisa, a indômita*. *Jornal do Brasil*, 14 jun., 1980.

ANDRADE, Mário. A mulher ausente. In: _____. *O empalhador de passarinho*. 3. ed. São Paulo: Martins; Brasília: INL, 1972.

BANDEIRA, Manuel; CAVALHEIRO, Edgard. *Obras-primas da lírica brasileira*. São Paulo: Martins, s.d.

CAMPOI, Isabel Candeloro. A trajetória biográfica de Adalgisa Nery: contribuições para a formação da jornalista e deputada. *Anais do VII Seminário Fazendo Gênero*, 28, 29 e 30 de 2006. Disponível no link: http://www.fazendogenero.ufsc.br/7/artigos/I/Isabela_Candeloro_Campoi_42.pdf (acessado em 1.2.2010).

_____. Adalgisa Nery e a *Última Hora*: do jornalismo ao parlamento da Guanabara. Disponível no link: http://www.historica.arquivoestado.sp.gov.br/materias/anteriores/edicao31/materia03/ (acessado em 1.2.2010).

_____. Adalgisa Nery e as questões políticas de seu tempo — 1905-1980. (Tese Doutorado em História Social). Universidade Federal Fluminense, UFF, 2008. Disponível no link: http://www.historia.uff.br/stricto/teses/Tese-2008_CAMPOI_Isabela_Candeloro-S.pdf (acessado em 1.2.2010).

CORDEIRO, André Teixeira. *As cabeças voadoras têm vozes dissonantes: Murilo e Adalgisa contam a história de Ismael Nery*. LL Journal, v. 6, p. 30-45, 2011. Disponível no link: http://ojs.gc.cuny.edu/index.php/lljournal/article/view/654/909 (acessado em 12.3.2011).

FRANÇA, Mônica dos Santos. *Enunciação, intertextualidade, expressividade e sentido em poemas de Adalgisa Nery* (Dissertação Mestrado em Linguística). Universidade Cruzeiro do Sul, UNICSUL, 2013.

_____. O fenômeno intertextual e os Cavaleiros do Apocalipse, de Adalgisa Nery. In: ANDRADE, Carlos Augusto B.; MICHELETTI, Guaraciaba. (orgs.) *Cadernos de linguística: pesquisa em movimento: discurso, estilo e construção de sentidos*. 1 ed., São Paulo: Editora Terracota, 2014, v. 2, p. 7-241.

FUSCO, Rosário. A poesia e o sonho. In: _____. *Vida literária*. São Paulo, S.E.P.: 1940.

KARPA-WILSON, Sabrina. *Contemporary Brazilian women's autobiography and the forgotten case of Adalgisa Nery*. Brazil 2—1 — A revisionary history of Brazilian literature and culture. Spring/Fall 2000. University of Massachusetts, Dartmouth, Uerj — Fall River MA, 2001.

LOPES, Ana Boaventura Calderaro. *Adalgisa Nery: Uma poesia marcada pelo gênero*. Modular (Caraguatatuba), Caraguatatuba, v. 1, n. 2, p. 21-28, 2003.

_____. *O papel da recorrência na poesia de Adalgisa Nery* (Dissertação Mestrado em Filologia e Língua Portuguesa). Universidade de São Paulo, USP, 2004.

LOPES, Ana Boaventura Calderaro. O papel da recorrência na poesia de Adalgisa Nery. In: MOSCA, Lineide Salvador. (org.) *Discurso, argumentação e produção de sentido*. 1. ed. São Paulo: Associação Editorial Humanitas, 2006, v., p. 247-262.

MATA, Larissa Costa da. *Adalgisa Nery: pensando o modernismo entre a experiência e o acontecimento*. In: XIII Ciclo de Literatura — Seminário Internacional As Letras em Tempos de Pós, Dourados, 2009. p. 1-9.

_____. *As máscaras modernistas: Adalgisa Nery e Maria Martins na vanguarda brasileira* (Dissertação Mestrado em Literatura). Universidade Federal de Santa Catarina, UFSC, 2008. Disponível no link: https://repositorio.ufsc.br/bitstream/handle/123456789/91407/254825.pdf?sequence=1 (acessado 25.5.2013).

_____. Imaginando outro modernismo: Adalgisa Nery e Nietzsche na vanguarda brasileira. In: *Anais VII Seminário de História da Literatura*. Porto Alegre: PUCRS, 2007. v. 7.

MELLO, Ramon Nunes. *Adalgisa Nery, a musa de várias faces*. Saraivaconteudo, 24.6.2010 (originalmente publicado no Prosa & Verso, *O Globo*, em 19/06/10).

_____. As paixões de Ana Arruda Callado — Escritora reconstrói o olhar feminino a partir de biografias de Adalgisa Nery e Lygia Lessa Bastos. Entrevista com Ana Arruda Callado. Cultura.rj., 2.1.2010.

MENDES, Murilo. *Poesia católica. Lendo Adalgisa Nery*. Anuário de Literatura 9, Florianópolis: Universidade Federal de Santa Catarina, Centro de Comunicação e Expressão, Curso de Pós-graduação em Literatura, 2001.

_____. *Um poema. Lendo Adalgisa Nery*. Anuário de Literatura 9, Florianópolis: Universidade Federal de Santa Catarina, Centro de Comunicação e Expressão, Curso de Pós-graduação em Literatura, 2001.

MILLIET, Sérgio. Dados para uma história da poesia brasileira modernista (1922-1928). In: *Anhembi*, v. I, n. 03, fev., 1951.

RAMOS, Guerreiro. O sentido da poesia contemporânea. In: *Cadernos da Hora Presente*, n. 1, maio de 1939, p. 86-103.

SANT'ANNA, Affonso Romano de. Ismael Nery: a circularidade do um do dois e do três. In: *Que fazer de Ezra Pound*. Rio de Janeiro: Imago, 2003, p. 195-202.

_____. Vampiro masculino ou a denúncia de Pigmalião. In: *Que fazer de Ezra Pound*. Rio de Janeiro: Imago, 2003, p. 185-194.

_____. Masculine vampirism or the denunciation of Pygmalion. A reading of Adalgisa Nery's *A imaginária*. Tropical paths. *Essays on modern Brazilian literature*. Ed. Randal Johnson. New York: Garland, 1993, p. 91-99.

SOIHET, Rachel. Mulheres investindo contra o feminismo: resguardando privilégios ou manifestação de violência simbólica?. *Estudos de Sociologia*, Araraquara, v. 13, n. 24, p. 191-207, 2008.

SOUZA, Helton Gonçalves de. Muito mais do que uma musa da poesia (sobre o livro *Erosão*, de Adalgisa Nery — Rio de Janeiro: José Olympio, 1973). Estado de Minas, Belo Horizonte, p. 3 — 3, 10 jul. 1992. Universidade Federal de Santa Catarina, Centro de Comunicação e Expressão, Curso de Pós-graduação em Literatura, 2001, p. 71-74.

PRINCIPAIS FONTES DE REFERÊNCIA E DE PESQUISA

1. Fundação Casa de Rui Barbosa [Arquivo-Museu de Literatura Brasileira]. Arquivo Adalgisa Nery e arquivos e acervos relacionados (Carlos Drummond de Andrade, Murilo Mendes, Lúcio Cardoso, Clarice Lispector, Pedro Nava e Manuel Bandeira). Pesquisa realizada em 2010 e 2014.
www.acervos.casaruibarbosa.gov.br

2. Templo Cultural Delfos
FENSKE, Elfi Kürten (pesquisa, seleção e organização). Adalgisa Nery — entre as letras e a política. Templo Cultural Delfos, maio/2013. Disponível no link: www.elfikurten.com.br (acessado em 4/2/2015).

3. Enciclopédia Literatura Brasileira/Itaú Cultural
www.enciclopedia.itaucultural.org.br

4. Portal Portinari
www.portinari.org.br

Este livro foi composto na tipologia Adobe
Garamond Pro, em corpo 13/16, e impresso em
papel off-white no Sistema Cameron da
Divisão Gráfica da Distribuidora Record.